Александр Аннин

Александр Аннин

ДОН ЖУАН

Правдивая история
легендарного любовника

ИЗДАТЕЛЬСТВО

Астрель

Москва

УДК 821.161.1-31
ББК 84(2Рос=Рус)6-44
  А 68

А 68   Аннин, А. А.
      Дон Жуан. Правдивая история легендарного
      любовника / Александр Аннин — М.: АСТ: Астрель,
      2011. — 347, [5] с.: ил.

      ISBN 978-5-17-076659-8 (АСТ)
      ISBN 978-5-271-38464-6 (Астрель)

Дон Жуан. Авантюрист, шпион, путешественник, лжец, шанта-
жист... и знаменитый любовник «всех времен и народов».

Эта книга — первый документальный роман о реальном прото-
типе самого известного испанца в мире, еще при жизни обретшего
славу неотразимого соблазнителя.

УДК 821.161.1-31
ББК 84(2Рос=Рус)6-44

Подписано в печать с готовых диапозитивов заказчика 15.09.2011.
Формат 84×108 1/32. Бумага газетная. Печать офсетная.
Усл. печ. л. 18,4. Тираж 3000 экз. Заказ 2830.

Общероссийский классификатор продукции
ОК-005-93, том 2; 953000 — книги, брошюры

ISBN 978-985-18-0536-1
(ООО «Харвест»)

И потому мне очень трудно было
В тумане новых и былых времен
Найти героя вовсе без изъяна —
И предпочел я все же Дон Жуана!

Д. Г. Байрон. Дон Жуан

Дона Анна
О, Дон Гуан красноречив — я знаю,
Слыхала я; он хитрый искуситель.
Вы, говорят, безбожный развратитель,
Вы сущий демон. Сколько бедных женщин
Вы погубили?

А. С. Пушкин. Каменный гость

Дон Хуан де Тенорио — отъявленный мерзавец, чьи гнусные похождения вызывали
в Севилье ужас и отвращение.

Севильский хронист середины XIV века

Предисловие

Начиная с XVIII века в Европе появилось множество
литературных и драматических произведений, воспева-
ющих короля Педро I Кастильского — его рыцарский
дух, романтическую любовь к Марии де Падилья, милосердие к врагам (в частности, к предателю Энрике Трастамарскому). Конфликт Педро Жестокого с высшими
кругами католической церкви впоследствии привлек
внимание антицерковных деятелей, в частности — Воль-
тера, который всячески превозносил этого кастильского
короля.

При написании романа автор отчасти опирался на обширные «Хроники» Жана Фруассара (1333(1337?)—
1405). Фруассар известен своей беспристрастностью
(насколько это свойство вообще может быть присуще ис-

торикам и хронистам). Помогли и дошедшие до нас испанские летописи — в частности, «Хроника» Перо Лопеса де Айалы (1327–1407). Ее считают одной из самых объективных, хотя назвать Айалу беспристрастным все же никак нельзя — равно как и участника англо-французской войны Фруассара. Ведь Айала начинал свою карьеру в качестве пажа Педро Жестокого и дослужился до капитана флота. Затем в 1366 году изменил присяге и перешел в лагерь Энрике Трастамарского. Став королем, бастард удостоил Айалу великих почестей, титулов и богатств. Под конец жизни историк Айала стал канцлером Кастилии. Таким образом, с одной стороны, он лично общался с королями и их приближенными, а с другой — не мог не искажать историческую действительность в угоду Энрике Трастамарскому и его наследникам. К тому же, как неопровержимо доказано, «Хроника» Айалы претерпела несколько позднейших редактур.

Учитывая все эти сомнения относительно правдивости хроник и летописей, при написании романа автор руководствовался максимально возможным числом так называемых «источников», в частности — более поздних и, соответственно, менее зависящих от чьих-либо интересов. Например, исследованием Франсуа Пиетри (середина XX века), хотя в его труде «Педро Жестокий» явственно прослеживается личная неприязнь историка к этому королю.

Что же касается главного персонажа романа, Дон Жуана, то есть его прототипа, дона Хуана де Тенорио... Об этой полулегендарной-полуисторической личности нам известно немного, в основном — из севильских городских хроник середины XIV века. Можно с бо́льшей или ме́ньшей определенностью утверждать, что в Севи-

лье того времени проживал кабальеро дон Хуан де Тенорио, род которого входил в «две золотые дюжины» Андалусии (24 самые знатные фамилии). Его отец, адмирал галер Алонсо де Тенорио, был одним из многочисленных фаворитов королевы Марии Португальской
и погиб в неравной морской битве с флотилией халифа
близ Трафальгара.

Известно, что Хуан де Тенорио имел отталкивающую
внешность и низкий рост и был человеком развращенным
и безнравственным. Он преследовал знатных андалусок,
шпионил за ними и принуждал вступать с ним в связь под
угрозой разоблачения их супружеских измен. Позже, когда его лучший друг Педро Бургундский стал королем Кастилии, Хуан де Тенорио с той же целью угрожал севильским красавицам, что донесет Педро Жестокому о якобы
имеющихся у их мужей намерениях изменить королю.

Известно, что король Педро I назначил своего друга
Тенорио обер-келлермейстером. Также в хрониках упоминается о дипломатических миссиях, которые Тенорио
выполнял в Париже и Неаполе.

Учитывая достаточно известный характер Педро
Жестокого, можно представить характер человека, который мог бы быть его лучшим другом. А также — «мо-
делировать» поступки этого человека, о которых не
упоминается в хрониках, но которые могли иметь место в действительности. Именно поэтому автор счел
возможным «увидеть» в «неизвестном дворянине, со-
провождавшем короля Педро», о котором упоминают
хронисты, дона Хуана де Тенорио, который и перерезал
горло Элеоноре де Гусман.

Личность дона Хуана де Тенорио скорее всего так
и канула бы в Лету, подобно сонмищу других мертвецов,

если бы не легенда о «рукопожатии статуи командора». Она разнеслась по Кастилии в начале 60-х годов XIV столетия. Люди говорили, что мерзкого развратника Тенорио убила статуя зарезанного им старика командора Гонзаго.

Одновременно возникли слухи, что дона Хуана убили сами францисканцы. Позже сложилась легенда, что гнусный Тенорио раскаялся и стал монахом. Кстати, спустя 20 лет, вскоре после смерти короля Энрике Братоубийцы, в Кастилии появится епископ Хуан де Тенорио.

Благодаря легенде о «карающей деснице командора» де Тенорио стал прототипом для вечного персонажа литературы и драматургии — Дон Жуана (*исп.* Don Juan, *итал.* Don Giovanni, *фр.* Don Juan, *нем.* Don Juan, *англ.* Don Juan, *рус. дорев.* Дон Гуан). О его похождениях писали Тирсо де Молина, Жан-Батист Мольер, Джордж Гордон Байрон, Проспер Мериме, Александр Пушкин, Алексей Константинович Толстой, Леся Украинка. Но вовсе не эти всемирно известные авторы превратили мерзкого проныру Тенорио в красивого, благородного и куртуазного кавалера, против которого не могла устоять ни одна женщина.

Он обрел славу неотразимого обольстителя еще при жизни.

Механизм перевоплощения реального дона Хуана де Тенорио в легендарного «любовника всех времен и народов» и описан в романе. Насколько автору это удалось — судить читателю.

Часть первая

СЕМАНА САНТА[1]

Глава 1

Думать о близком счастье не хотелось. Вот не хотелось, и все тут. Устал…

Мглистый рассвет надвигался на Севилью, промозглый мартовский ветер так и норовил забраться под набухший от ночной сырости капюшон одинокого всадника. Он плотнее закутался в дорожный плащ и еще раз привычно проклял весь белый свет.

Пыльный сирокко, дувший всю зиму с берегов Северной Африки, упорно не сдавался.

Миновав Севилью и Кордову, ветер с легкостью преодолевал невысокий, похожий на пилу хребет Сьерра-Морены и вырывался на каменистые просторы Эстрамадуры и Ла-Манчи. Лишь на подступах к чопорному Толедо сирокко наконец-то выдыхался.

Куда печальней была участь испанского северо-востока. На пути от Барселоны и Валенсии к Сарагосе и Памплоне сирокко уродливо преображался. Вдоволь напитавшись влагой Средиземного моря, вобрав в себя дым печных труб и золу с пепелищ зачумленных деревень, сирокко превращался в болхорно и двигался дальше — накрывал Арагон и Наварру, не щадил ярмарочного Бургоса, пока наконец не разбивался о стену Кантабрийских гор.

На своем пути смрадный, удушливый болхорно повергал в уныние и тоску тысячи испанцев. Высокоумные врачи твердили, что именно болхорно сеет на своем пути тревогу и безумие.

Минувшей зимой 1350 года этот веками проклинаемый болхорно собрал невиданную доселе жатву: в январе и феврале целые деревни и городские кварталы Арагона, северной Кастилии и Наварры были объяты всеобщим безумием. Впрочем, не так уж и всеобщим... Массовый психоз охватил главным образом женскую часть населения.

Днем и ночью над северной и восточной Испанией — от Гвадалахары до Мурсии, от Бургоса до Майорки — стоял нескончаемый, истеричный женский крик. Мужья били своих бесновавшихся супружниц смертным боем, но те словно не чувствовали боли и умолкали только тогда, когда теряли сознание под градом ударов. Хвала Всевышнему: Севилью, да и всю Андалусию, эта эпидемия женского сумасшествия не затронула — здесь, на юге, не ведали о сводящем с ума воздействии болхорно.

Двадцатидвухлетний дон Хуан де Тенорио чуть пришпорил свою пегую кобылу, желая поскорее миновать ненавистную Триану — убогое предместье Севильи на правом берегу Гвадалквивира, капище всякого рода негодяев, именующих себя ремесленниками. Эти наглые гончары угнездились здесь с незапамятных времен — тысячу лет назад, когда в здешних краях появились мавры, а может быть, даже при воинственном римском императоре Траяне, который, как говорят, родился на свет где-то поблизости. Он-то и начал каменное строительство на левом берегу Гвадалквивира.

А тупые правобережные пеоны (простолюдины) смели утверждать, что именно они и есть истинные, коренные севильянос. И что их район именуется Трианой в честь императора Траяна. Мало того: эти невежды придумали легенду, будто небесные покровительницы Севильи, святые Юста и Руфина, когда-то держали здесь, в Триане, гончарную мастерскую…

Дон Хуан де Тенорио мысленно усмехнулся. Юста и Руфина были горшечницами? Глину месили? И где? В зачуханной Триане! Ну какой кретин в это поверит?

Нет, Тенорио не сомневался в святости Юсты и Руфины. Просто он не мог себе представить, чтобы эти святые девы, чьи благолепные статуи украшают каждую христианскую церковь Севильи наряду с фигурами святого Якова и святого Христофора, — чтобы эти невесты Господни, которым поклоняются вельможи и короли, сидели когда-то возле гончарного круга. А посему легенда, будто они были горшечницами, не что иное, как кощунственная выдумка подлых трианос.

Но если бы Тенорио узнал, что папа римский Иоанн XXII, умерший в декабре 1334 года (а сам дон Хуан родился в 1328 году, — стало быть, еще во время правления означенного папы), так вот, если бы Тенорио узнал, что этот наместник Бога на земле, которому тоже кланялись короли, до сорока пяти лет был простым башмачником, то… Сначала дон Хуан был бы потрясен до глубины души. Потом крепко призадумался бы. И, наконец, наверняка переменил бы свое отношение и к простым ремесленникам вообще, и к жителям Трианы в частности. Ведь дон Хуан принадлежал к тому немногочисленному разряду людей, которые умели признавать свои ошибки и заблуждения.

Однако в тот мартовский день 1350 года, минуя Триану, Тенорио испытывал привычное раздражение. Святые Юста и Руфина лепили горшки! И как только архиепископ дон Гомес де Манрике терпит столь унизительную для благородных христиан клевету?

Но терпит. Еще и не такое терпит. Двадцать три синагоги — из них две крупные — построены за минувший век в христианской Севилье. Евреи ходят с гордо поднятыми головами и заседают в консехо — городском совете.

А все почему? Да потому, что этим христопродавцам покровительствует сам Альфонсо XI, король Кастилии и Леона, прозванный в народе Справедливым.

Дошло до того, что раввины организовали публичные диспуты с католическими риторами: чья религия лучше и правильней, чей бог — настоящий. И на диспутах этих — страшно сказать! — присутствуют высшие должностные лица Кастилии, а случается, и сам король.

Но ничего, даже ангельскому христианскому терпению приходит конец. И на прошлой неделе, предшествовавшей Страстной (которая началась сегодня, в понедельник 21 марта), евреи получили то, что давно заслуживали…

Дону Хуану вспомнились стихи сеньора Бертрана де Борна, великого друга Кастилии — единственного поэта, которого он читал. Этот французский рыцарь в шестьдесят с лишним лет облачился в доспехи, чтобы биться с маврами под знаменами короля Альфонсо VIII Благородного. В жестоком бою поэт потерял правую руку…

Сколько раз Тенорио, проезжая Триану, вспоминал сервент Бертрана де Борна о подлых горожанах, евреях и мужиках:

> Ничтожный люд, торговый сброд,
> Вонючий рыночный народ —
> Рожденные из грязи,
> Тупые обормоты!
> Отвратны мне до рвоты
> Привычки этой мрази[2].

Сейчас, подъезжая к мосту Сан-Тельмо, дон Хуан даже запел вполголоса:

> Когда такой паршивый гад
> Напьется — черт ему не сват! —
> Заносчивый невежда.
> Так розгами хлещите их,
> Клеймите их, снимайте с них
> Последнюю одежду!

Сзади послышался насмешливый голос:

— Пой громче, мой дорогой Хуан! Я тоже очень люблю этот сервент!

Дон Тенорио обернулся. Его стремительно нагонял товарищ по веселым проказам молодости — сероглазый юноша редкой красоты. Коротко стриженные волосы[3] отливали бронзой, белое от природы лицо было украшено тонкими, словно нитка, рыжеватыми усами, ровным полукругом огибавшими чувственный рот и смыкавшимися на подбородке. Вороной скакун арабской породы выглядел куда свежее, чем пегая кобыла дона

Хуана де Тенорио, хотя оба всадника проделали одинаковый путь.

Весь прошлый вечер и минувшую ночь они ехали бок о бок, и лишь несколько минут назад спутник дона Хуана задержался по нужде. Вид его был плачевен: пыльный сирокко, смешавшись с ночным туманом, пропитал грязью дорожное платье юного красавца. Впрочем, плащ дона Хуана выглядел не лучше.

Оба путника так хотели есть, что уже и не чувствовали голода, лишь испытывали противную, сосущую пустоту в желудках.

Дон Хуан запел громче. Он безбожно фальшивил, не будучи наделен музыкальным слухом, да еще и смешно подвывал в конце каждой строфы — дань исконному, протяжному говору коренных севильянос. В Андалусии это было общепринято. А вот в центральной и северной Кастилии над севильским выговором презрительно смеялись, называя андалусцев «ненастоящими кастильянос».

> Пускай горшечник с торгашом
> В мороз попляшут голышом.
> Друзья! Забудем милость,
> Чтоб мерзость не плодилась.
>
> Друзья! Девиз у нас таков:
> Плетьми лупцуйте говнюков,
> Купцов-заимодавцев!
> Заройте их, мерзавцев!
>
> Слезам их не внемлите!
> Душите их, давите!

> Навек скотов проклятых
> Кидайте в казематы!

— Молодец, молодец! — снисходительно похвалил друга юный красавец.

Они бок о бок подъехали к мосту Сан-Тельмо, построенному еще при мусульманском владычестве. Воды Гвадалквивира, подернутые дымкой тумана, были пепельного цвета. На этом фоне почти незаметной была мощная чугунная цепь, протянутая через реку, концы которой крепились на двух сорокаметровых башнях, сложенных из белого, чрезвычайно дорогого кирпича. Потому-то эти могучие каменные стражи, возвышающиеся на противоположных берегах, назывались Торе-дель-Оро (Золотые башни): в солнечный день белый кирпич сиял, словно золото[4].

Но сегодня все вокруг: и Торе-дель-Оро, и верфи, и минарет Большой мечети, и древний королевский замок со сторожевыми башнями, и помпезное здание Латино-Арабской академии — было окрашено в тусклые, грязно-серые тона.

Уже больше ста лет минуло с тех пор, как в 1248 году флотилия Фернандо III Святого, ведомая закованным в стальную броню кораблем (самым первым в истории прообразом ледокола), разорвала эту цепь, запиравшую вход в порт, и тем самым положила конец мусульманскому владычеству в Севилье. Правда, цепь сразу же после взятия города натянули снова: она, оказывается, очень облегчала взимание пошлин с торговых кораблей, стремящихся в порт Севильи.

Лукавые мавры, вручая королю Фернандо Кастильскому золотой ключ от города, решили выгравировать на нем издевательскую надпись: «Да дарует Аллах вечное господство ислама в этом городе». Но, видно, не внял мусульманский бог этой мольбе: спустя сорок лет, после неудачного восстания мавров, все они были выселены из Севильи, да и вообще из Андалусии, в соседний Гранадский эмират. Лишь минарет пустующей Большой мечети, по сравнению с которой католические церкви — просто карлики, все еще господствовал над городом.

По обеим сторонам немощеной дороги, за несколько шагов до въезда на мост Сан-Тельмо, высились шесты с выцветшими черными полотнищами. Рядом переминались с ноги на ногу двое полусонных стражников с пиками и короткими мечами. На стражниках поблескивали чешуйчатые латы.

Эти латы лишь недавно появились на вооружении кастильских воинов. Дело в том, что свинцовая пуля, выпущенная из аркебузы — самого первого порохового ружья в Европе, — легко пробивала знаменитую испанскую сталь. И тогда вместо сплошных цельнометаллических панцирей придумали чешуйчатые. Пластины в них укладывались внахлест, что создавало двойной защитный слой стали, способный спасти воину жизнь после прямого попадания из аркебузы.

Куски черной материи на шестах возвещали каждому путнику, что огромный город, простиравшийся за мостом, находится на карантине и въезд в него (а уж тем более выезд) запрещен под страхом смертной казни. Если, разумеется, нет на то особого разрешения властей.

Но, видимо, непростыми были двое утомленных юношей, чью одежду покрывала мокрая грязь, коль скоро они вчера утром беспрепятственно покинули Севилью, а сейчас, на рассвете первого дня Семаны Санты, столь же беспрепятственно возвращались в город. Стражники не только не сомкнули свои грозные пики перед мордами лошадей, но даже принудили себя склонить головы в знак почтения.

Дон Хуан заставил свою кобылу перейти на шаг.

— Монсеньор, — обратился он к своему спутнику, — прошу вас, придержите коня.

Тенорио называл спутника «монсеньором» на французский манер, памятуя о его далеких бургундских предках. Дон Хуан полагал, что таким образом он титулует своего товарища достаточно «обтекаемо» и тактично, ведь во Франции «монсеньорами» величали всех знатных и богатых вельмож.

Однако тот возмутился:

— Не называй меня монсеньором! Ты что, Хуан, вздумал издеваться надо мной? «Монсеньор»! Да любой торговец овощами богаче меня!

— Но, дон Педро, я думал, что теперь-то...

Сероглазый всадник на арабском скакуне успокоился столь же быстро, как и вспылил.

— Ну да... Пожалуй... — задумчиво пробормотал он. — Теперь, наверное...

Мост Сан-Тельмо, выложенный гладким камнем, был сплошь покрыт раскисшим навозом. Так было всегда, и потому за Сан-Тельмо прочно утвердилось прозвище Навозный мост. По нему с незапамятных времен крестьяне из близлежащих деревень гнали на бойни Севильи коров, свиней и овец.

Однако сегодня, помимо обычного навоза, Сан-Тельмо был покрыт пятнами загустевшей красно-бурой крови.

— Так придержите коня, монсеньор, — повторил дон Хуан де Тенорио.

Глава 2

Однажды дону Хуану уже «посчастливилось» растянуться на этих булыжниках в такую же погоду: его лошадь, которую он по неосторожности пустил рысью, поскользнулась и шлепнулась в зловонную жижу вместе с всадником. В ту минуту (а случилась эта неприятность пару месяцев назад, в январе) суеверный Тенорио был не столько раздосадован, сколько встревожен: ясное дело, что сей казус — не к добру. Дурное предзнаменование!

И точно: спешно прибыв домой, чтоб переодеться, он обнаружил у себя во внутреннем дворике (патио) не кого иного, как сеньора Аугусто Спинелло, который с нетерпением его дожидался.

Спинелло явился, чтобы потребовать немедленной сатисфакции за нанесенное ему и его роду оскорбление. Де Тенорио прекрасно понимал, в чем дело: накануне он провел ночь с доньей Катариной, тридцатилетней супругой престарелого Спинелло. Но вот незадача: видимо, что-то заподозрив, их «ненароком» застала в глубине сада служанка дона Аугусто, столь же древняя, как ее хозяин. И, как теперь было очевидно, зловредная старуха донесла-таки до Спинелло факт адюльтера, хотя ночью дон Хуан честно вручил ей золотой.

Тенорио предвидел коварство старухи и поэтому строго-настрого приказал своему слуге никого не пускать, повторяя в случае надобности одну фразу: «Хозяина нет в городе, и, когда он вернется, я не знаю». Вот и все.

«Чертов Пако, вот каналья, — злился дон Хуан, исподлобья разглядывая дона Аугусто и на глаз оценивая длину его клинка. — Где же прячется этот гнусный предатель?»

Слуга де Тенорио, дюжий малый по имени Пако, выходец из Арагона, в это время не осмеливался высунуться из отхожего места в глубине кастильо (так испанцы называли городской особняк). Его мучительно рвало после хорошего удара по затылку железной перчатки дона Аугусто.

— Меч из ножен, сеньор Тенорио! — закричал Спинелло, едва увидев дона Хуана. — Меч из ножен! Решим все теперь же!

Дон Хуан сделал попытку пошутить, но это получилось у него не так беспечно, как хотелось бы:

— Сеньор, дозвольте хотя бы сменить платье...

— Не стоит. — Дон Аугусто обнажил меч. — Вас переоденут, прежде чем положить в гроб. Что же касается запаха, то он меня не смущает. Именно запах дерьма как нельзя более приличествует самому большому негодяю во всей Севилье, коим вы, сеньор, безусловно, являетесь.

Тогда де Тенорио, не вынимая меча из ножен, принялся объяснять грозному гостю суть происшедшего минувшей ночью, втайне надеясь, что гнев дона Спинелло плавно перейдет на его дражайшую супругу Катарину.

— Дон Аугусто, не горячитесь, — торопливо заговорил дон Хуан, ежесекундно ожидая смертоносного удара. — Да будет вам известно, что ваша жена уже несколько месяцев состоит в любовной связи с рыцарем ордена Калатравы доном Эстебано. Уверяю вас, к моей персоне прекрасная Катарина не питает ровно никаких чувств. Просто я… Я случайно увидел их, когда они предавались любви в мавританской беседке, подле Большой мечети. И поставил об этом в известность донью Катарину. Думал вызвать у нее раскаяние в том, что она изменяет такому достойному сеньору, как вы. Но донья Катарина, видимо, со страху решив, что я намерен ее разоблачить, в качестве платы за соблюдение тайны сама предложила мне свое восхитительное тело. Я был не в силах отказаться — тут, я надеюсь, вы меня понимаете, как мужчина мужчину.

Дон Спинелло смотрел на де Тенорио с нескрываемым презрением:

— Да вы не просто негодяй, сеньор, вы наглец! Впрочем, вы не сообщили мне ничего нового. Я знаю, кто вы такой, дон Хуан. Вы — недостойный сын своего великого отца. Вся Севилья презирает и проклинает вас. Вы как последний мерзавец выслеживаете знатных дам, выслеживаете терпеливо, пока наконец не застанете их в объятиях любовника. Только… Обычный вымогатель требует от женщин денег в обмен на свое молчание, вы же настаиваете на другом — чтобы жертва вашей подлой слежки отдалась вам. Вы жаждете унизить женщину, для вас это многократно слаще подлинной любви. Потому что вы сами с рождения унижены Богом и природой. Взгляните на себя в зеркало!

Повинуясь властному голосу дона Аугусто, дон Хуан глянул в тускло поблескивающее в глубине патио венецианское зеркало. На него смотрел низкорослый, лысеющий человек неопределенного возраста (а ведь ему всего двадцать два!), с угловатыми чертами смуглого лица и выпирающими зубами. Правую бровь и щеку перерезал глубокий шрам, полученный еще в четырнадцатилетнем возрасте.

Дон Аугусто пристально наблюдал за своим врагом, не опуская меча: он был наслышан о коварстве и вероломстве дона Хуана.

— Неужели вы думаете, что я хоть на минуту приревновал к вам свою супругу? — продолжил Спинелло. — Да ни одна женщина, кроме разве что продажной, не согласилась бы добровольно разделить с вами постель. Может быть, и нашлась бы одна, которая из жалости и сострадания к вашему уродству доставила бы вам такую отраду. Но репутация отъявленного мерзавца, которую вы ухитрились заслужить в столь раннем возрасте, исключает для вас даже призрачный шанс на счастье.

Тенорио побледнел от обиды и злости. Спинелло в нескольких словах выразил то, что мучило дона Хуана уже не первый год.

Стало ясно: поединок неизбежен, причем без промедления. Прямо здесь, возле маленького фонтана. Дон Аугусто если и собирался наказать супругу (а наказание, согласно обычаю, могло быть только одно — пожизненное заточение изменницы в монастырь святой Клариссы), то это никак не могло повлиять на участь дона Хуана де Тенорио.

— Что же касается рыцаря ордена Калатравы дона Эстебано, — продолжал Спинелло, вставая в позицию, — то я убил его час назад в честном поединке. Теперь очередь за вами. И довольно разговоров!

У дона Хуана зашумело в голове. Дон Эстебано славился во всей Кастилии как отчаянный и умелый рубака! И этот старик, что стоит сейчас перед ним в боевой позиции, сумел уложить одного из лучших рыцарей ордена Калатравы?! Не иначе как сам архангел Мигель помогал дону Аугусто совершить правый суд.

Дон Тенорио мысленно вознес молитву святому Христофору, избавляющему от внезапной насильственной смерти, и слабеющей рукой вытащил меч.

А вот рука престарелого дона Спинелло оказалась на редкость крепкой и быстрой.

И вот уже дон Хуан лежит на каменных плитах, сраженный ловким выпадом дона Аугусто. Лежит, не в силах позвать на помощь, и кровь, льющаяся из его груди, смешивается с навозом, заляпавшим плащ.

Дон Аугусто склонился над поверженным противником и пнул его в бок носком сапога.

— Эй, сеньор Тенорио!

Старик всмотрелся в широко распахнутые, неподвижные глаза дона Хуана. Затем перекрестился.

— Похоже, отдал душу Сатане... Следовало бы, конечно, приложить ухо к сердцу истекающего кровью обидчика, да уж больно грязен его камзол.

Веки Тенорио пошевелились.

— А, так ты еще дышишь! — усмехнулся Спинелло и вынул из ножен кинжал.

Он намеревался перерезать горло умирающему, отчасти даже из христианских побуждений — дабы прекратить муки страдальца. Но внезапно новое соображение заставило старого рыцаря спрятать кинжал.

— Похоже, такова воля Божья, — пробормотал дон Аугусто. — Он дает тебе, дон Хуан, еще несколько минут жизни. Вспомни перед кончиной все свои мерзости и все то горе, которое ты причинил людям на своем коротком веку! И, если можешь, покайся пред лицом всевышнего.

И, позвякивая шпорами, Спинелло удалился из патио.

... Дон Хуан лежал, как ему казалось, бесконечно долго, и жизнь утекала из него вместе с ручейком крови, но рассудок оставался незамутненным. И горькие мысли бродили в его голове.

Дон Хуан умирал и перед смертью пытался понять, почему к своим двадцати двум годам он стал человеком-изгоем, которого презирали и ненавидели все (или почти все) севильские идальго, доны и доньи...

Может быть, корень зла в его отталкивающем лице, ранней плешивости и низком росте? Но ведь все эти изъяны, включая рассеченные мечами щеки, шишковатые лбы (последствия «поцелуя» снаряда пращи), выбитые зубы и глаза, были далеко не редкостью даже среди рикос омбрес — высшей знати, а порой и среди коронованных особ. Дон Хуан вынужден был признать, что внешние недостатки не закрывают наглухо путь к успеху в любовных делах. За свою жизнь он не раз видел, как многие идальгос и кабальерос, по несчастью наделенные каким-либо уродством, тем не менее упорно ищут любви андалусских красавиц и довольно часто добиваются взаимности.

Но искал ли подлинных чувств дон Хуан? Было ли хоть одно настоящее любовное приключение на его коротком веку? Или, на худой конец, была ли хотя бы попытка почувствовать те милые, волнующие моменты, из которых складывается любовь? Трепетное прикосновение кончиков пальцев к ладони возлюбленной, опущенной в церковную чашу со святой водой... Ночные серенады под балконом... Страстные записки, переданные через подкупленную служанку... Долгожданное свидание украдкой, у журчащего во мраке фонтана, что возвышается посреди сонного патио...

Нет! Ничего этого не знало ленивое сердце дона Хуана. С двенадцатилетнего возраста лишь продажная любовь падших женщин выпадала на его долю. И это было отвратительно сыну знаменитого отца.

В последнее время он даже не вспоминал, что когда-то его род входил в «две золотые дюжины» — двадцать четыре самых знатных семьи Андалусии, богатейшей провинции Кастильского королевства. Что он по своему происхождению принадлежит к рикос омбрес. Что его отец, дон Алонсо де Тенорио, был великим адмиралом, грозой мавров во главе своей флотилии...

Отец погиб близ Трафальгара, в неравном морском бою с эскадрой халифа, сжимая в одной руке меч, а в другой — знамя. И память его свято чтила вся Кастилия.

После смерти отца фамилия Тенорио как-то очень быстро обнищала и исчезла с небосклона высшей знати. С малых лет пристрастившись к разврату, дон Хуан уже не хотел довольствоваться продажными женщинами. Он мечтал о дамах из высшего общества, которых был достоин по своему происхождению. Но, чтобы успешно ухаживать за знатными андалусками (не говоря уже о рикос омбрес), имея в наличии такую неказистую внешность, нужно... Нужно хотя бы иметь в кошельке дублоны. А дублонов у безусого юнца не водилось.

Ночами дон Хуан мучительно придумывал способы сближения с той или иной понравившейся ему благородной дамой. И не иначе как сам дьявол однажды нашептал четырнадцатилетнему Тенорио простой и гениальный способ добиваться быстрой близости с знатными замужними андалусками. Способ этот определенно четко озвучил благородный дон Спинелло: шантаж и вымогательство.

Уже более семи лет Тенорио упражнялся в своем грязном промысле и достиг в нем совершенства. И почти не осталось в Севилье молодых жен почтенных сеньоров, которые не стали бы жертвами чудовища по имени дон Хуан...

Де Тенорио с трудом раскрыл глаза. Над ним стоял старик в заношенном балахоне. Из разреза на животе вываливались кишки.

— Святые угодники! — простонал дон Хуан изумленно.

Глава 3

Старик протянул руки, и на кончиках его пальцев засверкали огоньки. Де Тенорио вспомнил: много лет назад, однажды отец взял его с собой в плаванье и на корабле начался переполох — надвигалась страшная буря. Небо потемнело и стало свинцовым, его расчерчивали беззвучные белые молнии. На горизонте в черной дымке виднелись грозные стены приближающихся волн.

Внезапно на верхушках мачт засветились точно такие же огни, как сейчас — на пальцах у старика. И все, кто был на корабле, сразу успокоились, дружно и даже весело принялись готовиться к схватке со стихией. Отец объяснил маленькому Хуану: там, на мачтах, — огни святого Тельмо.

— Он дает нам знать, что берет корабль под свое покровительство, — радостно повторял адмирал Тенорио. — Теперь тебе нечего бояться, малыш!

Боже, как это было давно…

Раненый дон Хуан смотрел на стоящего над ним старика.

«Да, это действительно святой Тельмо ко мне пожаловал».

(Подобные явления небесных жителей были в то время самой что ни есть обыденной вещью. Все добропорядочные идальгос и кабальерос почитали своим долгом рассказывать о чудесных встречах со святыми, архангелами и ангелами-хранителями, Пречистой Девой и даже самим Иисусом Христом. Зачарованные слушатели узнавали от рассказчика, что именно повелел ему святой и какой обет или зарок дал посланцу небес их товарищ, удостоенный божественного видения.

Испанец, особенно — дворянин, которому никогда не являлись угодники Божьи, вернее, если человек никогда не рассказывал о подобных видениях, считался «безблагодатным». То есть лишенным Божьего покрова, Христовой благодати.

Рассказы о встречах со святыми и ангелами постепенно стали поистине общенародными, и в конце XV века Великий инквизитор Фома Торквемада объявил подобные явления «сатанинским наваждением», а самих рассказчиков — еретиками и богохульниками. И принялся массово отправлять «самовидцев» в казематы святой инквизиции.

Но тогда, в январе 1350 года, в предсмертном бреду дон Хуан де Тенорио воспринял визит святого Тельмо как нечто совершенно нормальное, не выходящее за рамки обыденности. В обществе бытовало довольно-таки своеобразное отношение к небесным покровителям: перед святыми, разумеется, благоговели, но, по сути, считали их слугами живущих на земле христиан.)

«Значит, его послали, чтобы препроводить меня в чистилище, — думал де Тенорио. — Хотя... Папа Климент недавно провозгласил преподобного Тельмо одним из четырнадцати святых помощников в любых бедах, на все случаи жизни. Вместе с ним и святой Христофор, и святой Георгий, и святой Пантелеймон...»

— Послушайте, сеньор святой Тельмо, — с трудом вымолвил дон Хуан. — Уж коли вас сам папа назначил на должность выруча... то есть спасателя христиан от всяких бедствий, так будьте добры слушаться наместника Бога. Пожалуйста, сеньор святой, исцелите мою рану!

— Слу-у-ушаться... — проворчал святой Тельмо. — Я и так всегда только и делаю, что вас, грешников, слушаюсь. По вашей милости приходится появляться перед людьми с выпущенными кишками. Потому, что вам взбрело в голову, будто мои внутренности на корабельный ворот намотали во время казни. Не очень-то приятно потакать вашим фантазиям. Да еще и лебедку с собой таскать на старости лет. Каково, а?

Тут только дон Хуан заметил корабельный ворот, который стоял у ног святого Тельмо.

— Вы меня покровителем моряков и рыбаков объявили. И купцов тоже. А я при жизни отродясь не торговал и по морю не плавал. То есть не ходил. Тринадцать веков кряду вы правду Божию утверждаете ложью! Выдумываете нелепые чудеса, которые якобы сотворили святые угодники! Изобретаете для них бессмысленные и ненужные подвиги аскетизма и мученичества, которых не было и не могло быть!

Дон Хуан начал терять терпение.

— Сеньор святой Тельмо! Пока вы мне все это рассказываете, из меня вся кровь вытечет. Вы собираетесь выполнять свое предназначение?

Святой Тельмо усмехнулся.

— Вот ты сегодня на моем мосту в навоз шлепнулся. Верно?

— Верно, — подтвердил дон Хуан.

— Так вот что я тебе скажу, — вздохнул святой Тельмо. — Я ведь в молодости тоже грешил. Хотя до твоих мерзостей все-таки не опускался. Гулякой был. И вот как-то ехал я через один мост на лошади, а по мосту тому скот гоняли туда-сюда. Ну, в общем, как здесь. Лошадь возьми да поскользнись, в точности как у тебя. Я и шлепнулся, ну, в это самое… И, видно, головой сильно ударился. Потому что мозги у меня сразу набекрень стали. Лежал я на мосту и всю свою жизнь перед собой видел как на ладони. И так гадко мне стало. С тех пор я уже больше в грязи не валялся. Священником стал. И преспокойно умер в своей постели, когда срок подошел.

— Я понял вас, сеньор святой Тельмо, — в свою очередь вздохнул дон Хуан. — Я должен сейчас дать обет стать священником, как и вы, и быть до конца дней примерным христианином. Тогда я еще поживу на этом свете, а на том — окажусь в раю. Так?

— Все именно так, — покивал словоохотливый старик; судя по всему, он был не прочь еще поболтать.

— Согласен, — пробормотал дон Хуан и потерял сознание...

Но ему не суждено было умереть без покаяния на холодных плитах своего патио. В кастильо дона Хуана де Тенорио заглянул его друг — единственный на всем белом свете. Друг детства. Тот самый, который восемь лет назад случайно нанес четырнадцатилетнему Хуану страшный удар камнем, навсегда обезобразивший его лицо.

Друг пожаловал к де Тенорио, чтоб пригласить того на очередную оргию. Одну из тех оргий, при виде которых у добропорядочного весильяно волосы бы встали дыбом.

Этим другом был шестнадцатилетний инфант дон Педро Бургундский[5], наследник кастильского престола, единственный законный сын короля Альфонсо XI Справедливого и королевы Марии Португальской. Человек, который по всем династическим законам должен был когда-нибудь стать королем Кастилии и Леона — Педро I.

Глава 4

Но в тот январский день 1350 года, когда дон Хуан находился между жизнью и смертью, юный Педро и не мечтал о кастильском троне. Отвозя своего друга в королевский замок, он с досадой думал о том, что на сегодня оргия отменяется. Ведь ему, разумеется, придется провести ночь у постели тяжело раненного дона Хуана, внимательно наблюдая за действиями врачей.

Инфант продежурил у постели дона Хуана несколько дней. Как только Тенорио пришел в себя, королевский медик на радостях вознамерился было пустить ему кровь. Но дон Педро пригрозил, что выпустит кровь из самого врача, если тот прикоснется к жилам дона Хуана. И в результате сын адмирала благополучно выкарабкался с того света.

Однако подробнее поговорим о престолонаследовании. Непонятно, как можно было, находясь в здравом уме, помышлять о короне Кастилии в то время, когда отец дона Педро, тридцативосьмилетний гигант Альфонсо XI, просто поражал своих подданных железным здоровьем и могучей мужской силой? Незаконнорожденные сыновья и дочери кастильского короля жили чуть ли не во всех уголках страны, и каждого появившегося на свет бастарда отец щедро наделял титулами и богатством. Как писал современник, «победитель мавров и мятежных дворян, Альфонсо XI не мог одержать верх над своей невоздержанностью».

Однако бурная альковная жизнь не помешала этому правителю остаться в истории одним из величайших королей Кастилии.

Альфонсо Справедливый жестко подавлял все происки крупных вассалов и сеньоров, защищал привилегии городов и торгового люда; сдерживал противозаконные притязания духовенства на недвижимость, финансы и светскую власть. По его распоряжению строились университеты, школы искусств и мореходные училища, не говоря уже о храмах и монастырях, где также процветали науки. Королю Альфонсо Справедливому сопутствовали успехи в многочисленных

военных походах против мавров, ибо он умел при необходимости проявлять и жестокость, и милосердие
к врагам.

Решающая победа у реки Саладо в 1340 году, когда, как утверждалось, было убито двести тысяч мавров,
навсегда покончила с их набегами на Кастилию, изба-
вив народ от постоянного страха перед угрозой нападения. Теперь лишь небольшая провинция Гранада, рас-
положенная по соседству с Андалусией, оставалась под
властью эмира. И тот покорно платил дань христианскому королю.

* * *

Утром 21 марта 1350 года, в первый день Семаны
Санты (Страстной недели), шестнадцатилетний кастильский инфант дон Педро и его друг дон Хуан де Тенорио не спеша въехали на длинный мост Сан-Тельмо.
Впереди, в рваных клочьях тающего тумана, показалась изможденная кляча, которая устало тянула гро-
мыхавшую по камням телегу.

На этой телеге что-то лежало, накрытое мешкови-
ной. Дон Хуан и дон Педро хорошо знали, что там лежит.

За телегой брели два рослых человека в уродливых
кожаных балахонах, поверх которых были надеты за-
ляпанные кровью кожаные фартуки. Лица скрывали
островерхие колпаки с прорезями для глаз. На плечах
«санитары смерти» несли кривые деревянные рогати-
ны, с помощью которых складывали трупы на телегу.

Лоскуты черной материи, развешанные на всех
въездах и выездах из Севильи, означали, что город ох-

вачен эпидемией чумы. Да что город! Вся Испания, вся Европа и Азия (за редкими исключениями) были поражены в это время самой страшной в истории человечества пандемией «Черной смерти». Она свирепствовала шесть лет — с 1347 по 1353 год (пик пришелся на 1348—1350 годы). Чума унесла в могилу двадцать четыре миллиона человек — и это только в Западной Европе! Всего же «Черная смерть» скосила семьдесят пять миллионов жителей Востока и Запада.

Спасения от чумы не было. Множество городов стояло пустыми, на сотни верст вокруг источая смрад разлагавшихся трупов. «Черная смерть» хозяйничала всюду, лишь в наглухо запертые ворота монастырей ей достучаться не удавалось.

Как правило, люди, пребывая в нормальном состоянии, вдруг внезапно падали посреди разговора, работы, церковной мессы, романтического свидания. Их начинала трясти лихорадка, жар был такой, что кровь спекалась в жилах. Агония длилась три дня, затем несчастные умирали в бреду, даже не в силах исповедоваться перед кончиной.

Бывало, что горячечная лихорадка длилась дольше и сопровождалась столь же нестерпимыми муками. Но и в том и в другом случае, за час до смерти, страдальцев пробивал обильный кровавый пот.

Миллионы людей, ложась спать, гадали, проснутся ли они завтра в добром здравии. А по утрам ощупывали подмышки и пах: не появились ли бубоны — вздувшиеся и отвердевшие лимфатические узлы, страшные признаки чумы…

Самое ужасное заключалось в том, что человек узнавал о своем приговоре не раньше, чем за три-пять дней до мучительной кончины. А вирус «Черной смерти» между тем жил в его организме уже месяц, ничем себя не выдавая. И пораженные, но не подозревавшие об этом люди, за несколько недель до начала лихорадки успевали перезаразить своих жен и детей, мужей и родителей, просто собеседников; даже тех, кто всего лишь находился рядом — в церкви, на корриде, в массовых шествиях по случаю того или иного торжества.

Ведь, несмотря на то что вокруг была смерть и бесчисленные похороны, несмотря на всеобщий траур по умершим родственникам, люди назло «Черной смерти» старались жить обычной жизнью, не пропуская ни одного праздника, ни единого повода пировать и развлекаться.

* * *

Дон Педро и дон Хуан де Тенорио остановились, чтобы уступить дорогу телеге скорби. И, хотя оба уже давно привыкли к смерти, все-таки невольно отвернулись, устремив свои взгляды в серые воды Гвадалквивира.

Но что это? Дон Педро и дон Хуан содрогнулись... Святые угодники! Всюду, насколько хватало глаз, сквозь дымку тумана проступали очертания всплывших утопленников. Их было много, очень много.

— Пречистая Дева, святой Тельмо... — прошептал дон Педро.

— О Боже, — эхом отозвался де Тенорио. — Ты знаешь, кто это? Это евреи, которых убили на прошлой неделе...

Дон Хуан и сам не заметил, что обратился к инфанту на «ты», как когда-то в детстве.

— Вот нам и прибавилось работенки, — пробубнил один из могильщиков: телега, нагруженная покойниками, поравнялась с всадниками.

— Какого черта! — ворчливо отозвался другой «санитар смерти». — Пусть консехо нанимает лодочников с баграми.

— Ну и дурак же ты, Пабло, — бросил первый могильщик. — Ведь эти покойники, что плещутся в реке, — не чумные и не заразные. Чистенькие, можно сказать. Наконец-то мы поработаем спокойно, ничем не рискуя. И положим в карман хорошие денежки.

— Верно, Хосе! Как это я не сообразил! — закивал второй могильщик.

— Потому что дурак, — повторил Хосе.

Могильщики, или, как их прозвали в народе «санитары смерти», умирали один за другим. И тем не менее в городском совете — консехо — была длинная очередь из желающих заняться этим гибельным промыслом. Ведь консехо платил за каждого подобранного и сожженного мертвеца огромные по меркам бедного человека деньги. И «санитары смерти» рыскали по закоулкам города, стучались в жилища, заглядывали в портовые доки... Они словно «охотились» на мертвецов. Да, могильщики прекрасно понимали, что рано или поздно сожгут и их самих (скорее рано, чем поздно). Но зато каждый вечер, вплоть до того черного дня, когда их свалит с ног предсмертная лихорадка, в карманах звенели монеты! А это позволяло каждую ночь устраивать пиршества с девочками.

Хоть один день, да мой! А подхватить чуму можно было где угодно, как ни берегись.

— И давай-ка, Пабло, прибавим шагу. Надо поскорее сжечь наших покойничков и вернуться к реке. А то, чего доброго, сюда придут другие, — проговорил Хосе.

Телега быстрее загрохотала по камням.

Глава 5

Две недели кряду, вплоть до субботы накануне Пальмового воскресенья (великого праздника Въезда Христа в Иерусалим), в Севилье бушевали еврейские погромы, сопровождавшиеся грабежами, изнасилованиями, а главное — убийствами без разбора всех иудеев: мужчин и женщин, стариков и детей, раввинов и торговцев, богатых и бедных. Король Альфонсо XI, всегда стоявший на защите евреев, на сей раз не заступился за народ Израилев. У него было дело, можно сказать, всей его жизни.

Со своими верными рыцарями и отрядом арбалетчиков король стоял лагерем в устье Гвадалквивира в восьми часах верховой езды от Севильи. Альфонсо Справедливый готовился к решающему штурму хорошо укрепленного маврами Гибралтара — ключевого города-крепости мусульман, запиравшего морской путь из Средиземного моря в Атлантический океан.

Впрочем, еврейские погромы коснулись не только Севильи. Они прокатились волной по Испании и Португалии, Франции и Италии, то есть по тем странам, где евреи чувствовали себя наиболее вольготно. Они получили в этих землях разрешения не только на торговлю, но и на право быть врачами и юристами, чиновниками и судовладельцами. К тому же евреи всегда были отличными, дисциплинированными воинами и часто составляли, помимо рыцарства, основную ударную силу в христианских армиях многих государств.

С приходом «Черной смерти» у простонародья возникло и стало крепнуть убеждение, что не за грехи католической Европы Господь наслал на нее чуму. Вовсе нет! Все врут попы!

— Бог Отец карает нас за то, что мы пригрели евреев, которые распяли Его Сына Иисуса, — вещали на площадях невесть откуда взявшиеся бродячие проповедники. — Да-да, пригрели, вместо того чтобы уничтожать.

Подобные проповеди выслушивались с мрачным восторгом. К тому же было подмечено: евреи от чумы умирали гораздо реже, чем христиане. Иудейские врачи изобрели неплохой способ профилактики, согласно которому надо было постоянно обмазывать тело вязкой гущей, оседавшей на дне винных бочек. Этим же винным осадком пропитывали повязки, закрывавшие нос и рот.

Некоторые христиане следовали такому примеру, но все равно продолжали умирать мучительной смертью. Как же так? Да все очень просто: крещеный люд считал винную гущу достаточным способом обезвредить смертоносное дыхание чумы и потому не соблюдал других, не менее важных правил гигиены.

Однако в народе крепла уверенность в том, что евреям покровительствует сам Сатана. Значит, если против христопродавцев бессильна «Черная смерть», следует отправить их на тот свет своими руками. «Убить еврея дубиной — это все равно, что убить его молитвой!» — так оправдывали сами себя бессердечные головорезы[6].

Погромы вспыхнули одновременно и стремительно — от Лисабона до Венеции, от Мурсии до Парижа, словно управляемые чьей-то невидимой рукой. Папа Климент VI, добрый, милостивый пастырь овец Христовых, всю свою жизнь миривший воюющих государей, кормивший бедных, боровшийся с распространением чумы и не жалевший для этого никаких средств, переключился на дело спасения евреев.

— В Священном Писании сказано: «Блажен тот, кто даже скотов милует», — увещевал Климент VI свою паству в многочисленных проповедях и посланиях. — Если зверей и птиц призывает нас жалеть Господь, то тем более не должны ли мы быть милосердными к евреям, которые хоть и не христиане, а все-таки люди Божьи?

Папа прятал евреев в своем огромном дворце в Авиньоне, где сам тогда проживал, укрывал в подвалах католических храмов... Но все это было каплей святой воды в море человеческой крови.

В Севилье евреев грабили и убивали прямо там, где заставали: в их жилищах, лавках, мастерских, государственных учреждениях и меняльных конторах. А в пятницу, накануне субботы перед Пальмовым воскресеньем, какому-то шутнику пришла в голову веселая мысль: сволакивать евреев на Сан-Тельмо. Навозный мост — самая подходящая плаха для «обрезанных».

— Друзья! Будем там, над рекой, разбивать им черепа дубинами и сбрасывать в Гвадалквивир! — надсаживаясь, орал изобретатель.

Идея была с восторгом принята.

Вот почему кровь покрывала мост Сан-Тельмо, когда в первый день Страстной недели на нем оказались инфант дон Педро и дон Хуан де Тенорио.

Два дня назад в предпраздничную субботу, погромы пошли на убыль, а в Пальмовое воскресенье вовсе прекратились. Негоже было христианам обагрять свои руки кровью «обрезанных» в день Въезда Иисуса в Иерусалим.

И на Святой Страстной неделе — Семаны Санты — оставшиеся в живых евреи могли быть спокойны за свои кошельки и жизни. Их никто не трогал. А сразу после Пасхи, в понедельник 28 марта, начинался сезон боя быков. Стало быть, у добропорядочных севильянос появлялось развлечение куда более веселое, чем дробить головы сынам и дщерям Сиона. А там, глядишь, и король вернется из похода на неверных с победной вестью о присоединении Гибралтара к Кастилии. То-то грянет праздник! Неделями народ будет славить Альфонсо Справедливого, позабыв обо всех других делах. Так что, похоже, еврейские погромы стихли надолго.

О том, что король Альфонсо уже никогда не вернется из похода на мавров, да и сам штурм Гибралтара отложен на необозримое время, знали только два человека во всей Севилье: инфант Кастилии дон Педро и его друг дон Хуан де Тенорио.

С этой вестью они и возвращались в Севилью из военного лагеря Альфонсо XI Справедливого.

Глава 6

Дон Педро между тем произвел в уме нехитрые подсчеты и пришел к заключению, что, самое позднее, через три дня он может стать королем Кастилии и Леона Педро I. Но его разум отказывался в это поверить. Уж слишком резкий поворот судьбы предстоял ему на этой неделе — после тоскливых и унизительных шестнадцати лет нищеты и безвестности.

... Король Кастилии Альфонсо XI женился на португальской инфанте Марии (дочери короля Португалии Альфонсо IV Смелого) в 1329 году. Но лишь 30 августа 1334 года колокола церкви Санта-Агеда возвестили жителям Бургоса о появлении на свет наследника кастильского престола. Столь длительное всенародное ожидание королевского первенца (как позже выяснится, единственного ребенка Марии Португальской) объяснялось очень простой причиной: Альфонсо Справедливый практически не общался со своей супругой. И если бы не поразительное сходство дона Педро с Альфонсо XI, отчетливо проявившееся впоследствии, то можно было бы усомниться, является ли король истинным отцом юного инфанта.

Альфонсо XI сразу после свадьбы оставил Марию Португальскую в Бургосе и навещал ее лишь один-два раза в году. Сам же жил со своим двором в Вальядолиде, не так давно объявленном столицей Кастилии. И подлинной королевой была вовсе не Мария, томившаяся в бургосском замке, а донья Элеонора, происходившая из знатного кастильского рода Гусманов. Элеонора де Гусман и вела себя как настоящая королева: она держала собственный пышный «двор», а во время частых военных походов своего любовника, Альфонсо Справедливого, реально управляла страной, издавая указы и назначая «своих» людей на высокие должности.

Донья Элеонора де Гусман родила королю Альфонсо восьмерых сыновей и одну дочь, и всех их король щедро наделил замками и поместьями. Двое первенцев Элеоноры, близнецы Энрике и Фадрике, были на два года старше законного инфанта Педро, а Тельо — на год. Фадрике уже в десятилетнем возрасте был назначен великим магистром ордена Святого Якова (Сант-Яго), а Энрике получил титул графа Трастамарского и был единственным из незаконнорожденных детей короля, кто официально именовался не бастардом, а сыном Альфонсо XI.

Этот тщедушный, но далеко не глупый юноша воспринимался окружающими как преемник отца на королевском троне, и кастильянос (включая самого короля и Элеонору де Гусман) на людях обращались к Энрике не иначе, как «ваше высочество». Его постоянно видели рядом с Альфонсо XI: в военных походах, на приемах иностранных послов (причем Энрике сидел возле отца на «малом» троне), на охоте, на всенародных празднествах, в церкви… О законном сыне короля, подрастающем инфанте Педро, никто не вспоминал, в том числе его родной отец.

Все знали, что Альфонсо XI даже не соизволил приехать в Бургос, чтобы хотя б из приличия поздравить свою венчанную супругу, Марию Португальскую, с рождением ребенка. Не прибыл он и на крестины своего сына, лишь прислал Марии свое повеление назвать мальчика Педро.

Но это был еще не предел унижений.

Сразу же после крестин своего законного сына Педро король Альфонсо приказал Марии Португальской вместе с грудным младенцем удалиться в пустующий королевский замок в Севилье и никогда не покидать пределов города.

С раннего детства Педро с увлечением занимался боевыми искусствами, верховой ездой и много и прилежно учился: история, латынь, география, математика, астрономия были его любимыми науками. Еще он пристрастился к рыбной ловле и часами просиживал с удочкой на берегу Гвадалквивира. Разумеется, инфант с удовольствием ездил бы и на охоту, но такой возможности у Педро просто не было.

Но вскоре такая возможность представилась. Мария Португальская, обиженная и озлобленная на мужа, то и дело меняла любовников. И вот, когда Педро исполнилось семь лет, ее очередным избранником стал прославленный адмирал дон Алонсо де Тенорио.

Страстный любитель охоты, дон Алонсо постоянно брал с собой на травлю зверей и птиц своего тринадцатилетнего сына Хуана и за компанию Педро, сына своей любовницы — Марии Португальской. Мальчики сразу и на всю оставшуюся жизнь стали лучшими друзьями. Педро же был просто счастлив: наконец-то у него появился достойный товарищ, с которым можно было говорить на любые темы, вести мудреные диалоги на латыни, спорить об истории, изучать географические карты...

Поначалу разница в возрасте — целых шесть лет! — сказывалась в отношениях друзей, но с годами все как-то выровнялось. Инфант Педро стремительно взрослел и мужал, он был намного сильнее дона Хуана, значительно выше ростом и поумнее.

К тому же инфант рано приобрел печальный житейский опыт: пренебрежение со стороны отца (да и матери, увлеченной очередным любовным приключением) уже в раннем возрасте превратило дона Педро в закоренелого циника. Старший по возрасту дон Хуан попал под моральное влияние юного инфанта.

Они стали практически неразлучны. Их не поссорил даже тот злосчастный день, когда Педро рассек Хуану лицо камнем…

Прошли годы. Адмирал Алонсо де Тенорио погиб в морском сражении, и новым фаворитом опальной королевы стал пятидесятилетний Жуан Альфонс Альбукерке, тоже, как и она, выходец из Португалии, королевских кровей. Поступив на службу к Альфонсо XI (теперь он именовался на кастильский лад: дон Хуан Альфонсо д'Альбукерке), он проявил такую энергию, выдержку и знание политики и экономики, что Альфонсо XI быстро сделал его канцлером.

Король знал о любовной связи Альбукерке с Марией Португальской, но лишь посмеялся: его это устраивало. С одной стороны, Альфонсо XI получил «компромат» на своего канцлера и в любой момент мог им воспользоваться, с другой — его законная жена уже не выглядела в глазах людей невинной овечкой, ведь о ее связи с Альбукерке, в отличие от прошлых интрижек, знали все.

Новоиспеченный канцлер с первых дней пребывания в должности видел свою главную задачу в том, чтобы хоть как-то сбалансировать противоестественную ситуацию, которая заключалась в наличии двух королев: формальной (Мария Португальская) и фактической (Элеонора де Гусман). Во всяком случае, Альбукерке был единственным человеком из высшего руководства Кастилии, кто искренне поддерживал несчастную, обделенную во всех правах королеву Марию. Он постоянно докладывал своей любовнице о делах при дворе, о планах Альфонсо XI, прекрасно понимая, что рискует при этом головой.

Альбукерке все время метался между Вальядолидом и Севильей со своей обычной охраной в сотню всадников. Месяца три назад он привез известие, которое повергло Марию Португальскую в длительную депрессию.

— Милая Мария, — сказал Альбукерке, присев рядом с королевой и взяв ее за руку, — у меня дурные вести.

— О Пресвятая Дева! — возвела очи к небесам брошенная венценосным супругом женщина. — Ну, какое еще страдание изобрел для меня этот развратник?

Альбукерке вздохнул и быстро заговорил:

— Его величество король Альфонсо твердо решил лишить своего законного сына Педро всех прав на кастильский престол и объявить наследником бастарда Энрике.

Мария выдернула свои пальцы из руки канцлера и резко поднялась.

— Что? Да как же это возможно?

Все эти годы она жила одной лишь надеждой, что когда-нибудь Альфонсо XI будет убит в очередном походе против мавров, на естественную смерть этого никогда не болевшего здоровяка рассчитывать не приходилось. Его зарубят, зарежут, пронзят копьем или стрелой, затопчут лошадьми, ему размозжат голову палицей... И тогда Педро станет королем, а она, Мария Португальская, — регентшей. И ее месть Элеоноре де Гусман будет такой жестокой, что заставит содрогнуться всю Кастилию и сопредельные государства.

И вот она слышит, что эта ее единственная мечта никогда не сбудется!

— Это невозможно, — простонала королева Мария и с мольбой посмотрела на Альбукерке.

— К сожалению, возможно, — снова вздохнул канцлер. — Для короля возможно все. Дело за малым: объявить ваш брак расторгнутым и обвенчаться с Элеонорой де Гусман. И тогда наследником по всем династическим законам становится Энрике — ведь он старше Педро.

Мария Португальская не находила слов...

Канцлер Альбукерке говорил сущую правду: именно так и собирался поступить король Альфонсо. Но сначала он решил отобрать у неверных Гибралтар, чтобы положить его к ногам своей будущей законной супруги, Элеоноры де Гусман, родившей ему уже девятого ребенка.

* * *

Для Марии Португальской потянулись мучительные дни ожидания катастрофы. И вот наконец перед началом мессы по случаю праздника Въезда Иисуса в Иерусалим Альбукерке внезапно появился в продуваемом всеми ветрами королевском замке Севильи. Мария

Португальская и ее сын Педро в это время готовились идти в кафедральный собор Иоанна Крестителя.

Опальная королева Мария посмотрела на ввалившегося в каминный зал Альбукерке и побледнела.

— Боже! Мой бедный Хуан Альфонсо! — всплеснув руками, королева кинулась к канцлеру.

Вид его был ужасен. Измятый, расстегнутый плащ, подбитый горностаем, непокрытая голова (и это в такую-то погоду!), грязные сапоги из дорогой кожи, иссиня-бледное лицо с дрожащими губами... На ладонях бурые пятна высохшей крови. А в запавших от бессонницы глазах — смесь тревоги и... торжества!

— Что случилось? Что? — с совсем не королевским достоинством потрясла канцлера Мария Португальская.

В ответ Альбукерке молча показал глазами на инфанта дона Педро, угрюмо наблюдавшего за этой сценой.

— Ну! Говорите же, наконец! — бросил инфант, и королева Мария кивнула канцлеру.

Тот, покачав головой, сдался.

— Дона Мария, ваше величество... — начал Альбукерке, но осекся: на него смотрели полные гнева глаза инфанта.

— И вы, ваше... высочество, — запинаясь, добавил канцлер. Дон Педро милостиво улыбнулся. — Есть сведения, что король Альфонсо заболел чумой в своем лагере под Гибралтаром. Это не окончательный диагноз врачей, но симптомы... Лихорадка... Бубоны... Все сходится!

— Благодарю Тебя, всемилостивый Боже! — взвыла королева Мария.

Она затараторила, путая кастильские слова с португальскими:

— Сколько ему осталось? День? Два? Он не успеет! Он не успеет расторгнуть наш брак и обвенчаться с этой шлюхой…

— Недомогание началось у короля в пятницу, — обстоятельно заговорил канцлер. — Вы ведь знаете, что в свите его величества постоянно находится мой надежный человек. Он сразу же пустился в путь и вчера ближе к вечеру был у меня. Выслушав его донесение, я помчался к вам, сюда, в Севилью. Прикажите расставить моих людей в засадах на всем пути от лагеря короля до Севильи. Приготовить подставы для смены лошадей. Вы и дон Педро первыми узнаете о кончине короля. Если, конечно, он действительно заразился чумой.

— Да-да, конечно, — стискивая пальцы, кивала Мария Португальская, пребывая в каком-то сомнамбулическом состоянии. — Конечно, засады, подставы…

Дон Альбукерке умолчал о пренеприятном происшествии, случившемся с ним на выезде из Вальядолида. Дело в том, что отвыкший от длительной верховой езды да к тому же порядком поизносившийся телесно канцлер решил ехать в Севилью в карете, запряженной двенадцатью одномастными лошадьми — цугом. Так быстрее, ведь можно не останавливаться на отдых в каждой харчевне.

Это была самая первая карета на всем Пиренейском полуострове: обитая мягкой кожей изнутри, с неким подобием рессор, которые, по идее, должны были смягчить тряску.

Но эта единственная в королевстве карета была хоть и красивой снаружи и комфортабельной внутри, однако технически оставалась еще очень несовершенной и совершенно неприспособленной к быстрой езде по разбитым лесным дорогам. И потому она очень скоро перевернулась на всем ходу. Альбукерке позорно вывалился наружу и разбил грудь о придорожный камень. Проклиная все на свете, он не стал заниматься неопасной раной и помчался дальше верхом в сопровождении нескольких всадников. По дороге они восемь раз меняли лошадей. И вот он сидит здесь, в унылом королевском замке Севильи...

— Вот что еще, — продолжил канцлер самодовольно, — я распорядился вызвать сюда архиепископа Толедо, примаса всей Кастилии дона Гомеса де Манрике. Святой отец прибудет с минуты на минуту — якобы для того, чтоб возглавить шествие в честь Семаны Санты. Он всенародно провозгласит дона Педро королем, как только мы получим известие о смерти Альфонсо. Тем самым мы поставим бастардов и Элеонору де Гусман перед свершившимся фактом.

Внезапно Мария Португальская и Хуан Альфонсо д'Альбукерке обнаружили, что инфанта дона Педро нет в каминном зале королевского замка Севильи.

Глава 7

— Собирайся, друг мой, да поскорей! Путь предстоит неблизкий, — говорил инфант дон Педро, нервно расхаживая по комнате в кастильо дона Хуана де Тенорио.

— А зачем, Педро? — удивленно спросил тот. — Если твой отец заразился чумой, то его уже ничто не спасет. Ты же сам сказал, что вам сразу сообщат...

— Собирайся, болван! — заорал инфант, и сомнения его друга как рукой сняло.

Едва они отъехали от замка, как де Тенорио спохватился:

— Дон Педро, а ты уверен, что нас пропустят к его величеству?

Сначала инфант не понял, о каких препятствиях может идти речь. Ведь он, черт возьми, королевский сын! Но, подумав, дон Педро буквально застонал от досады: сын-то сын, но ведь это надо доказать.

Последний раз он мельком виделся с отцом восемь лет назад, когда тот, едучи в порт Кадис, по пути остановился в королевском замке Севильи. Тогда Альфонсо даже не соблаговолил пообщаться с Педро, узнать, как ему живется, с кем он играет, учится ли...

Вряд ли теперь Альфонсо XI узнает своего отпрыска в лицо. А уж его охрана и военачальники — тем более. Да, он похож, так все говорят... Но мало ли на свете похожих людей?

Пришлось возвращаться. Ворвавшись в покои матери, дон Педро категорически потребовал, чтобы канцлер написал ему сопроводительную бумагу и скрепил ее королевской печатью.

Мария Португальская была на грани истерики. Педро, ее единственная надежда в этой жизни, собирался ехать в логово «Черной смерти»! А если он заразится? Что тогда будет с ней?

Сейчас Мария хоть и опальная, но все же законная жена короля. Однако если умрет Альфонсо, а вслед за ним, не успев занять престол, отправится на тот свет юный Педро? Бастарды и проклятая Элеонора де Гусман в самом лучшем случае отправят ее в заточение. В сырой каземат с крысами и клопами...

— Педро, сын мой, останься со мной! — стонала Мария Португальская. — Зачем тебе туда ехать?

Инфант заскрипел зубами, а затем злобно произнес:

— Я хочу своими глазами видеть, как он подыхает!

Присутствовавший в покоях королевы Альбукерке незаметно покивал головой, что означало: «Мария, пусть едет. Нам его не остановить».

Альбукерке видел глаза инфанта, стремительно наливавшиеся кровью. Он знал, что в таком состоянии тот способен на все. Канцлер мысленно содрогнулся, вспомнив случай годичной давности...

Тогда Альбукерке и дон Педро сидели в этих самых покоях и беседовали. Внезапно вошла разгневанная королева Мария и в очередной раз стала жаловаться канцлеру на неподобающе наглое поведение одного из слуг. Инфант молча слушал и глаза его, как сегодня, наливались кровью. Он встал, вышел и спустя минуту вернулся вместе с тем самым слугой. Затем, ни слова не говоря, вынул из ножен меч и рассек бедолаге голову. Прямо на глазах у матери и ее любовника.

— Вы, матушка, если мне не изменяет память, еще как-то высказывали недовольство вашей горничной? — спокойно спросил дон Педро. — Мерзкая девчонка, согласен.

И велел отдать невинную четырнадцатилетнюю девушку на потеху своему другу Хуану де Тенорио.

Эта девушка, имени которой не сохранилось ни в испанских хрониках того времени, ни в памяти дона Хуана и дона Педро, через два дня сошла с ума и бросилась с моста в Гвадалквивир. Но не с «навозного» Сан-Тельмо, построенного маврами, а с «парадного», возведенного уже при владычестве христиан, который впоследствии назвали Пуэнте-де-Исабель II.

Когда Альбукерке сообщил об этом дону Педро, надеясь пробудить в нем хотя бы некое подобие раскаяния, инфант насмешливо пожал плечами:

— Надо же! А еще говорят, будто в Севилье — всеобщее падение нравов. Теперь вы поняли, дон Альбукерке, что это клевета на наших дорогих севильянос. Здесь живут девушки, которые дорожат своей честью.

Нечего и говорить, что после этих событий все слуги стали шелковыми и молниеносно выполняли любой приказ или каприз Марии Португальской и дона Педро…

Вскоре сопроводительная бумага для беспрепятственного въезда в королевский военный лагерь была написана и заверена печатью. В ней говорилось, что «предъявитель сего» является чрезвычайным посланником государственного канцлера Хуана Альфонсо д'Альбукерке, поэтому его следует немедленно препроводить к королю для особо важного разговора с глазу на глаз.

Удостоверять печатью, что «предъявитель сего» — не кто иной, как законный сын короля и наследник кастильского престола, было по меньшей мере неприлично и унизительно.

И вот в обеденный час Пальмового воскресенья, после долгой и бешеной скачки по разбитой тысячами копыт дороге, тянущейся вдоль правого берега Гвадалквивира, дон Педро (в качестве особо важного посланника) откинул полог королевского шатра. Единственная мера предосторожности, которую предприняли охранники короля Альфонсо, была та, что у незнакомца отобрали меч.

Подходя к шатру, дон Педро страстно желал, чтобы Альфонсо XI пришел в себя, как это часто бывало с больными чумой людьми. Тогда напоследок он сможет высказать ненавистному родителю все, что передумал за долгие годы отцовского пренебрежения родным сыном. Нежеланным сыном...

Конечно, умирающий король может приказать отрубить своему отпрыску голову. И приказ, безусловно, будет без промедления выполнен. Если, конечно, у короля хватит сил на то, чтобы произнести такой приговор. И если его кто-нибудь услышит. Ведь оруженосцы и охрана Альфонсо XI расположились плотным кольцом на расстоянии пятидесяти шагов от источавшего смерть шатра повелителя.

Каждый человек в военном лагере сейчас мучительно думал только об одном: когда он в последний раз говорил с королем, был с ним рядом? Сидел с ним за одним столом? И, что-то вспомнив, бледнел, если это происходило меньше месяца назад.

Всю дорогу дон Педро предвкушал, с какой радостью он будет смотреть на отца, бьющегося в предсмертных конвульсиях. Хорошо бы и кровавый пот своими глазами увидеть. Но нет, рано еще. А жаль...

В слабо освещенном масляными лампами королевском шатре остро пахло чем-то очень противным. Лекарь, с головы до ног густо вымазанный винным осадком, натирал бубоны в паху и под мышками у Альфонсо Справедливого ртутной мазью и засовывал ему в кривящийся рот пилюли с препаратами мышьяка.

Почему-то медики полагали, что эти средства могут повернуть чуму вспять. Однако до сих пор никого из пораженных «Черной смертью» ни мази, ни пилюли не исцелили. Во всяком случае, дон Педро ничего об этом не слышал.

Инфант хотел было выгнать лекаря вон из шатра, предъявив ему вышеупомянутую бумагу, но вдруг понял, что это ни к чему.

Король бредил, истекая потом — обычным, не кровавым. Лицо и грудь его покрывали нарывы.

Говорить дону Педро было не с кем. Ибо тот, кто из последних сил боролся за жизнь на смертном одре, уже не воспринимал окружающий мир.

Внезапно король открыл глаза и посмотрел мутным взглядом на дона Педро.

— Сын... — прохрипел Альфонсо XI.

— Я здесь, отец! — неожиданно для себя воскликнул дон Педро, и сердце его сжалось. — Отец! Ты узнал! Ты помнишь меня!

— Сын... — повторил король.

Еще мгновение, и дон Педро в слезах кинулся бы на грудь Альфонсо, невзирая на смертельную опасность.

— Энрике... — прошептал король, и дон Педро резко отпрянул от его ложа. — А где Фадрике? Позови Фадрике...

— Он вас не видит, — громко сказал лекарь. — И не слышит.

Стремительно выйдя из шатра и миновав расступившееся в страхе оцепление, дон Педро направился к молодому человеку, одиноко стоявшему поодаль.

— Эй, вы, как вас там! Вы дон Энрике или дон Фадрике? Я что-то не пойму.

— Я инфант дон Энрике, сеньор, — раздраженно ответил незнакомец. — Что вам угодно, черт бы вас побрал?

Дон Педро издевательски поклонился:

— Вас, коли вы называете себя доном Энрике, зовет король. И возьмите с собой в шатер к его величеству дона Фадрике. Его тоже зовут.

Дон Энрике попятился от дона Педро, выставив вперед ладони.

— Не подходи! Не подходи, зарублю! Ты был там! Не подходи!

Дон Педро остановился.

— Ваше высочество, — сказал он презрительно, — прикажите накормить и напоить моего коня и лошадь моего слуги. И еще — мы оба хотели бы где-то отдохнуть перед тем, как отправиться в обратный путь.

Глава 8

Во всех христианских храмах Севильи совершалась первая литургия Семаны Санты — Святой недели. Дон Хуан знал, что донья Эльвира де Кастеллано непременно придет на утреннюю мессу в храм Иглесиа-де-Санта-Мария. Это была ее любимая церковь.

Зазвучал одноголосый григорианский хорал, и де Тенорио, спохватившись, положил крестное знамение.

Он увидел ее сразу. Донья Эльвира стояла на коленях чуть в стороне от других молящихся, и разноцветные лучи, льющиеся из витражей, играли на ее черном берберийском платье. Она была удивительно хороша в своей молитвенной экзальтации!

Дон Хуан неслышно подошел к своей очередной жертве, осторожно обойдя вокруг длинного бархатного шлейфа — знака того, что его носительница принадлежит к древнему и знатному роду. Он поклонился. Она вздрогнула и едва не лишилась чувств, увидев известный всей Севилье шрам дона Хуана. Овладев собой, донья Эльвира стремительно поднялась с колен, подобрала непомерно длинную оборчатую юбку и, плавно покачиваясь, направилась к выходу. Она остановилась возле каменной чаши со святой водой. Де Тенорио неотступно шел следом.

Донья Эльвира, супруга благородного престарелого сеньора Кастеллано, опустила руку в святую чашу. От волнения она при этом намочила широкие раструбы рукавов, доходивших ей до середины ладони. Узкие длинные пальцы дрожали, вызывая легкую рябь на поверхности воды. «А как, должно быть, дрожит сейчас ее сердце!» — мысленно усмехнулся де Тенорио.

Он уже приготовился было произнести тихим голосом заранее заготовленную фразу: «Сеньора, мне все известно», как вдруг донья Эльвира заговорила сама — негромко и решительно:

— Молчите. Не желаю вас слышать. Знаю, что раз вы подошли ко мне, значит, участь моя решена. Знаю, чего вы хотите в обмен на молчание. Не я первая... Здесь не место, чтобы говорить вам, кто вы такой, дон Хуан де Тенорио. Эпитетами, которых вы заслуживаете, я оскорблю не вас. Вас оскорбить невозможно! Я оскорблю дом Божий. Итак, слушайте и запоминайте. Сегодня ночью в беседке, что в Апельсиновом дворике. Когда именно — не знаю. Ждите.

И она гордо удалилась на прежнее место.

После заключительного «амен» де Тенорио первым вышел на воздух. И сразу понял, что перейти на другую сторону улицы будет невозможно по крайней мере полчаса.

На паперти толпились нищие, обнажая свои культяпки, закатывая глаза и разрывая лохмотья, едва прикрывавшие грязные, костлявые, усеянные язвами тела. Они тянули руки по направлению к процессии, запрудившей улицу. В воздухе стоял многоголосый крик.

Босые монахи-францисканцы в коричневых балахонах, подвязанных веревками, с узелками четок и деревянными крестами в руках, возглавляли шествие. Они вразнобой пели по-латыни тридцать третий псалом: «Благословлю Господа во всякое время...» Им вторили монахи-доминиканцы — оплот святой инквизиции.

Впрочем, если быть до конца точным, то впереди процессии, можно сказать — во главе ее, брели, вернее, пятились, облезлые, любопытные и вечно голодные бездомные псы, чьи морды были вымазаны грязью из городских сточных канав. Собак гнали прочь дубинками севильские стражи порядка.

Из соседних улочек к процессии присоединялись все новые и новые толпы горожан. Они дружно вываливались из расположенных рядом церквей, где уже отошла утренняя месса: из собора Иоанна Крестителя, из Капильи-де-ла-Кинта-Ангустиа, из Иглесиа-де-Сан-Педро, Иглесиа-де-Сан-Хиль... Казалось, весь огромный город с его тридцатитысячным населением («Черная смерть» сократила численность севильянос лишь на треть) соединился в торжественном шествии.

Все колокола Севильи одновременно звонили.

Согласно традиции, колокольный ряд каждой церкви имел свой неповторимый звон. Сплетаясь воедино, многочисленные звоны сливались в непрерывный победоносный гул. Словно все бесчисленное небесное воинство, разом обнажив мечи, гремело ими о стальные щиты — для устрашения сил зла.

Солнце играло на усыпанных драгоценными камнями крестах архиепископа Толедского и прелатов Севильи, которые шли вслед за францисканцами и доминиканцами, на золотой чаше со Святыми Дарами, что плыла над толпой, на богатых одеждах рикос омбрес, которых слуги несли на обитых бархатом носилках с балдахинами. Солнце сияло на закованных в латы конях рыцарей ордена Калатравы, ордена Сант-Яго и ордена Алькантры — главных военно-монашеских орденов Кастилии, всадники были облачены в чешуйчатые доспехи и плащи, украшенные гербами своего ордена.

Неким «водоразделом» между авангардом шествия, который состоял из представителей духовенства, знати и рыцарства, и арьергардом, где шли члены консехо, торговцы, ремесленники и их жены с детьми, а также ваганты (студенты) латино-арабского института, были две украшенные разноцветными ленточками платформы, так называемые пасос, их несли выборные люди. На одной возвышалась, покачиваясь, деревянная фигура Иисуса Христа — в терновом венце и алом, расшитом золотом хитоне. На другой пасо несли величайшую святыню Андалусии — вырезанную из кедра статую Королевской Мадонны, покровительницы Севильи.

Мужчины заранее записывались, чтобы удостоиться великой чести — быть одним из тех, кто понесет на своих плечах пасо с фигурой Христа или Девы Марии. Список растянулся на многие годы — правда, «Черная смерть» сильно его сократила. Хотя нередко, даже если человек дожидался своего заветного часа, его могли не признать годным для столь ответственной миссии: людей отбирали по росту и физической выносливости.

Каждый богатый севильяно мечтал пожертвовать драгоценное облачение для фигур Иисуса Христа и Девы Марии. А посему за сто лет существования этих двух святых статуй в ризнице королевского замка скопилось множество подобных облачений — одно дороже и краше другого. Одеяния на статуях меняли каждый раз, когда фигуры Христа и Девы Марии выносили на улицы Севильи, и тем не менее они не успевали «перемерить» все наряды.

Золотая корона Королевской Мадонны и ее волосы из длинных золотых нитей переливались в лучах мартовского солнца. Шелковое одеяние небесного цвета искрилось мириадами самоцветов.

Сто с небольшим лет назад фигуру Мадонны снабдили особым механизмом, расположив его в чреве статуи. Это сложное приспособление позволяло фигуре время от времени поворачивать голову. Каждое такое движение вызывало бурное ликование шедших за платформой простолюдинов.

В их рядах уже не пели псалмов по-латыни: над толпой гремела праздничная какофония, в которой можно было различить звуки трещоток, флейт, лютней; бренчание не так давно появившихся в Андалусии гитар; бой барабанов, завезенных сюда маврами; звон тавров — арабских бубнов.

Бесчисленная малышня сновала взад-вперед вдоль процессии горожан-цеховиков и горшечников из Трианы. Кожевенники из Кордовы, многие из которых перебрались в Севилью, шли в кожаных куртках, с цеховыми значками на груди. Они надменно посматривали по сторонам: тисненая кожа была по карману только очень богатым севильянос. Даже королевская мебель, равно как и стены в покоях кастильских королей, были обиты кордовским опоеком — кожей новорожденных телят, тисненной золотом.

Тореадоры и пикадоры, также объединенные в цех, шествовали в красных или черных плащах, с пиками, на которых пестрели разноцветные ленточки. Ваганты латино-арабского института, основанного сто лет назад Альфонсо X Мудрым, стройными рядами вышагивали в своих фиолетовых мантиях.

Внезапно де Тенорио нахмурился: показались мастера судоверфи, заложенной все тем же Альфонсо X Мудрым на левом берегу Гвадалквивира. Каждый из корабелов был облачен в серо-голубое платье из дорогого, тонкого флорентийского сукна. Тем самым они нарушали закон против роскоши, согласно которому простолюдин, как бы он ни был богат, не имел права одеваться подобно господину. Иначе каждый встречный должен был ему кланяться и уступать дорогу, а эта честь предназначалась исключительно для представителей высших сословий.

Может, когда дон Педро станет королем, стоит обратить его внимание на эту подлость презренных пеонов?..

Но, едва подумав об этом, дон Хуан вдруг осознал всю нелепость и мизерность подобных мыслей. Ведь через день-другой дон Педро, его лучший и единственный друг, может стать... да нет, точно станет королем Кастилии и Леона! Человеком, выше которого только Господь Бог и Пречистая Дева. А он, дон Хуан де Тенорио, обнищавший идальго, станет лучшим другом короля.

«Так неужели же я и в самом деле столь ничтожен, что на изломе судьбы думаю о мщении каким-то пеонам, посмевшим обрядиться во флорентийское сукно?» — скорбно вздыхал дон Хуан.

Однако праздничное шествие способно было развеять любую скорбь и самоукоризну. Прозвучал очередной взрыв ликования: Мадонна вновь повернула голову.

Не меньшее внимание толпы привлекали пасос, на которых были представлены евангельские сцены: Христос стоит перед сидящим Пилатом; Христос несет крест, а к нему спешит на помощь Симон Киринеянин; Христос распят на кресте, а у его ног четверо легионеров делят хитон Сына Божия...

Однако все эти печальные мотивы не могли омрачить дух праздника и радости, царивший над толпой, будто и не посвящалась Семана Санта страданиям Христовым...

На пути своего веселого шествия окрестные виллаяны и городские пеоны всегда могли бесплатно хлебнуть вина, выставленного на лавках вдоль следования процессии, или за деньги подкрепиться традиционными для Семаны Санты закусками: отведать торрихас (хлебные гренки, пропитанные вином и облитые яйцами, медом или сиропом), а то и плотно поесть жареных ломтей телятины, в которые был завернут овечий сыр, — в народе их называли фламенкинес.

Подобные всенародные шествия по случаю католических праздников были главным развлечением кастильянос. В мае такие же грандиозные процессии пройдут по всем городам Кастилии — это по случаю праздника Тела Христова, а восьмого декабря — по случаю Дня Святых Таинств.

Но календарными общегородскими шествиями любовь кастильянос к устройству всевозможных процессий не ограничивалась. Чуть ли не каждый день на улицы организованно выходили то мясники, то булочники, то сапожники... Они ничего не требовали, а лишь хотели праздника: облачиться в чистые, «парадные» одежды, с трещотками и барабанами пройтись по городу, ощутить радость жизни и гордость за свою профессию.

В это время ваганты латино-арабского института грянули пародию на «Отче наш»:

«Отче Бах, иже еси в винной смеси. Да изопьется вино твое, да придет царство твое, да будет недоля твоя. Вино наше насущное подай нам на каждый день, и оставь нам кубки наши, как и мы оставляем бражникам нашим, и не введи нас во заушение, но избави сиволапых от всякого блага. Опрокинь».

Сколь сладостно для дона Хуана было это пение! Ведь в эту самую минуту, в восьми часах верховой езды, мучительно прощался с жизнью король Альфонсо. А значит, впереди было...

Тут на де Тенорио накатила волна оглушительного рева, исторгнутого сотнями глоток. Фигура Мадонны поравнялась с папертью церкви Иглесиа-де-Санта-Мария, где стоял дон Хуан, и, повинуясь приведенному в движение механизму, посмотрела в его сторону. Рядом раздался дружный вопль нищих, усеявших паперть. Де Тенорио, не будучи по природе чересчур эмоциональным, на этот раз поддался всеобщему экстазу. Его прерывистый крик слился с общим гомоном. Понимая, что никто не сможет в таком гвалте разобрать его слов, он кричал что есть мочи:

— Я лучший друг кастильского короля-а-а!

Внезапно почувствовав чей-то взгляд, дон Хуан де Тенорио оборвал крик и обернулся.

На него смотрели полные ненависти глаза доньи Эльвиры де Кастеллано.

Глава 9

По сложившейся традиции королевская семья и высшие гражданские должностные лица Кастилии в шествиях участия не принимали. Исключением был последний день Семаны Санты: Страстная суббота, канун Пасхи. В этот день члены королевского дома в рубищах, а порой и босиком возглавят общенародную процессию.

Сегодня же инфант дон Педро и его мать Мария Португальская наблюдали за грандиозным шествием с галереи, опоясывающей второй этаж королевского замка. Здесь же находился канцлер Хуан Альфонсо д'Альбукерке, а также несколько других вельмож, только что прибывших в Севилью.

И Альбукерке, и Мария Португальская инстинктивно старались держаться подальше от инфанта, который успел отоспаться за время мессы и теперь равнодушно взирал на толпу своих будущих подданных.

Наконец королева Мария не выдержала:

— Сын мой, вы виделись с королем? Вы были у него?

Дон Педро сразу понял истинную подоплеку этого вопроса.

— Нет, матушка. Я не заходил к нему. Шатер был оцеплен оруженосцами. Но я говорил с Энрике. Король доживает последние дни. У него бред и лихорадка.

«Значит, скоро меня будут именовать вдовствующей королевой. И регентшей при юном короле, моем сыне», — с удовлетворением подумала Мария Португальская.

Мария и Альбукерке успокоились. Раз дон Педро не приближался к королевскому шатру в военном лагере Альфонсо XI, то, скорее всего, инфант незаразен.

Альбукерке неприязненно поглядывал на двух главных советников короля Альфонсо XI, стоявших здесь же, на галерее. Примчались из Вальядолида. И всячески лебезят и заискивают перед юным инфантом, а особенно — перед его матерью, Марией Португальской, которая, как все понимают, вот-вот получит реальную власть в государстве.

Видимо, у этих вельмож, как и у Альбукерке, тоже были свои люди в королевском лагере...

Здесь же стоял и хмурился вечно чем-то недовольный дон Хуан Нуньес, глава именитейшего кастильского клана де Лара, имевшего обширные владения на севере, в Старой Кастилии. Постоянное недовольство Хуана Нуньеса имело глубокие корни: его покойный дед, Альфонсо де ла Серда, шестьдесят с лишним лет тому назад был инфантом Кастилии. Именно его, де ла Серду, своего внучатого племянника, король Альфонсо X Мудрый назначил преемником на троне, поскольку родной сын короля Альфонсо Мудрого, Санчо, был откровенно безумен. Однако, когда в 1284 году Альфонсо X умер, Санчо силой отнял корону Кастилии у де ла Серды, первым делом приказав задушить своего родного брата Фадрике.

Хуан Нуньес прочно породнился с Альфонсо XI Справедливым: дочь де Лары была замужем за одним бастардом — доном Тельо, а племянница — за другим, доном Энрике, которого умирающий от чумы король хотел сделать наследником престола. Хуан Нуньес де Лара понимал, что вряд ли его племянница станет в ближайшее время королевой Кастилии. Понимал и злился.

Рядом с де Ларой стоял неприятный тип — молодой инфант Арагона принц Фернандо, родной брат ныне царствующего арагонского короля Педро IV. Мать Фернандо, Элеонора Кастильская, была родной сестрой Альфонсо XI Справедливого. Инфант Фернандо взбунтовался против власти брата, короля Арагона, и предложил свои услуги дяде, кастильскому королю. Альфонсо XI держал при себе арагонского инфанта «на всякий случай», ведь на протяжении веков отношения между Кастилией и Арагоном были не слишком дружественными. Оба государства постоянно готовились к очередной войне друг с другом, которая могла вспыхнуть в любой момент.

Прибыв в Севилью вслед за де Ларой, инфант Арагона сразу повел себя как опытный льстец и подхалим. Подобострастно обратившись к только что проснувшемуся дону Педро, Фернандо Арагонский как бы случайно обмолвился:

— Ваше величес... Простите, ваше высочество!

— Ничего, дон Фернандо, — поощрительно зевнул инфант Педро. — Я слушаю.

— Наш досточтимый король, дон Альфонсо, перед выступлением в поход против неверных, настоятельно распорядился, чтобы я, верно служивший ему все эти годы, находился при вас и всячески опекал вас во время его отсутствия.

— Мой отец уже два месяца в походе, — презрительно ответил дон Педро. — Что-то вы долго добирались до Севильи, дабы исполнить его волю. Впрочем, судя по вашему виду, я не прав: похоже, вы проделали весь путь из Вальядолида за один день. Надо беречь себя, дон Фернандо. Как знать: может статься, что ваши услуги еще пригодятся нашему королевству.

И дон Фернандо, и де Лара безропотно и даже с каким-то удовольствием сносили любые колкости со стороны инфанта Педро и Марии Португальской. Что ж, оба советника были многоопытные царедворцы. А двор, как ни крути, плавно перемещался из Вальядолида в Севилью. В этот мрачный замок, где королева Мария и ее сын Педро провели на положении арестантов долгие шестнадцать лет.

* * *

Дон Хуан, вернувшись домой, проспал весь оставшийся день. А как стемнело, хорошенько подкрепившись, отправился на указанное доньей Эльвирой место свидания.

Направляясь в Апельсиновый дворик, де Тенорио мысленно твердил: если он остается жив, то это — его последнее приключение такого рода. Все, хватит вымогать у благородных дам краткие мгновенья плотской любви. Со дня на день его лучший друг Педро станет королем и сможет по своему желанию выбирать любую даму или девицу — хоть из инфансонов, хоть из рикос омбрес! И, в конце концов, что стоит королю поделиться со своим другом детства и юности? Открыть и ему, дону Хуану, доступ к неиссякаемому источнику наслаждений...

Он мог бы и не ходить сегодня в церковь Иглесиаде-Санта-Мария и не подвергать шантажу восхитительную донью Эльвиру де Кастеллано. Простить ее, помиловать.

Но начатое дело надо всегда доводить до конца. Иначе капризная удача может отвернуться от него. Так что не прогневайся, святой Тельмо, не считай сегодняшнюю авантюру как нарушение принесенного обета. Ведь он выследил донью Эльвиру давно, еще в начале января, — стало быть, до того, как ему явился угодник Христа. К тому же... Какое это наслаждение — рискнуть жизнью ради минутного обладания гордой андалуской! Ибо как знать: не уготована ли ему засада в лице ночных головорезов, нанятых знатной уроженкой Севильи? Времени на то, чтобы организовать убийство свидетеля супружеской измены, у доньи Эльвиры было предостаточно. Да и сама она вполне могла взять с собой кинжал.

Как сладостно замирает сердце от предвкушения смертельных объятий... Такое опасное приключение просто невозможно упустить! Оно станет одним из самых острых впечатлений на его веку.

Под нескончаемый колокольный звон де Тенорио осторожно шел по улице Калье Матеос Гаго. Он был готов к возможному нападению: помимо короткого меча, при нем были два кинжала.

На улицу опустился кромешный мрак безлунной ночи, и де Тенорио, рискуя привлечь убийц, был вынужден зажечь свечу. Вот и Апельсиновый дворик с его ажурными мавританскими решетками, за которыми в слабом пламени свечи виднелись очертания беседки.

А может быть, он напрасно волнуется за свою жизнь? Может быть, он неправильно оценивает тот ушат гнева, презрения и ненависти, которыми донья Эльвира окатила его с головы до ног в церкви Иглесиа-де-Санта-Мария?

Может, она из тех женщин, для которых истинная любовь невозможна без самопожертвования? Таким экзальтированным особам, чтобы обрести полноту чувства, просто необходимо принести себя в жертву своей страсти. Многие женщины обожают нравственное самоистязание, находят сладость в унижении ради любви...

Может быть, поэтому она, едва увидев возле себя самого подлого из всех вымогателей Севильи, сразу же, с готовностью предложила ему себя. Де Тенорио даже не потребовалось произносить обвинение, выслушивать нелепые отговорки! Она сама хотела быть униженной...

Тогда о каком сочувствии к донье Эльвире может идти речь? Каждый получит сейчас то, чего так страстно желает.

Среди зарослей апельсиновых деревьев звон колоколов почти не слышался. Да, неслучайно донья Эльвира назначила встречу именно здесь, возле Большой мечети, как бы дистанцируясь от католических церквей. Хочет даже в такой ситуации соблюсти христианские приличия...

Напряжение дона Хуана росло, и он не выдержал — задул свечу. По памяти, стараясь не издавать ни малейшего звука, он наконец-то пробрался в беседку.

— Вы здесь? — шепотом спросил он темноту.

Тишина...

Один час сменял другой. Казалось, так будет продолжаться без конца. Но вдруг... Крохотный фонарик с медно-красным язычком пламени замерцал вдали, покачиваясь, приближаясь к беседке. Наконец шорох платья раздался совсем рядом, на расстоянии вытянутой руки. Донья Эльвира спросила с тревогой в голосе:

— Вы здесь?

— Да.

— У вас пятнадцать минут, не больше, — резко сказала женщина. — Делайте же скорее свое мерзкое дело!

И вдруг разрыдалась:

— Боже мой! И это на Святой неделе! Вы просто дьявол!

Дона Хуана взбесила подобная забота о соблюдении католических канонов:

— Я полагаю, что, будучи благочестивой христианкой, вы на период Семаны Санты отменили свидания со своим любовником, доном Мануэлем?

Донья Эльвира в ответ лишь с ненавистью посмотрела на де Тенорио. Потом, повернув зубчатое колесико, погасила фонарик, и дон Хуан явственно услышал, как она медленно расстегивает платье.

«А вдруг у нее сейчас в руке кинжал?» — подумал де Тенорио, но, отбросив колебания, шагнул вперед.

Как упоительно было заниматься любовью с этой роскошной женщиной. Таких острых ощущений дон Хуан раньше не испытывал...

А испытывал ли дон Хуан хотя бы некое подобие угрызений совести после таких, с позволения сказать, побед? Этот вопрос он и сам задавал себе не раз. Де Тенорио обладал редким даром: он умел объективно анализировать свое внутреннее состояние. В конце концов он пришел к выводу, что ничего похожего на раскаяние в его душе никогда не шевелилось. Хотя временами дон Хуан чувствовал какую-то сосущую пустоту, будто кто-то незримый отщипнул очередной кусочек его личности. Его бессмертной души. Его потаенной надежды на что-то хорошее, светлое, радостное.

Он сам не заметил, как постепенно стал не то чтобы ненавидеть, но с неприязнью относиться к женщинам. Презирать их всех, без разбора. В самом деле: то, что дон Хуан почитал как высшее блаженство, для них было всего лишь разменной монетой, которую они с легкостью готовы платить отвратительному вымогателю.

Обладательницы величайшего (с точки зрения дона Хуана) сокровища не ценили его, отдавали походя — бери, не жалко! Чтобы тайно продолжать свои развратные похождения, благородные дамы Севильи соглашались разок потерпеть мерзкого негодяя Тенорио, в сторону которого они при других обстоятельствах даже и не взглянули бы.

Впрочем, был один случай, когда уверенный в своей победе дон Хуан потерпел позорное поражение. Завораживающе красивая, высокая, с волнисты-

ми черными волосами и бледным лицом, донья Изабелла де Орсо, выслушав условия сделки, предложен-
ные доном Хуаном, грубо выставила его вон из своего
патио.

— Поступайте, как вам угодно, сеньор, — сказала
она вдогонку, когда, униженно сгорбившись, де Тенорио спешил убраться подальше. — Что же касается меня, то я готова терпеть любые страдания ради своей
любви, которую вы называете преступной. На крайний
случай у меня припасен яд.

Дон Хуан не посмел известить почтенного супруга
доньи Изабеллы о тайной любви его жены. Он лишь
стал замечать за собой одну странность: стоило ему
оказаться поблизости от кастильо де Орсо, как ноги сами сворачивали в сторону, заставляя их обладателя далеко обходить место своего постыдного провала.

Глава 10

Его величество король Кастилии и Леона Альфонсо
XI Справедливый умер от чумы, как простой виллан,
исходя кровавой рвотой и обливаясь потом на своем
смертном одре. Это случилось рано утром 25 марта
1350 года, в день Страстной пятницы.

Вслед за ним покинули земной мир четырнадцать
военачальников, двадцать три оруженосца и несколько
воинов из личной охраны короля, пораженные «Черной смертью». Плюс — бесчисленное количество рыцарей, лучников и арбалетчиков.

Как же не хотел умирать дон Альфонсо — этот жиз-
нелюб и женолюб! В короткие минуты просветления

король истово молился всем Божьим угодникам, главным образом — своему пращуру Фернандо Святому. Многие рыцари-ветераны до самой последней минуты не расставались с надеждой, что король выкарабкается и на этот раз. Ведь как часто они шли за ним на неверных, и всегда дон Альфонсо первым врезался в ряды противника, нанося удары направо и налево. Как часто его, истекающего кровью, уносили с поля боя, положив на штурмовую лестницу, служившую носилками! И всякий раз, каким бы тяжелым ни было ранение, побежденная смерть отступала от королевского ложа.

Но «Черная смерть» не отступила. Она не делала различий между сильными и слабыми, «верными» и «неверными», бедняками и монархами. Примерно в одно время с королем Альфонсо XI в Европе от чумы скончалось около тридцати коронованных особ[7] и принцев крови.

Удивительным было уже то, что король агонизировал не три и не пять, а целых семь дней.

— Господь помог ему дотянуть до Страстной пятницы, и наш Альфонсо умер в тот самый день, когда был распят Христос, — говорили в народе. — Значит, Бог простил ему все грехи, в том числе сожительство с Элеонорой.

— Вот если бы он умер в среду, — рассуждали простолюдины, — на пятый день лихорадки, как и положено по законам «Черной смерти», тогда это означало бы, что королю предстоит гореть в аду. Ведь Страстная среда — «иудин день», когда Иисус был предан на поругание и убиение.

Разумеется, тело почившего в Бозе короля не сожгли в яме вместе с умершими от чумы соратниками. В Севилье шептались, что в ночь с пятницы на субботу, под покровом тьмы, по мосту Сан-Тельмо выехала из города телега с каким-то ящиком в сопровождении францисканцев. Поговаривали, что ящик был наполнен церковным воском, из которого изготовлялись богослужебные свечи. Вроде бы этим воском и залили гроб с телом короля, чтобы флюиды чумы не проникали наружу.

В четверг, 31 марта, на пятый день Пасхи, Альфонсо XI Справедливый был похоронен в толедском кафедральном соборе, в каменном саркофаге.

Еще до того, как по усопшему отслужили первую панихиду, а именно ранним утром в Страстную субботу, самый траурный день Семаны Санты, архиепископ Толедский и примас всей Кастилии дон Гомес де Манрике с амвона севильского кафедрального собора провозгласил новым королем Кастилии и Леона шестнадцатилетнего дона Педро. Примас повелел всем епископам, аббатам и приорам, священникам и монахам принародно молиться о здравии и благоденствии короля Педро I. Севилья и скорбела по умершему Альфонсо XI, и ликовала одновременно. Ведь новый король был земляком всех севильянос, и хоть появился на свет в Бургосе, но всю свою жизнь прожил здесь.

Именно Севилья будет единственным городом, который, несмотря ни на что, будет славить короля Педро I, вошедшего в историю как Педро Жестокий.

И еще не раз в Кастилии и сопредельных государствах вспомнят, что царствование Педро Жестокого началось в Страстную субботу. То есть, согласно учению святых отцов, в самый «богооставленный» день. В единственный день в истории человечества, когда, по Евангелию, сам Христос лежал в гробу, а душа его пребывала в аду. «День без Бога» — так называл Страстную субботу простой народ.

Часть вторая

МАГИЧЕСКИЙ АГАТ

Глава 1

Несмотря на разгул «Черной смерти», европейские монархи не меняли своих планов: по-прежнему велись бесконечные сражения, Франция и Англия сцепились в затяжной Столетней войне. Плелись придворные интриги, заключались торговые сделки. Карьеристы спешили получить освободившийся после чьей-либо смерти пост, юноши и девушки — насладиться любовью, воры и убийцы — свершить свои черные дела.

Мало кто заблаговременно готовился к смерти, очищая душу покаянием и добрыми поступками. Лишь во французском Авиньоне, тогдашней папской резиденции, население под воздействием вдохновенных проповедей папы Климента VI рвалось в исповедальню. По воспоминаниям одного из кардиналов, даже тайные любовницы католических прелатов открыто каялись в своей преступной связи (сами кардиналы, разумеется, открещивались от подобного рода «свидетельских показаний» авиньонских красавиц, иначе если бы они признали сей грех, то были бы низложены, а то и отправлены в заточение).

В Италии Боккаччо писал свой потрясающе безнравственный «Декамерон». Там в качестве панацеи от чумы приводился пример группы юношей и девушек, удалившихся в затвор, чтоб предаться всем видам порока. Во Франции Петрарка, закончив цикл сонетов «На смерть мадонны Лауры» (она умерла от чумы в Авиньоне), принялся на старости лет сочинять ровным счетом никому не нужные медицинские и политические трактаты. В Англии Чосер создавал свои первые романтические стихи.

В официальной столице Кастилии, Вальядолиде, стараниями канцлера Альбукерке открылся и в течение всей эпидемии (и, разумеется, после ее окончания) успешно действовал огромный по тем временам университет. В нем преподавались не только отвлеченные науки, но и математика, физика, химия, картография. Испания готовилась к великим географическим открытиям.

Германские алхимики получили в своих лабораториях серную и соляную кислоту. В Праге был изобретен и построен первый в истории человечества подъемный кран.

В аббатствах и замках стали появляться первые башенные часы, которые — о чудо! — показывали правильное (с точностью до пяти минут) время. Среди богатых людей ширилась мода на настенные гиревые часы с боем. Они ошибались на два-три часа, но никто не придавал этому значения. Главное — «у меня в доме висит механизм»; он тикает, время от времени издает звон колокольчика, и у него дважды в день подтягивают гири.

В общем, обыденная жизнь, несмотря на чуму, продолжалась.

Но при всем при том близкие приятели то и дело подозрительно посматривали друг на друга, словно спрашивая: а кто кого на этот раз заразил во время застолья или дружеской беседы? Дети боялись навещать родителей, а отцы и матери — своих сыновей и дочерей. Покупая продукты в лавке, обыватели невольно думали со страхом: а не попадет ли в меня вместе с этим куском хлеба или мяса «Черная смерть»? Богатые люди каждый вечер сжигали одежду и обувь, в которой проходили весь день, а наутро надевали все новое.

К смерти окружающих людей остававшиеся в живых стали относиться если и не с полным безразличием, то, во всяком случае, как к чему-то очень привычному. В Севилье никто не провожал своих близких в последний путь к огромной траншее за чертой Трианы, только могильщики, которым предстояло сжечь очередную партию трупов и засыпать пепел землей. Территория массового захоронения была оцеплена арбалетчиками, задыхавшимися от клубов смрадного дыма.

Чиновник из консехо, такой же приговоренный, как и могильщики, всякий раз пересчитывал привезенных покойников и тут же выдавал «санитарам смерти» плату за труды согласно тарифу.

И лишь только раз город буквально всколыхнулся от женских рыданий и мужских раздосадованных проклятий: от чумы умер самый бесстрашный и самый любимый в народе тореадор Хорхе Фернандос. Богатые дамы Севильи собрали огромные деньги для членов консехо, и те разрешили не предавать Фернандоса сожжению в общей траншее, а похоронить так, как положено по христианскому обычаю — на приходском кладбище кафедрального собора Иоанна Крестителя. В траурной процессии шествовали все жители города, кто мог передвигаться.

Могилу благодаря все той же щедрости севильских дам выкопали в три с половиной метра, благо в этом месте грунтовые воды залегали еще глубже.

* * *

— Ну что, друг мой Тенорио, один только Бог знает, сколько времени я пробуду королем, — проговорил дон Педро, когда они с доном Хуаном сидели в харчевне «Хмельной поросенок». — Так что спеши поделиться своими мечтами. Настал час их осуществления. Я могу все. Или почти все.

— Воля ваша, государь, — скромно потупился де Тенорио. — Но, верите ли, я вполне доволен своей судьбой. Наипаче же всего я благодарю Господа и Пречистую Деву за ту великую милость, которая мне дарована: именоваться вашим другом, государь дон Педро.

— Браво, браво! — Шестнадцатилетний король даже захлопал в ладоши, вальяжно откинувшись на спинку дубового стула. — Ты что, эту блистательную тираду загодя сочинил и вызубрил?

Дон Хуан открыл было рот, чтобы запротестовать против столь несправедливых обвинений в неискренности, но его величество Педро Первый выставил вперед ладонь:

— Ладно, перестань. Кстати, хочешь, я прикажу отсечь голову дону Аугусто Спинелло? Ведь он тебя чуть на тот свет не отправил… Не желаешь поквитаться?

— О нет, государь. Что случилось, то случилось. В конце концов это был честный поединок. И… на стороне Спинелло была правда.

— Что ж, благородно с твоей стороны… — удивленно покачал головой юный король.

— Святой Тельмо взял с меня обещание стать священником, — вздохнул дон Хуан.

— А, помню, ты рассказывал о своем видении, — кивнул дон Педро. — А знаешь что? Может, сделать тебя великим магистром ордена Сант-Яго? Заодно в священный сан тебя рукоположим. Фадрике, мой сводный братец, занял должность магистра ордена Сант-Яго безо всякого священства, будучи десяти лет от роду. Пора ему и честь знать.

Дон Хуан промычал нечто неопределенное. Конечно, было бы здорово — стать великим магистром ордена Сант-Яго, ведь о такой чести могли мечтать лишь члены королевской семьи. Но...

— Не нравится орден Сант-Яго? — Король нахмурился. — Есть еще орден Калатравы, Алькантры... Ты ведь не женат, так что вполне годишься для того, чтобы возглавить монашеский рыцарский орден. Черт возьми! Да будь ты хоть трижды женат, какая мне разница? Я — король и могу назначать любого на любую должность исключительно по своему усмотрению. Захочу — назначу великим магистром своего черного дога[8]. Так как?..

— Не для меня это, государь, — тихо возразил де Тенорио, с ужасом представляя себе, что будет, если он примет предложение дона Педро (кстати, об этом благодушествующий ныне король вполне может потом и пожалеть).

Став великим магистром, дон Хуан помимо воли окажется на гребне политических событий, в гуще интриг и дипломатических игр... Нет, нет! Только не это. Он хочет всегда оставаться в тени. Лишь будучи в тени, можно хотя бы лелеять робкую надежду на то, что ты доживешь-таки до седых волос и мирно умрешь в своей постели. Как святой Тельмо.

В харчевню «Хмельной поросенок» дон Педро захаживал и раньше — как правило, вместе с доном Хуаном. И толстяк трактирщик, и большинство завсегдатаев знали, кто на самом деле этот бледный красивый юноша в не слишком богатой одежде.

Но прежде он был хоть и самым почетным гостем в «Хмельном поросенке», однако по сути всего лишь ссыльным, нищим инфантом с неопределенным будущим. А теперь… Теперь за струганым столом трактира, пропахшего кислым вином и растопленным свиным жиром, восседал не кто иной, как полновластный самодержец, любой приказ которого — вплоть до объявления войны соседнему государству — будет беспрекословно выполнен.

У трактирщика Мучо дрожали руки, когда он подавал на стол. Молочный поросенок, хорошо пропеченный на вертеле и до того три дня мариновавшийся в вине с пряными травами, источал восхитительный аромат. Такого поросенка (кочинилло) умели готовить только в Андалусии. Но и во всей Андалусии не было харчевни, где бы кочинилло готовили лучше, чем у толстяка Мучо.

— Ваше величество, — начал трактирщик, — это такая честь для меня…

— Да что вы все, сговорились, что ли? — гаркнул король. — Пошел вон! Не порть мне аппетит!

Даже дон Хуан, не говоря уж о всех прочих посетителях «Хмельного поросенка», опустил глаза в земляной пол, оледенев от грубого окрика повелителя Кастилии. Но краем глаза увидел, что кое-кто, согнувшись в три погибели, засеменил — «от греха подальше» — прочь из харчевни. На Мучо, пятившегося в сторону кухни, было жалко смотреть.

— Кстати, Хуан, — сказал дон Педро небрежно. — Если тебе не по душе быть великим магистром, то ты мог бы жениться. Думаю, святой Тельмо не сильно обидится. Ты не присмотрел на роль супруги кого-либо из севильских красавиц? А, озорник? Так это мы мигом устроим.

— Смилуйтесь, государь. — Де Тенорио прижал руки к груди. — Я еще так молод... не губите моей юности!

Дон Педро рассмеялся. И тут же насупился, припомнив три (целых три!) своих собственных неудачных сватовства. Неприятные мысли он утопил в кружке холодной малаги.

Поросенок, которого дон Педро и дон Хуан де Тенорио с аппетитом уплетали, был благополучно съеден. Король остался доволен трапезой.

— Придумал! — неожиданно воскликнул он. — Вернее, вспомнил!

— Осмелюсь спросить: что же такое вы вспомнили, государь? — с тревогой посмотрел на своего венценосного сотрапезника дон Хуан.

В ответ король погрозил ему пальцем:

— Узнаешь, когда я подпишу указ. Пусть для тебя это будет сюрпризом.

Глава 2

Ночью де Тенорио не мог сомкнуть глаз. И месяца не прошло, как дон Педро стал королем, а «сюрпризы» — да еще какие! — он уже успел преподнести всей стране. И были они отнюдь не из разряда приятных.

Король постучался в ворота кастильо де Тенорио далеко за полночь. Бедного Пако, отворившего калитку перед неурочными гостем, едва не хватил удар. На полусогнутых ногах он засеменил будить хозяина.

— Пошли, мой милый Хуан, повеселимся, — буднично сказал дон Педро.

Был он пешим, в легкой кольчуге и стальном шлеме. Короткий меч — два локтя, не более — висел на кожаном поясе.

Что ж, веселиться так веселиться... Дон Хуан, будучи уверенным, что предстоит всего лишь очередная оргия с девочками, быстро оделся.

— Ишь, вырядился, — сурово окинул взглядом своего друга дон Педро. — Давай переодевайся.

И даже не пояснил, во что именно. Но сообразительность де Тенорио подсказала ему, что король приказывает надеть латы, шлем и взять короткий меч. «О Мадонна, что он еще задумал? — с тоской гадал дон Хуан. — Если мы идем кого-то убивать, то почему он один, почему не взял с собой воинов?»

Ответ на этот вопрос последовал незамедлительно. Дон Педро надел на лицо кожаную маску, вторую, такую же, протянул де Тенорио:

— Одно дело — рисковать жизнью, будучи ссыльным инфантом. Ты, как никто другой, знаешь, что мне не раз доводилось играть в кости со смертью. Но совсем другое дело, когда ты ставишь на кон свою жизнь, будучи королем. Поверь, это настолько сладостное ощущение, что все внутри замирает... Я и решил поделиться с тобой этим удовольствием. Ведь моя жизнь — это и твоя жизнь.

И он мерзко усмехнулся.

Выяснилось, что король уже которую ночь тайком покидает свой замок. В маске он бродит по самым опасным улочкам Севильи с обнаженным мечом и вступает в смертельные схватки с первыми попавшимися грабителями, а также с праздношатающимися идальгос и кабальерос. Нескольких из них его величество уже отправил на тот свет...

Они свернули на безлюдную улицу, как вдруг впереди показалось зарево.

— Пожар? — недоуменно спросил дон Педро.

— Похоже на то, — не совсем уверенно ответил дон Хуан.

Зарево приближалось, и в отблесках пламени уже можно было различить длинную вереницу фигур, несущих зажженные факелы.

— А, это фрагелланты, — презрительно фыркнул король.

Два года назад, во время Семаны Санты 1348 года, когда началась эпидемия чумы, в обычай вошли факельные шествия кающихся грешников — так называемых фрагеллантов. Вот и сейчас, босые, они брели в балахонах из мешковины и нещадно бичевали себя плетьми из конского волоса. У некоторых особо ревностных сквозь мешковину уже проступила кровь... Дабы избежать насмешек случайных знакомых, да и просто зевак, валивших из трактиров и харчевен поглазеть на процессию, кающиеся грешники надевали на головы капючонес (капюшоны) — высокие остроконечные колпаки из той же мешковины с узкими прорезями для глаз. Впоследствии это новшество, придуманное фрагеллантами, было перенято палачами и монахами-инквизиторами.

Никто не ужасался при виде жестоко бичующих себя мужчин и женщин — скорее, они были поводом посудачить, а то и открыто похохотать.

Дон Хуан и дон Педро свернули в темный переулок.

— Наконец-то! — шепнул король.

Впереди показался незнакомец явно благородного происхождения. Он покачивался — видимо, перебрал вина в каком-нибудь кабаке Севильи. Увидев двоих мужчин в масках и с обнаженными мечами, идальго, очевидно, принял короля и его спутника за ночных разбойников — это, впрочем, было вполне естественно и даже отчасти справедливо. Моментально протрезвев, незнакомец выхватил меч:

— Ну, берегитесь, канальи!

— Отлично! — бросил дон Педро. — Я слышу речь храбреца! Хуан, я сражусь с ним один на один! Не вмешивайся! Твое дело — держать фонарь со свечой.

Мечи зазвенели, высекая искры.

Но — вот ужас! — де Тенорио уже через минуту понял, что, как ни был силен и искусен дон Педро в мастерстве владения мечом, его противник превосходил кастильского короля по всем статьям. И дон Педро уже едва успевал отражать сыплющиеся на него рубящие и колющие удары. Он отступал под натиском незнакомца и вскоре спиной уперся в каменную стену... Пресвятая Дева! Да сейчас этот чертов идальго изрубит дона Педро, даже не подозревая, кого он отправляет к праотцам!

«Моя жизнь — это твоя жизнь!» — вспомнил дон Хуан слова короля. Да-да, именно так... Чего будет стоить де Тенорио без своего могущественного друга?

Первым порывом дона Хуана было разбить фонарь

о булыжную мостовую — тогда они смогут спастись бегством под покровом темноты. Но Тенорио сразу понял, что дон Педро не побежит. И тогда, в непроглядной тьме, шансов на спасение у короля вовсе не останется: его противник, несомненно, владеет приемами боя «вслепую».

Дон Хуан сделал шаг вперед и изо всех сил вонзил свой меч под левую лопатку идальго. Тот, как подкошенный, рухнул на мостовую, содрогаясь в предсмертных конвульсиях.

Что ж, дону Хуану было не впервой убивать человека коварным ударом сзади. Но если прежде он осознавал, что совершил очередную подлость, то теперь де Тенорио ликовал: он оказал королю неоценимую услугу, спас ему жизнь!

Ведь дон Хуан своими глазами видел, как за секунду до его выпада король в изнеможении опустил меч и незнакомец уже собирался решающим ударом покончить с противником, чье лицо было скрыто маской...

Дон Хуан радостно посмотрел на дона Педро. Но вместо изъявления признательности за свое спасение король раздраженно плюнул и со злостью топнул ногой:

— Какого черта, Хуан! Я же приказал тебе не вмешиваться! Еще немного, и я разделался бы с ним своим коронным терцем[9]! Твой поступок — это верх подлости, ты недостоин именоваться кабальеро! Пошел прочь! И не смей показываться мне на глаза!

Дон Хуан медленно брел домой, не чуя под собой ног от страха и отчаяния. А что, если завтра его труп будет болтаться на городской стене рядом с простолюдинами? Рядом с ворами и беглыми каторжниками? Ведь король сказал, что он недостоин звания кабальеро...

Впрочем, какая разница — виселица или плаха! За те четыре недели, что минули со Страстной субботы, когда дон Педро был провозглашен королем Кастилии и Леона, он уже отправил к палачу девять знатных сеньоров и их вассалов, прибывших в Севилью, дабы принести оммаж[10] своему новому властелину.

Впервые во всей испанской истории публичные казни совершались на пасхальной неделе. И уж совсем чудовищно смотрелись посреди веселья и славословий воскресшему Христу головы девяти казненных, развешанные на стенах королевского замка.

Может быть, дону Хуану не следует дожидаться, пока его исклеванная воронами голова округлит цифру до полного десятка?

Так что ж, бежать?

Бежать!

Но это немыслимо...

Де Тенорио ввалился в свое кастильо и буквально за несколько минут напился до потери сознания.

* * *

Однако дон Педро больше не вспоминал о событиях той ночи. Более того: король напрочь утратил интерес к подобного рода «прогулкам». Осознал-таки, чем это может для него закончиться. И если бы в ту злосчастную ночь королю не пришло в голову взять с собой дона Хуана... Мог бы, между прочим, и отблагодарить своего друга детства. Так сказать, по-королевски...

«Забудь о награде и даже не вздумай намекать

о ней, — одернул себя де Тенорио. — Короли не любят быть кому-либо благодарными. А хуже всего — чувствовать себя в долгу перед своими подданными. Самое плохое для королевского друга — когда властелин понимает, что обязан ему своей жизнью».

Но вместе с горьким осознанием этой вековой истины дон Хуан испытывал невыразимое облегчение: аутодафе, похоже, ему не грозит. А разве нельзя назвать королевской милостью то поручение, которое дон Педро дал де Тенорио несколько дней назад? Да еще снабдил его неплохими деньгами на расходы?

Так что вместо смертного приговора де Тенорио предстояло нечто гораздо более приятное.

Спустя еще несколько дней к дону Хуану явился посыльный с повелением его величества короля Педро незамедлительно прибыть в его замок.

Оказавшись в монаршей резиденции, де Тенорио с удивлением увидел снующих повсюду ливрейных лакеев с гербами своих высокородных господ. Несмотря на продолжавшиеся казни, кастильские сеньоры, их жены и дети потоком устремились в Севилью, полагая, что их-то уж, в отличие от прочих, минует гнев нового владыки. А те, кто чувствовал хоть какую-то вину перед Марией Португальской и доном Педро, давно скрылись за пределами Кастилии...

Люди не могли и предполагать, что их запросто могут обезглавить и без всякой вины. Что массовые казни в сознании дона Педро были непреложным условием укрепления своего авторитета и запечатления в народе образа великого государя.

— Убивать людей по своему личному усмотрению — это привилегия, данная королям самим Господом! —

заявил король дону Альбукерке, когда тот позволил себе усомниться в правомерности казни одного из вельмож, который был близким другом канцлера.

Разумеется, среди вассалов, прибывших для принесения оммажа дону Педро, не было любовницы покойного короля Элеоноры де Гусман: она заперлась в замке Медина-Сидония, что подарил ей в свое время Альфонсо XI. По непонятной наивности донья Элеонора полагала, что здесь она будет в безопасности и сумеет переждать за каменными стенами самый первый и страшный приступ жажды мести, который, безусловно, овладел Марией Португальской после того, как ее сын был объявлен королем Кастилии.

Трое старших сыновей-бастардов: восемнадцатилетний дон Энрике, граф Трастамарский, его брат-близнец дон Фадрике, великий магистр ордена Сант-Яго, и семнадцатилетний дон Тельо, недавно обвенчанный с дочерью Хуана Альфонсо де Лара, — колебались недолго. Они прибыли в Севилью и принесли юному королю, их сводному брату, присягу верности. Как ни странно, дон Педро встретил их довольно милостиво, а дона Энрике, который еще совсем недавно воспринимался всей Кастилией как наследник Альфонсо Справедливого, юный король даже потрепал по щеке. И со смехом припомнил курьезный случай в военном лагере неподалеку от Гибралтара, когда Энрике не узнал сводного брата Педро…

Обо всех событиях де Тенорио узнал из отрывочных разговоров, в которые он внимательно вслушивался в королевском замке. Это было для него новостью, ведь последние дни дон Хуан пропадал в местах, пользовавшихся весьма дурной славой…

Глава 3

В каминном зале, помимо восседавшего на троне короля Педро, находились Мария Португальская и канцлер Альбукерке.

Королева-мать стояла у окна, нервно покусывая губы. При появлении де Тенорио она демонстративно села на стул.

Альбукерке хмуро шагал взад-вперед и напряженно размышлял. Канцлер понимал: от того, как он поведет себя в это смутное время, зависит его дальнейшая судьба.

Остаться верным королеве-матери, поддержать ее в стремлении стать официальной регентшей, реально управляющей Кастилией? Или решительно перейти на сторону дона Педро, который, несмотря на свой юный возраст, уже успел дать понять всем кастильянос, кто есть их полновластный господин? Почти все смертные приговоры, приведенные в исполнение за первые недели царствования дона Педро, выносились им единолично, без предварительного согласования с королевой-матерью и канцлером.

Альбукерке прекрасно сознавал, что если сейчас без промедления Марии Португальской не удастся обуздать кровожадный нрав дона Педро, то тот окончательно утвердится в роли самодержавного деспота. Но без помощи канцлера у королевы-матери вряд ли получится подчинить себе сына.

А с его помощью?.. И чем, кстати говоря, он может помочь своей любовнице? Канцлер все более убеждался в том, что политическое, финансовое или какое-то иное воздействие извне на дона Педро повлиять не может, если он уже определился в принятом решении. Тяжелый характер…

Альбукерке мысленно содрогнулся, вспомнив о невесть откуда взявшихся головорезах, которые все последнее время окружали короля. «Моя Черная гвардия» — так именовал этих проходимцев дон Педро.

Обнищавшие, опустившиеся до потери человеческого облика идальгос. Они ели дона Педро преданными глазами, готовые сию же секунду исполнить любой его приказ. Одетые в черные плащи и черные маски, они сопровождали короля в его верховых прогулках по Севилье, и к седлам их были приторочены отрубленные человеческие головы[11]…

(Канцлер, разумеется, не мог знать, что вышеупомянутых головорезов вербует на службу в охрану короля дон Хуан де Тенорио — с этой целью он и ходил по злачным притонам, отыскивая надежных, на его взгляд, людей.)

Так что… Махнет король рукой — голова канцлера тут же покатится по мраморным плитам каминного зала. Без всяких там церемоний. Не потребуется ни смертный приговор, скрепленный королевской подписью, ни публичная казнь. Дон Педро все чаще и чаще разделывался с неугодными подданными любого звания без всякого суда, прямо на месте, под влиянием минутного настроения.

Итак, не будет ли со стороны Альбукерке более правильным «отойти» от королевы-матери, которая все чаще вызывала раздражение у своего венценосного сына?

Впрочем, следует подождать.

Дону Педро скоро предстоит поездка в Вальядолид, где кортесы — своего рода парламент, состоящий из представителей разных сословий, — утвердят его королем. Альбукерке удалось убедить дона Педро взять с собой в Вальядолид Марию Португальскую. Так, хотя бы внешне, мать и сын будут восприниматься как правящие вдвоем.

Канцлер знал, что так называемое «утверждение» короля кортесами — процедура чисто формальная, ибо в Кастилии они не имели реальной силы и король по своей воле мог в любой момент их распустить. Или просто проигнорировать их позицию. Вот в Арагоне — совсем другое дело, там кортесы не раз ставили королям палки в колеса, а то и вовсе отказывались признать власть неугодного монарха.

И все же... Альбукерке надеялся, что длительная поездка в Вальядолид, да еще с остановками в крупных городах Кастилии, хотя бы на время прекратит пытки и казни, которыми дон Педро ознаменовал свое вступление на престол.

* * *

— Мой дорогой Хуан! Проходи, проходи...

Лицо дона Педро, бывшее за секунду до этого мрачным, просветлело.

Де Тенорио церемонно поклонился присутствующим.

— Может быть, мы сначала все-таки закончим наш разговор? — недовольно спросила Мария Португальская.

— Мы его закончим, матушка, — спокойно ответил дон Педро. — Но... Мне этот разговор неприятен. Так что давайте ненадолго прервемся. Передохнем.

— Я не устала! — бросила королева-мать. — А если и устала, так это от неопределенности, в которой вы, сын мой, держите меня уже которую неделю!

Альбукерке посмотрел на Марию Португальскую успокаивающим взглядом мудрого политика — как умел смотреть только он один. Королева умолкла.

Дон Педро протянул де Тенорио бумагу, скрепленную его подписью и печатью канцлера.

— Держи, мой друг.

Дон Хуан встал перед королем на одно колено и, волнуясь, пробежал документ глазами. Это был указ о назначении дона Хуана де Тенорио на должность королевского обер-келлермейстера — придворного смотрителя винных погребов.

Вероятно, дон Педро то ли в шутку, то ли всерьез воздавал дань признательности дону Хуану, всегда умевшему организовать совместную попойку двух друзей — инфанта и кабальеро.

Очевидность того, что король просто-напросто хотел обеспечить своему другу детства хорошую жизнь, заключалась в том, что при дворе покойного Альфонсо XI уже был распорядитель винными погребами и главный виночерпий, а такого чина, как обер-келлермейстер, вообще не существовало. Дон Педро придумал его специально для дона Хуана де Тенорио, позаимствовав германское название подобной должности — «келлермейстер» — и ради пущей важности присовокупив германскую приставку «обер». Как уже говорилось, дон Педро хорошо знал европейскую историю и, читая древние кельнские манускрипты, как раз и наткнулся на любопытный рассказ о некоем келлермейстере, который играл заметную роль в городе.

Новая придворная должность на первый взгляд представлялась довольно скромной. Но, во-первых, она неплохо оплачивалась, во-вторых, позволяла не утруждать себя чрезмерно — ведь при короле был целый штат опытных виночерпиев, дегустаторов и экспедиторов. А главное — формально давала повод в любое время находиться подле его величества. Как, например, позволяли чисто условные должности постельничего, главного ловчего, главного смотрителя конюшен…

Мария Португальская не придала значения дружеской услуге, которую сын оказал отпрыску великого адмирала де Тенорио — ее прежнему фавориту. Эка невидаль — при дворе появился еще один бездельник и дармоед.

Вдовствующую королеву сейчас волновали куда более серьезные проблемы, которые надо было решить безотлагательно… И как можно скорее, пока давняя, ненавистная соперница, Элеонора де Гусман, нарожавшая законному мужу Марии Португальской кучу детей, не скрылась от возмездия за пределы Кастилии.

В будущем Мария Португальская еще не раз проклянула тот день, когда дон Хуан де Тенорио без всяких препятствий с ее стороны получил свою придворную должность…

— Ну что, доволен? — подмигнул своему другу дон Педро и знаком велел ему подняться с колена.

— Я просто счастлив, государь, — ответил дон Хуан, изо всех сил стараясь придать голосу взволнованность.

Он с полупоклонами пятился назад, намереваясь покинуть каминный зал, но был остановлен мановением королевской руки.

— Итак, матушка, — повернулся Дон Педро к Ма-

95

рии Португальской, — вы настаиваете, чтобы я вынес смертный приговор Элеоноре де Гусман…

— Ни на чем я не настаиваю, — резко перебила сына королева-мать. — Я всего лишь считаю, что эта распутница, которая уже двадцать лет именует себя повелительницей Кастилии, заслуживает смерти в гораздо большей степени, нежели казненные вами кабальерос и вельможи, чья вина заключается лишь в том, что они преданно служили вашему покойному отцу! Не к ночи будь он помянут…

Слушая этот разговор, дон Хуан не на шутку перепугался. Разумеется, не за Элеонору де Гусман, а за себя. Не должен простой смертный присутствовать при подобных выяснениях отношений между сильными мира сего! Иначе его жизнь не будет стоить и одного мараведи[12].

Будто в подтверждение этих мыслей де Тенорио, королева-мать с ненавистью посмотрела на него. Что до Альбукерке, то для него дона Хуана как будто вовсе не существовало.

В каминный зал по-хозяйски вошел огромный черный дог — любимец дона Педро. Цокая когтями по мраморным плитам, пес неспешно приблизился к трону и подставил под правую руку его величества большую голову. Король машинально принялся почесывать дога за ухом.

— Надеюсь, вы понимаете, матушка, — насмешливо заговорил дон Педро, — что после казни Элеоноры де Гусман я просто вынужден буду предать смерти всех ее бастардов. Всех девятерых, матушка, включая малолетних. Даже годовалую Хуаниту! А ведь старшие братья уже принесли мне присягу.

— Сын мой, — сквозь зубы прошипела Мария Португальская, — почему этот ваш новый виночерпий...

— Обер-келлермейстер, — со зловещей улыбкой поправил ее король.

— Да называйте ваших слуг как угодно! — взорвалась королева-мать. — Почему вы не позволили ему удалиться? Тем самым вы ставите меня и господина канцлера на одну доску с этим ничтожеством!

Дон Педро прищурился: его взгляд не предвещал ничего хорошего.

— Вы сказали «на одну доску»? — шепотом произнес король. — Что вы подразумеваете под словом «доска»? Плаху? О да, тут я с вами согласен. На плахе, под топором палача, все равны.

Де Тенорио содрогнулся, пораженный чудовищным открытием: «Да он безумный! Он одержим бесом! И как это я раньше не замечал?»

В это время яркий луч солнца пробил туманную дымку облаков и сквозь разноцветный мозаичный витраж в каминный зал хлынул поток света. На мраморный пол легло алое пятно, в котором резкими очертаниями обрисовалась тень короля Педро. И — о ужас! — де Тенорио явственно различил кривые рога, украшавшие голову монаршей тени... Один рог был направлен в сторону окаменевшей Марии Португальской, другой упирался в замершую фигуру канцлера Альбукерке.

Не помня себя, дон Хуан выбежал из каминного зала — прочь, прочь из этого капища Сатаны! Вслед ему несся дьявольский хохот короля Педро.

Прошло совсем немного времени, и в памяти дона Хуана де Тенорио с мистическим озарением всплыла эта сцена в каминном зале королевского замка: зловещие слова о плахе, которую дон Педро предрекал своей матери и канцлеру, и рогатая тень повелителя Кастилии, прочертившая алое пятно на мраморных плитах.

Глава 4

В тот же день сорокалетняя Элеонора де Гусман по приказу короля Педро была арестована в замке Медина-Сидониа. Комендант замка, которого она считала надежным и преданным человеком, не посмел оказать сопротивление королевским альгвасилам (судебным исполнителям). Донью Элеонору перевезли в замок со страшным названием, каркающим, словно вороны на погосте: Кармона — в двадцати верстах от Севильи. Когда донья Элеонора увидела свои «покои», возле которых стояла круглосуточная охрана, она попыталась было возмутиться, но в ответ услышала суровый ответ коменданта Кармоны:

— Его величество король дон Педро повелел обращаться с вами как с особо опасной государственной преступницей.

В то же самое время в Севилье король приказал схватить трех старших бастардов — Энрике, Фадрике и Тельо, находившихся у него в замке в качестве гостей. Дон Педро решил «на всякий случай» подержать сводных братьев под замком — во избежание бунта со стороны той части кастильского рыцарства, которая сочувствовала Элеоноре де Гусман и ее детям.

Однако «черные гвардейцы» короля опоздали: Энрике, совершенно случайно узнавший об аресте своей матери, под покровом ночи бежал из Севильи, надев на лицо кожаную маску. Он в одиночку стал пробираться на север, в Астурию, где находилось его графство Трастамара. Там он надеялся обрести защиту в лице своих преданных вассалов.

Дон Педро, узнав о побеге единокровного брата, пришел в ярость и предал смерти стражников, дежуривших в ту ночь у ворот королевского замка. И отыгрался на Фадрике и Тельо, которых Энрике оставил «на съедение» взбешенному королю. Оба они были отправлены под арест в провинцию Эстрамадура.

Так началась кровная (и кровавая) вражда между королем и бастардами покойного Альфонсо Справедливого.

Но все могло сложиться совсем иначе. Кастилия вполне могла бы и не изведать всех ужасов одной из самых кровопролитных в истории Испании гражданских войн. Именно побег Энрике Трастамарского из королевского замка в Севилье определил всю последующую череду жестоких несчастий, обрушившихся на Кастилию и сопредельные государства.

Дон Педро, заняв престол и расправившись с несколькими десятками вельмож для устрашения непокорных и колеблющихся, в дальнейшем совершенно искренне хотел быть мудрым и справедливым королем. Свой меч он собирался поднять вовсе не на христиан Испании, а на «неверных» — завершить захват Гибралтара и покорение Гранадского эмирата.

До побега Энрике дон Педро ненавидел только одного человека на белом свете — своего отца Альфонсо, который с момента рождения сына держал его в опале. Со смертью отца ушла и ненависть к нему. Мать он презирал, а к Элеоноре де Гусман относился с полным безразличием, намереваясь назначить ей пожизненное заточение, но вовсе не предавать смерти. Когда дон Педро говорил Марии Португальской, что, убив донью Элеонору, он будет вынужден казнить ее отпрысков, самодержец как раз имел в виду, что не собирается проливать кровь любовницы покойного короля и ее детей.

К девятерым бастардам, которые, как понимал дон Педро, ни в чем перед ним не провинились, он испытывал почти братские чувства. И рассчитывал, что сводные братья станут его верными вассалами. Это и подтвердили старшие бастарды, принеся добровольную присягу новому королю.

Однако все кардинально переменилось после побега трусливого Энрике Трастамарского.

— Этот подонок предал меня, изменил присяге! — негодовал дон Педро, потрясая кулаками перед носом Альбукерке. — Я знаю: теперь он начнет собирать войска на севере, чтобы свергнуть меня с престола и самому взойти на трон!

С этого момента юный король со всей ясностью осознал: всех врагов, даже потенциальных «неблизких друзей», лишь заподозренных в намерении измены, надо безжалостно уничтожать. Теперь вся дальнейшая жизнь Педро Первого имела одну-единственную цель: удержать власть. Ради этого можно было всю страну затопить кровью… Король позабыл о войне с маврами, о государственном строительстве, о народном благе.

Хотя в периоды относительного затишья в непрерывной войне с Энрике Трастамарским и его союзниками — соседними государствами — дон Педро принимался и за мирные, созидательные дела. Он провел денежную реформу; своим указом ввел в обращение и стал чеканить национальную валюту — серебряный реал[13]. Построил несколько замков и монастырей. Севильский королевский дворец Алькасар, возведенный по повелению дона Педро, до сих пор считается одним из величайших шедевров средневекового зодчества.

Но все эти благие деяния были ничто в сравнении с теми разрушениями и человеческими жертвами, которые принесло Кастилии, Арагону, Гранаде, Наварре, Португалии, Франции и Англии правление Педро Жестокого.

Что же касается графа Трастамарского, то, пока жив был Альфонсо XI, склонный к набожности, Энрике то и дело ходатайствовал перед своим державным родителем за униженного инфанта Педро.

— Отец, — робко говорил юный Энрике, — а как же брат Педро? Ты совсем забыл его… Это неправильно, нехорошо. Не по-божески.

— Я забыл, и ты забудь! — весело отвечал король Альфонсо. — Нет никакого Педро! Есть только ты и твои братья. Ты — наследник короны Кастилии! А если уж поминать Бога… Любишь ли ты меня так, как я тебя люблю? Любишь ли ты меня больше, нежели другие твои братья?[14]

— Я люблю тебя, отец, — с отчаяньем говорил Энрике. — А раз так, то я не могу не любить твоего законного сына Педро! Приблизь его к себе, он должен занять подобающую королевскому отпрыску должность!

Когда умер Альфонсо XI и архиепископ дон Манрике провозгласил его законного сына Педро новым повелителем Кастилии и Леона, Энрике без особых переживаний смирился с этим ударом судьбы. Он хотел только одного: сохранить за собой графство Трастамара. Потому и убедил своих братьев отправиться в Севилью и принести оммаж королю Педро. Если кого и боялся восемнадцатилетний Энрике, так это Марию Португальскую, ненавидевшую Элеонору де Гусман и ее потомство. Ему и в голову не приходило пытаться свергнуть или тем паче убить единокровного брата Педро.

Энрике хорошо помнил библейский завет Господа Бога: «Не прикасайся к помазанникам Моим!»

Граф Трастамарский никогда не помышлял о гражданской войне. Отец всегда учил его: «Удел христианского государя — сражаться с неверными». С самого детства Энрике воспитывался в идеалах крестовых походов, и понятие «война» неразрывно было связано в его сознании с борьбой против мавров, но никак не против своих соотечественников.

А ведь именно в первые дни правления дона Педро у Энрике Трастамарского были все шансы захватить престол. Кастильское рыцарство молчаливо и с надеждой взирало на того, кого дворяне и народ уже привыкли считать преемником Альфонсо XI на королевском троне. Все они, как и покойный король, относились к шестнадцатилетнему Педро как к провинциальному подростку, никогда не принимавшему участие в военных походах и сражениях, — в отличие от Энрике инфанта Педро никто не воспринимал как личность государственного масштаба: его не знали в лицо, как и он в свою очередь не был лично знаком с представителями знати. Зачем нужен такой король?

И рыцари Кастилии напряженно ждали от дона Энрике сигнала к началу похода на Севилью.

Но тогда, в марте-апреле 1350 года, этот сигнал не прозвучал. Наоборот: граф Энрике Трастамарский своим личным примером призвал всех дворян Кастилии принести присягу законному королю.

Рыцарей северной, так называемой Старой Кастилии охватило уныние. Сколько надежд они связывали с бастардом Энрике, которого почитали своим земляком и родственником (напомним, Энрике был женат на племяннице Хуана Нуньеса де Лары, чей клан был самым мощным на севере страны)... Все рухнуло в одночасье!

Но вот Энрике прибыл в Астурию, сбежав от своего сюзерена — дона Педро, и северяне воспрянули духом. Он искал в Астурии покоя и безмятежной семейной жизни, а его сразу же провозгласили вождем мятежников, спасителем Кастилии! Под его знамена стекались новые и новые сторонники. Энрике просто обязан был соответствовать той миссии, которую возложили на него противники дона Педро. Раз ты бежал от короля — значит, ты ему враг. А раз враг — следовательно, нужно поднимать восстание. А уж если поднимать восстание, то его целью должно быть свержение (убийство?) короля Педро и возведение на престол графа Трастамарского. Если бы дон Энрике решительно открестился от этой роли, то взамен него мятежники призвали бы в качестве вождя бастарда Фадрике или бастарда Тельо. И тогда, как хорошо понимал Энрике, участь его и его семьи вряд ли была бы завидной.

И дон Энрике неожиданно понял, что после всех этих переживаний и сомнений он всей душой возненавидел дона Педро. В своих многочисленных воззваниях бастард именовал Педро Первого узурпатором королевской власти, а занятие им престола — нарушением воли покойного Альфонсо Справедливого. Граф Трастамарский постоянно твердил, что «незаконный король» пренебрегает католической церковью, напоминал о той жестокости, с которой дон Педро разделался с верными соратниками своего отца.

Так, в результате побега Энрике из королевского замка Севильи, граф Трастамарский и король Педро стали злейшими врагами на всю оставшуюся жизнь.

Но почему же все-таки многочисленное рыцарство северной Кастилии (за исключением Галисии, твердо хранившей верность королю Педро) усиленно подталкивало дона Энрике к войне с законным самодержцем? Только ли потому, что граф Трастамарский был их земляком и сородичем и они свыклись с мыслью, что именно он должен занять престол?

Здесь надо сказать несколько слов о мировоззрении и психологии средневекового рыцаря. С раннего детства война занимала все его помыслы, только в ней он видел возможность возвеличить свой род высокими званиями и почестями, приобрести для потомков (и для себя, разумеется) новые земли и замки. Другого пути не было. И дворяне с радостью воспринимали призыв на любую войну.

Поэтому возможность развязать гражданскую смуту — с тем, чтобы низложить одного короля и возвести на престол другого (а стало быть, получить от этого «другого» деньги и титулы), — так вот, эта возможность прельщала многих рыцарей Кастилии, причем не только северной.

А как же природный страх смерти?..

Генеральные сражения в открытом поле, «урожайные» в смысле павших в бою рыцарей, случались в ту пору нечасто. Затяжные войны заключались главным образом в маневрах, мелких стычках, взятии и оставлении городов и сел. Рыцари противоборствующих сторон старались при этом не убивать и даже не ранить друг друга, а брать в плен вражеских дворян, чтобы потом получить за них выкуп. В плену рыцарей ни в коем случае не унижали, а выказывали им почет и уважение. Пленники и заложники пировали вместе со своими захватчиками, беседовали о высоких материях. В плену рыцарь был среди «своих», которые прекрасно понимали, что скоро и сами могут оказаться в положении заложников, ожидающих выкупа.

Война была для рыцаря неким ристалищем, своего рода турниром. Поприщем для достижения славы и завоевания прекрасных дам. Средневековая война по своей сути была куртуазной!

К тому же в середине XIV века защитные доспехи достигли большого совершенства. Они надежно предохраняли рыцаря от ран и увечий. Для сравнения: в войнах того времени оруженосцев погибало в семь раз больше, нежели рыцарей. Ведь оруженосцы шли в бой, как правило, пешими, а из доспехов у них в лучшем случае была кольчуга. Латы стоили чрезвычайно дорого, а боевой конь, облаченный в кольчугу и панцирь, имел цену хорошего поместья.

Конечно, большинство рыцарей рано или поздно погибали в сражениях. Но смерть мало пугала: мальчикам-дворянам с пеленок внушали, что они обречены сложить голову в бою. Вопрос не в том, умереть или не умереть. Главное — как умереть. И рыцари порой сознательно искали смерти — но смерти почетной, славной и героической. Согласно рыцарскому кодексу чести, уступить естественному страху смерти — значило отречься от права на особое положение в обществе, от права на избранность.

В свою очередь это сознание избранности порождало обостренное восприятие таких понятий, как справедливость и несправедливость. И мятежные рыцари считали, что возведение на престол Энрике Трастамарского — дело справедливое.

Главное было — заручиться согласием дона Энрике стать вождем. И мятежники такое согласие получили.

Глава 5

Та апрельская ночь, когда Энрике Трастамарский сбежал от короля Педро, надолго осталась в памяти жителей Севильи. «Ночь страшных знамений» — так ее прозвали в народе.

Ветра не было, но по черному небу в зловещей тишине мчались мглистые облака. Временами их озаряли сполохи беззвучных бело-красных молний. Полчища летучих мышей — упырей и нетопырей — зигзагами носились по городским кварталам, невесть как проникая в жилища, будто потревоженные души умерших. Чуть ли не все филины Андалусии разом слетелись в Севилью из окрестных лесов: их плачи и стоны доносились с церковных колоколен, тоскливыми эхом оглашая чердаки домов.

Дон Хуан де Тенорио лихорадочно бегал по своему кастильо.

— Ну?! Какого дьявола ты стоишь? — набросился он на дрожащего от страха Пако.

— В-ваша св-ветлость, — начал Пако, стуча зубами при каждом слове. — Помилуйте... Но выходить в такую ночь, да еще одному...

— Вон! Да поживей, скотина! — заорал дон Хуан. Не все ли тебе равно, где подыхать — здесь, в моем кастильо, или на улице, от руки грабителя?

— Воля ваша, а уж лучше убейте меня тут, — взмолился Пако.

— Вот ведь трус, — горестно вздохнул де Тенорио. — Идти-то всего две улицы!

Утром дон Хуан, вернувшись чуть живым из королевского замка, послал Пако к перекупщику и заимодавцу Натану Бен Иегуде, поручив слуге привести еврея в кастильо де Тенорио. Дело в том, что королевский обер-келлермейстер решил бежать из Севильи.

Дон Хуан, в отличие от Энрике, понятия не имел, в какие края он отправится в сопровождении своего единственного слуги. Может быть, на родину Пако, в Арагон?.. Сейчас важно было достать денег, и потому де Тенорио намеревался срочно продать перекупщику свое фамильное кастильо — за любую маломальски приемлемую цену. К обеду Пако вернулся в одиночестве — Натан просил передать дону Хуану, что придет к нему, как стемнеет. И вот уже полночь, а перекупщика все нет и нет...

У Тенорио не выдержали нервы.

— Сию же минуту приволоки мне этого еврея! — проревел он.

В этот момент раздался стук чугунного кольца о деревянные ворота кастильо.

— Слава Всевышнему! — вскричал Дон Хуан, простирая руки к распятию. — Он явился!

Пако, очень довольный тем обстоятельством, что ему не придется покидать дом в такую страшную ночь, побежал открывать.

Слуга вернулся ни жив ни мертв — как говорится, краше в гроб кладут. За ним следовал человек, одетый во все черное. Черный плащ, черные сапоги... И — черный капучоне с прорезями для глаз.

— Натан, пес ты паршивый, — с укоризной молвил дон Хуан. — Какого черта ты заставляешь благородного кабальеро ждать тебя целый день?

— Я не Натан, — послышался глухой голос незнакомца.

— Так кто же вы? — шевельнул вмиг помертвевшими губами де Тенорио.

— Я один из тех, кто вечно молод, вечно счастлив и вечно непобедим, — медленно произнес полночный гость.

Дон Хуан отступил в ужасе, а его верного Пако тут же след простыл. Хозяин кастильо и таинственный визитер остались с глазу на глаз.

— Иезус Мария! Значит, вы — хранитель Грааля[15]!

— Я пришел к тебе, дон Хуан де Тенорио, по воле твоего отца, дона Алонсо де Тенорио, одного из приоров нашего братства.

— Что! — воскликнул дон Хуан. — Мой отец погиб много лет назад!

— По некоторым причинам я не мог явиться раньше, — сказал визитер. — А теперь молчи и слушай!

С этими словами незнакомец протянул дону Хуану серебряный перстень с черным камнем.

— Этот перстень, освященный в святом Граале, велел передать тебе твой отец, перед тем как его душа покинула тело. Черный агат будет помогать тебе и хранить тебя. Но лишь до тех пор, пока ты не совершишь три роковых злодеяния.

— Какие же это... деяния? — испуганно спросил де Тенорио, надевая перстень на безымянный палец правой руки.

— Запоминай! — сурово начал пришелец. — Ты будешь безнаказанно творить свои дела, но однажды, по собственной воле, ты лишишь жизни беззащитную женщину, мать десятерых детей. Это будет первый роковой день в твоей жизни.

— А дальше? — с замиранием сердца спросил де Тенорио.

— Наступит час, которого не ждал. Увидишь то, чего не мог увидеть. В тот день ты зарежешь слепого, немощного старика. Это второй твой роковой поступок. А третье злодеяние, которое сведет на нет магическую силу черного агата, будет таким. Ты поклянешься чужой невесте, что женишься на ней. В доказательство своих намерений ты произнесешь: «Если я обману тебя, любимая, то пусть Господь покарает меня рукой мертвеца!» И скроешься, нарушив свою клятву и обесчестив чужую невесту.

— Ну, такой глупости я уж точно не совершу! — радостно усмехнулся дон Хуан. — Я никогда не произнесу такой нелепой клятвы! «Пусть Господь покарает меня рукой мертвеца...» Что за выдумка! Спасибо, что предупредил меня, полночный гость! Но я хочу знать, что же будет потом, если я все-таки совершу все три роковых поступка?

Черный человек помолчал. Затем снова послышался его негромкий, словно потусторонний голос:

— Даже совершив все три роковых злодеяния, ты останешься безнаказанным и неуязвимым до тех пор, пока сам искренне не принесешь Богу покаяние в своих грехах.

— Уж этого-то Всевышний от меня не дождется! Что ж, придется вечно жить без исповеди и святого причащения...

Дон Хуан рассмеялся, ликуя. И вдруг замолчал, потрясенный отголосками эха, которое заметалось по кастильо. Это был точь-в-точь хохот дона Педро, тот раскатистый, жуткий хохот, что преследовал де Тенорио по пятам во время его бегства из королевского замка...

По телу дона Хуана потек ледяной пот, а незнакомец в черном между тем торжественно закончил:

— И тогда, когда ты раскаешься, вся жизнь твоя пойдет прахом и рука мертвеца поразит тебя и отправит в чистилище!

Будто завороженный, дон Хуан вглядывался в бездонную глубину черного агата, а когда поднял взгляд от перстня, то увидел, что незнакомца уже нет в комнате.

Дон Хуан кинулся догонять того, кто называл себя хранителем Грааля. Он хотел знать больше. Тенорио стремительно пересек патио, схватил факел, горевший в нише у ворот, распахнул калитку...

Перед ним, в ярком свете факела, возле самых ворот кастильо лежал труп севильского перекупщика Натана Бен Иегуды. Из груди еврея, одетого в серый плащ, торчала рукоять кинжала.

Незнакомец исчез.

Дон Хуан уснул только под утро и проспал до самого вечера. Разбудил его громкий стук в ворота кастильо. Еще не проснувшись как следует, дон Хуан решил, что никакого ночного визитера и в помине не было, что все это привиделось ему во сне. Точно так же, как в свое время привиделся ему святой Тельмо. Но, взглянув на правую руку, королевский обер-келлермейстер увидел на пальце перстень с черным агатом.

Стук чугунного кольца о калитку продолжался. Дон Хуан подошел к окну и увидел, как слуга Пако отворяет ворота. Пресвятая Дева… Под окном в сопровождении нескольких рыцарей стоял не кто иной, как государственный канцлер дон Хуан Альфонсо д'Альбукерке.

Тенорио, наскоро одевшись, поспешил вниз, где был довольно бесцеремонно посажен в знаменитую карету канцлера — самую первую на всем Пиренейском полуострове.

Лошади тронулись.

— Какая страшная была ночь… — задумчиво произнес Альбукерке. — Не все горожане Севильи сумели ее пережить. Далеко не все.

Канцлер помолчал.

— Знаете ли вы, де Тенорио, что его величество король Педро при смерти? — неожиданно повернулся он к дону Хуану. — Послал меня за вами, сеньор обер-келлермейстер.

— Как при смерти? — ужаснулся де Тенорио.

Он тут же забыл о магическом перстне, который якобы призван хранить его от житейских бурь: трагическая действительность мигом заслонила смутные обещания полночного гостя, согласно которым обладатель черного агата якобы становится неуязвимым.

— Чума, — пояснил Альбукерке. — «Черная смерть». Прошел ровно месяц с того дня, как дон Педро побывал в лагере покойного короля Альфонсо... Вы ведь, де Тенорио, ездили туда вместе с доном Педро, не так ли?

— Да, ездил, — кивнул дон Хуан.

— И дон Педро заходил в шатер умирающего отца? — продолжил свой допрос канцлер, вновь становящийся всемогущим.

— Заходил, — обреченно вздохнул де Тенорио. — И пробыл там достаточно времени.

— Вот-вот, — покивал головой Альбукерке. — Сегодня утром у юного короля резко поднялась температура, началась горячка, за ней — бред... А лекарь его величества обнаружил под мышкой дона Педро огромный, твердый бубон. Это, без сомнения, «Черная смерть», вот так-то.

— Значит, королю осталось...

— Пять дней, не более того. Хотя... Его покойный отец продержался целую неделю.

— И кто будет?..

Дон Хуан задал вопрос, который был бы совершенно неуместен при других обстоятельствах, однако и канцлер, и обер-келлермейстер прекрасно понимали, что кончина короля Педро неизбежно повлечет за собой вынесение смертного приговора его другу детства. Ни Альбукерке, ни Мария Португальская не простят презренному де Тенорио того, что он стал свидетелем унизительной для них обоих сцены в каминном зале королевского замка.

— Свои претензии на кастильский престол выдвинули два человека, — равнодушно сказал Альбукерке.

Дону Хуану оставалось жить ровно столько, сколько продлится предсмертная лихорадка дона Педро.

Глава 6

Как выяснилось из последующих слов канцлера, имена претендентов были Хуан Нуньес де Лара и дон Фернандо, инфант Арагона. Первый заявил во всеуслышание, что он — законный наследник кастильского престола, поскольку его дед был отстранен от королевского трона узурпатором Санчо. Стало быть, корона Кастилии и Леона до сих пор по праву принадлежит династии де Лара и, значит, ему, дону Хуану Нуньесу, главе клана.

Дон Фернандо Арагонский в свою очередь ссылался на то, что он после смерти дона Педро становится самым близким официальным родственником покойного короля Альфонсо XI. Ведь дон Фернандо — его родной племянник.

Оба кандидата в короли имели за своей спиной мощные партии крупных сеньоров и вассалов. Возможно, именно поэтому Энрике Трастамарский, равно как и другие его братья-бастарды, вообще не рассматривались в качестве возможных преемников дона Педро на королевском троне.

Для себя канцлер Альбукерке уже решил, что доведет до конца неизбежное возмездие Элеоноре де Гусман и всему многочисленному незаконнорожденному потомству Альфонсо XI, о чем умирающий король дон Педро упомянул во время памятного спора со своей матерью в каминном зале севильского замка. Сто раз прав этот мальчишка, что мечется ныне в предсмертной агонии: уж коли кончать с курицей, так уж и со всем ее выводком цыплят. Тут все очевидно. Однако были вещи не столь однозначные…

Дон Альбукерке сидел, крепко задумавшись. Ему, прямо скажем, было над чем поразмыслить.

Дело в том, что уже сегодня, узнав о приближающейся кончине дона Педро, новоявленные претенденты на престол — и дон Хуан Нуньес де Лара, и дон Фернандо Арагонский — моментально сделали предложение руки и сердца вдовствующей королеве Марии Португальской.

Королева-мать, впавшая было в отчаяние при известии о смертельном недуге сына, после такого двойного сватовства воспряла духом: ведь теперь будущее Кастилии зависит от ее выбора. Ибо тот, кого она предпочтет, станет новым королем Кастилии и Леона. Это было очевидно для всех.

Разумеется, Мария Португальская обратилась за советом к канцлеру. А это значило, что истинным распорядителем королевского трона стал он, дон Хуан Альфонсо д'Альбукерке.

Весь день королева Мария донимала своего любовника то мольбами, то глупыми вопросами, то истерикой. Собственно говоря, именно поэтому канцлер и отправился в кастильо де Тенорио (а король действительно звал в бреду своего друга), чтобы хоть на короткое время получить возможность побыть наедине со своими «за» и «против».

Так кого же он «назначит» королем Кастилии и Леона?..

Разумеется, того, кто больше заплатит канцлеру за право носить кастильскую корону.

* * *

В спальне дона Педро резко пахло мышьяком и ртутной мазью: шестнадцатилетнего короля, как и его покойного отца, пытались лечить от неизбежной смерти при помощи все тех же препаратов.

Дон Хуан смотрел на своего умирающего друга точно так же, как месяц назад, будучи инфантом, дон Педро смотрел на своего отца — с отвращением и жалостью.

Покрытое грязно-рыжей щетиной лицо юного короля было усеяно волдырями, он истекал потом. Голова его величества моталась из стороны в сторону.

— Он... что-нибудь понимает? — спросил де Тенорио находящегося тут же лейб-медика.

Врач неожиданно ухмыльнулся.

— Ни-че-го-шень-ки, — выговорил он заплетающимся языком. — Вот, смотрите сами!

Королевский доктор, пошатываясь, приблизился к постели умирающего и сделал пальцами «козу».

— У-у, антихрист проклятый! Сколько честного народу ты успел загубить за какой-то месяц! Но ничего, теперь тебе конец...

Врач захихикал:

— Тебя уже черти заждались возле своей адской сковороды!

Затем он внезапно заплакал.

Дон Хуан узнал его: это был тот самый врач, который совсем недавно чуть не отправил его на тот свет путем кровопускания. А ведь трезвый был и в здравом рассудке! Сейчас же лекарь был пьян до непотребства.

Медик, изо всех сил старавшийся удержать равновесие, чтоб не рухнуть на тело умирающего, отвел левую руку дона Педро и стал втирать в его распухшую от бубона подмышку ртутную мазь.

— Та-ак, — деловито сопел он. — А теперь — пилю-лечку с мышьячком, ваше величество...

— Похоже, вы тоже готовитесь к смерти, — мрачно бросил де Тенорио.

— А то как же! — весело взвизгнул врач. — Но только не от чумы. Чумой, сеньор, я не заражусь, даже если буду спать в обнимку с королем.

— Это почему же, позвольте вас спросить? — удивился дон Хуан.

Врач, сунув пилюлю в рот короля, выпрямился и ткнул пальцем в бутыль с прозрачной жидкостью.

— Знаете, что это такое? — Лекарь подмигнул дону Хуану. — Это, сеньор мой, такая штука... По-латыни именуется «спирит». Дух жизни, понимаете ли. Совсем недавно получен алхимиками путем перегонки виноградного вина. Если его пить побольше, да еще вдобавок растираться, то никакая зараза не возьмет... Кстати, отведайте глоточек!

И он протянул бутыль де Тенорио. Тот отпил прямо из горлышка и едва не задохнулся: горло перехватило от жесточайшего спазма, и дон Хуан решил, что хлебнул расплавленного олова.

Он хрипел минуты три, мотая головой и вытирая обильные слезы. Наконец отдышался.

— Какого черта... — выдохнул обер-келлермейстер.

— Ну что? — обрадовался доктор. — Вы бутыль-то с собой возьмите, у меня еще есть... Как выйдете отсюда, так сразу разотритесь... и опять же пару глоточков сделайте. Доживете до старости! Этот спирит оберегает получше любого талисмана...

Дон Хуан вспомнил про перстень с черным агатом, обладатель которого, по словам полночного гостя, становился непобедимым. Что ж, пора испытать силу этого агата...

Он снял перстень и протянул его медику:

— Вот что, друг, наденьте-ка это на палец короля!

Врач, пожав плечами, равнодушно выполнил приказ.

Дон Хуан взял бутыль и вышел из спальни. И сразу был схвачен двумя «черными гвардейцами», спешившими выказать свою преданность новым хозяевам — канцлеру Альбукерке и Марии Португальской.

— Сеньор кабальеро, с этой минуты вы на карантине, — пояснил один идальго, которого де Тенорио самолично рекомендовал в королевскую охрану еще пару недель назад.

Дона Хуана втолкнули в полутемную клетушку и заперли. На каменных стенах не было даже распятия, чтоб помолиться перед отходом в мир иной. Хорошо хоть спирит не отобрали, а потому дона Хуана ожидало сносное времяпрепровождение...

* * *

Поскольку венчание Марии Португальской с одним из претендентов на престол не могло совершиться раньше чем по истечении сорока дней с момента кончины короля Педро, канцлер Альбукерке не спешил с окончательным выбором нового властителя. Хотя уже получил изрядные суммы и от Хуана Нуньеса де Лары, и от Фернандо Арагонского.

Канцлер ждал. Однако вскоре во дворце стало происходить нечто необъяснимое.

Когда юный король продержался в бреду целых восемь дней, перекрыв достижение своего отца, богатыря Альфонсо XI, Альбукерке лишь усмехнулся: до чего ж выносливы и живучи представители Бургундской династии! Ну да все равно, конец один…

Но вот прошло десять дней, а канцлеру и Марии Португальской еще не докладывали о смерти дона Педро. И королева Мария, еще недавно связывавшая со своим сыном надежды на счастливую жизнь, нервничала и злилась, моля Бога приблизить час ее торжества. Полторы недели она мнила себя уже не вдовствующей королевой и даже не регентшей, а полноправной повелительницей Кастилии. Женой, а вовсе не вдовой и не матерью короля. Супругой монарха, который своим восшествием на престол будет обязан исключительно ей!

В своих радужных мечтах Мария Португальская даже на какое-то время позабыла о мести Элеоноре де Гусман… Это, право, мелочь!

Когда Альбукерке сообщил королеве-матери о том, что вызванный в замок обер-келлермейстер де Тенорио в свое время передал умирающему королю волшебный оберег — кольцо с черным агатом, — Мария Португальская только презрительно усмехнулась. Она уже отдала распоряжение своим придворным чародеям, чтобы те усердно творили сатанинские ритуалы, дабы ускорить смерть сына. Восковую фигурку дона Педро протыкали иголками, его срезанные волосы сжигали в колдовских тиглях… куда там какому-то перстню тягаться с черной магией.

Да и врачу был дан приказ пичкать умирающего короля огромными дозами мышьяка и ртути. Что и делал несчастный лекарь.

Но тем не менее Мария Португальская не спала уже неделю, находясь на грани безумия. Король все еще жив! Сколько ей еще ждать?

Ожидание ее величества королевы-матери было прекращено в ночь с 6 на 7 мая. Спустя восемнадцать дней после начала лихорадки и последовавшего за ней беспамятства королевский замок огласился ревом дона Педро:

— Жрать хочу! Подать сюда маслин, жареного поросенка и вина побольше!

Юный король, пошатываясь от голода, стоял у распахнутых дверей своей опочивальни, которая так и не стала для него последним приютом. Если не считать вполне естественной слабости во всем теле, дон Педро был совершенно здоров.

Королева-мать вспомнила о перстне с черным агатом, который надел на палец умиравшего сына де Тенорио, отпрыск ее покойного фаворита. Да-да, конечно, это был тот самый перстень-талисман. Его Мария Португальская видела когда-то у своего любовника-адмирала! Теперь она все вспомнила... Вспомнила и прокляла — дона Хуана, его отца, себя саму.

Ну, за что первых двоих — это понятно... А себя-то за что?..

А за то, что сначала не придала значения указу дона Педро о возведении Тенорио-младшего в ранг обер-келлермейстера (надо было отправить его посланником в какую-нибудь европейскую страну). А затем — и это главное! — не распорядилась забрать у агонизирующего короля магический перстень с черным агатом...

— Успокойтесь, милая Мария, — утешал как мог рыдающую королеву Альбукерке. — Ни покойный адмирал, ни его сын, ни этот черный камень тут совершенно ни при чем!

И канцлер сообщил опухшей от слез разочарования Марии, что… никакой чумы у юного короля не было и в помине! Перестилая постель выздоровевшего дона Педро, слуга обнаружил огромного мертвого скорпиона, которого король раздавил, когда метался в бреду. Совершенно ясно, что сей скорпион, будучи живым, и вколол свой яд в левую подмышку дона Педро, что вызвало жар в теле и волдыри на лице. Вот почему у больного был всего один-единственный бубон — в месте укуса.

А то, что король не отдал Богу душу вследствие усиленного лечения мышьяком и ртутью, объяснялось не чем иным, как крепостью его молодого организма.

— Дон Педро уже распорядился принародно казнить своего врача, — добавил канцлер. — Послушайте моего совета, дорогая Мария: отправьте на плаху заодно с медиком и всех ваших колдунов… Им не нужно оставаться в живых после того, как они не справились со своей задачей.

* * *

Отъевшись после многодневной голодовки, дон Педро повеселел. Но была это странная веселость…

Один лишь де Тенорио нежился в лучах королевской милости. Он был немедленно освобожден из-под стражи и щедро вознагражден за тот риск, которому подверг себя, навестив больного повелителя. Король вернул другу перстень со словами:

— Если твой агат действительно спас мне жизнь, так

вовсе не от «Черной Смерти», а от огромных доз мышьяка и ртути.

Вместо врача-христианина, который был брошен пока в каземат, король взял доктора-еврея. Возможно, именно поэтому (а равно и потому, что король не умер от чумы) в народе пошли слухи, что и сам дон Педро — не иначе как еврей. Ибо в официальную версию об укусе скорпиона простые севильянос не поверили. Шепотом передавали слова, якобы сказанные королем Педро архиепископу Толедскому, дону Манрике:

— Прекратите силой переманивать евреев из иудейства в христианство. Потому что такое принуждение — это открытое нарушение Божьей заповеди, которая гласит: «Почитай отца и матерь своих». Родители ныне живущих евреев были иудеями, и, заставляя их отречься от веры своих предков и перейти в христианство, вы тем самым принуждаете этих людей не почитать своих отцов и матерей.

В Севилье кое-кто стал поговаривать (позже выяснилось, что это были засланные Энрике Трастамарским агенты), что в 1334 году Мария Португальская разродилась мертвым ребенком и, боясь гнева мужа, Альфонсо Справедливого, купила новорожденного младенца у еврейской семьи. Подменила мертвого инфанта живым и цветущим ребенком. А то, что говорят, будто дон Педро как две капли воды похож на покойного короля Альфонсо, так это еще неизвестно. В Севилье мало кто знал облик Альфонсо XI, который нечасто бывал в главном городе Андалусии.

Узнав об этих разговорах, дон Педро разослал по тавернам и базарам своих «головорезов», и вскоре полсотни людей были зарезаны без суда и следствия. Севилья вновь стала дружно славить законного короля Педро Бургундского.

Глава 7

Хуан Нуньес де Лара и Фернандо Арагонский, еще вчера делившие между собой кастильский престол и Марию Португальскую, трепеща от страха, скрылись из королевского замка в Севилье. Они бежали в ту самую ночь, когда дон Педро потребовал еды и вина. Один — на север, в Астурию, под крыло мятежного Энрике Трастамарского, другой — в Сарагосу, чтоб помириться с братом, арагонским королем Педро IV Церемонным.

Но деятельный Хуан Нуньес де Лара не усидел в Астурии, понесла его судьба в Бургос, стольный град провинции Старая Кастилия. Там, в Бургосе, де Лара вместе со своим племянником, сеньором Видена, чья сестра была замужем за Энрике Трастамарским, рассчитывал поднять восстание против короля Педро. Недаром ведь горожане Бургоса во время болезни дона Педро поддержали кандидатуру Хуана Нуньеса де Лары в качестве наследника престола.

Король Педро охотился вместе с канцлером Альбукерке и де Тенорио в андалусских лесах, когда на поляне появился забрызганный грязью всадник.

— Ваше королевское величество! — издали кричал он. — У меня очень важное известие! Вчера Хуан Нуньес де Лара и его племянник сеньор Видена одновременно скончались во время завтрака!

— Что ты так орешь, — спокойно сказал дон Педро, когда всадник приблизился к охотникам. — Ты напугал моего любимого ястреба.

Полуметровый ястреб-тетеревятник, сидевший на запястье короля, волновался и хлопал крыльями. Но куда больше взволновался Альбукерке.

Нет, не известие о смерти недавнего претендента на кастильский престол обеспокоило канцлера. А равнодушие, с каким король встретил сообщение о том, что приговор Хуану Нуньесу де Ларе и его племяннику приведен в исполнение. Ведь Альбукерке не сомневался, что де Лара и сеньор Видена отравлены по приказу короля.

Дон Педро вовсе не был жестоким — Альбукерке понял это, глядя, как король поглаживает и успокаивает ястреба. Жестокий властитель, убрав с дороги врага, испытывает такие чувства, как сладость мщения, торжество победы.

Дон Педро не испытывал ничего. Для юного короля убийство было всего лишь неотъемлемой частью его существования. Как пища, питье и воздух.

«Так не лучше ли было бы служить старшему сыну моего покойного благодетеля, короля Альфонсо XI? Не перейти ли мне на сторону графа Энрике Трастамарского?»

Подобные мысли впервые пришли в голову Альбукерке, когда он смотрел вслед ястребу-тетеревятнику, устремившемуся по команде дона Педро за своей очередной жертвой.

— Ваше величество, насколько я понимаю, вы вполне уже оправились от укуса скорпиона, — заговорил Альбукерке, когда кавалькада охотников, распугивая окрестных жителей, возвращалась в севильский замок.

— Это вы по поводу поездки в Вальядолид, сеньор канцлер? — беспечно спросил король.

— Да, государь. По моему мнению, сейчас самое время явить себя вашим подданным. Смею заметить, болезнь в какой-то мере подорвала ваш авторитет в северных провинциях.

— Что ж, я хорошо знаю, как поднять свой авторитет до самых, с позволения сказать, небес, — усмехнулся дон Педро. — Кое-кто из моих недругов уже там, а кое-кому предстоит туда отправиться в самое ближайшее время.

Альбукерке горестно опустил голову. Значит, предчувствия его не обманули: молодой король намерен вымостить свой путь до Вальядолида головами казненных.

— Кстати, о казнях, — бросил дон Педро. — Мой бывший врач и шесть чародеев-колдунов моей матушки... Итого — семь. Хорошее число. Мне пришла в голову любопытная мысль... Думаю, потомки оценят ее по достоинству.

Вечером, когда дон Педро и дон Хуан потягивали бургундское вино в компании четырех юных наложниц короля, его величество обратил внимание на задумчивый вид своего друга.

— Я все думаю о покаянии, государь, — ответил де Тенорио на вопрос короля о причинах столь невеселого поведения.

— О покаянии? Ты? — изумился дон Педро. — Похоже, ты хочешь меня рассмешить.

Но де Тенорио было не до смеха.

Еще будучи под арестом, он незаметно для самого себя втянулся в постоянные размышления о странном полночном визитере, черном человеке, принесшем ему отцовский дар. Благословение с того света…

Действительно ли перстень обладает магической силой?

Следовало признать, что черный агат действительно сохранил короля Педро от «Черной смерти», как бы ни пытались объяснить его недуг укусом скорпиона. Чудесам всегда сопутствуют обыденные обстоятельства, которыми при желании можно объяснить любое невероятное происшествие.

Однако возможно ли, чтобы сбылись те пророчества, после исполнения которых он, дон Хуан де Тенорио, прекратит свой земной путь? Ведь теперь, когда он знает, чего ему не следует делать или говорить, будет совсем несложно обмануть судьбу и избежать расплаты…

Но ведь перстень, бывший раньше у отца, не спас его от гибели в морском сражении! Хотя и отцу, наверное, были предсказаны какие-то роковые деяния.

Выходит, в день своей гибели отец уже совершил все, что было предначертано ему судьбой! Совершил, несмотря на то что наперед знал, какие именно преступления приведут его к неизбежной кончине.

Допустим, дон Хуан, будучи в бреду или пьяном угаре, бессознательно сделает то, чего делать нельзя. Убьет почтенную мать семейства, зарежет слепого беззащитного старика, произнесет страшную клятву: «Пусть Господь покарает меня рукой мертвеца!»

Но покаяние?! Искреннее, добровольное покаяние?

— Скажите, государь… — неуверенно обратился к королю дон Хуан. — Как вам кажется: будет ли действительной исповедь, если она совершается по принуждению? Или… Примет ли Господь покаяние, если оно приносится в одурманенном состоянии?

Дон Педро некоторое время напряженно смотрел на де Тенорио, даже девицы, которым не положено было вникать в суть разговора между королем и кем бы то ни было, о чем-то задумались.

Наконец король медленно заговорил:

— У московитян есть поговорка: «Невольник — не богомольник». По принуждению или ради выгоды можно только изменить. А быть верным Господу Богу из корысти или насильно — никак нельзя.

Дон Педро отстранил прильнувшую было к нему наложницу. Внезапная мысль озарила его лицо.

— Ты умник! Ты просто гений! — воскликнул он. — Ты подал мне прекрасную идею!

Король заходил взад-вперед по своим покоям.

— Друг мой! — вперил он свой указательный палец в дона Хуана. — Я-то думал всего лишь превратить сожжение семерых преступников в красочное действо для народа, но теперь… Теперь я понял: это будет не просто праздник, а спектакль с публичным покаянием!

* * *

Казалось, что на кемадеро — площади, где прилюдно сжигали преступников, — развернулась весенняя ярмарка. Нарядные горожане с супругами и многочисленной малышней пели песни и плясали под звуки флейт и бубнов. Всюду пестрели флаги с гербом Бургундской династии правителей Кастилии и Леона, вымпелы с эмблемами цехов, разноцветные ленты и скоморошьи колпаки. Ряженые на ходулях, возвышавшиеся над толпой, изображали сказочных длиннобородых колдунов, невиданных чудищ, лесных духов и прочую нежить.

Семерых осужденных еще за несколько дней до сожжения начали хорошо кормить, и теперь, хмельные, прилично одетые, они выглядели бодро и жизнерадостно. На всем протяжении своего последнего пути к месту казни они громко славили короля Педро и его добрую матушку Марию Португальскую.

Во время пыток в каземате королевского замка судебный писец вел сразу два протокола: один — официальный, другой — тайный, для дона Педро. И король был прекрасно осведомлен о том поручении, которое дала врачу и колдунам его мать, Мария Португальская. При случае дон Педро не преминул поддеть вдовствующую королеву:

— Вы, матушка, столько лет кормили шарлатанов. Всемером со мной одним, больным и беспомощным, не справились...

И медик его величества, и шестеро колдунов были людьми далеко не глупыми и потому сразу оценили те выгоды, которые были им предложены после нескольких дней нескончаемых пыток.

Во-первых, король отменил дальнейшие истязания — ведь все семеро дали нужные показания: да, они намеревались умертвить дона Педро путем колдовства и смертоносных препаратов. По настоянию судьи они заявили также, что были подкуплены Хуаном Нуньесом де Ларой.

Впрочем, обычно в подобных случаях пытки продолжались вплоть да самой казни, независимо от того, признавал подсудимый свою вину или нет. Но на сей раз последние дни приговоренных к сожжению были скрашены покоем и обильной едой.

Более того: король позволил всем семерым исповедоваться перед казнью. Это было что-то новое в европейской судебной практике. До сих пор существовало непреложное правило: приговоренных к смерти ни под каким видом не допускать до исповеди и причащения! Спрашивается, зачем была нужна такая практика? Да затем, чтобы ни у кого, в том числе и у самих казнимых, не было ни малейшего сомнения в том, что после смерти они попадут прямехонько в ад.

Принимая исповедь у доктора и колдунов, монах-францисканец объявил, что покаяние будет признано действительным лишь в том случае, если они принародно повторят свои показания перед казнью. Как говорится, посыплют головы пеплом. Что касается причастия, то по некотором размышлении преступников до него все-таки не допустили. Это было бы уж чересчур гуманно по отношению к таким злодеям.

В жаркий солнечный день 25 мая 1350 года король восседал на укрытом коврами помосте, установленном напротив места сожжения преступников. По правую руку от него сидела Мария Португальская, по левую — канцлер Альбукерке. Многочисленный двор толпился позади триумвирата.

Семь железных шестов торчали из земли, обложенные соломой и хворостом; к этим шестам цепями были прикованы казнимые. Длина цепи позволяла каждому из них метаться вокруг шеста, спасаясь от языков пламени.

Перед тем как зажечь солому и хворост, осужденным дали выпить наркотическое зелье, после чего они впали в слезно-покаянное состояние.

Палачи поднесли горящие факелы к соломе.

— Люди добрые! — говорил сквозь истерические рыдания задыхающийся доктор. — Посмотрите на мою жалкую, позорную участь! А ведь еще недавно я был королевским врачом, уважаемым человеком. И вот за пригоршню монет, за тридцать сребреников, я предал своего повелителя, доброго и справедливого короля нашего дона Педро... Я — Иуда, смотрите же на мою смерть и будьте до своего конца верны христианскому государю нашему, да хранит его Господь на многие лета!

Ему вторили колдуны, из последних сил сбивая огонь с дымящейся одежды:

— За деньги, полученные нами от изменника де Лары, мы творили заклинания... наводили порчу на короля дона Педро... на его верноподданных. Но сила Господа отвела от короля наши злые чары, и вот мы несем заслуженную кару! Помните об этом, граждане Севильи! Любите своего короля дона Педро и всей душой ненавидьте, безжалостно убивайте таких, как мы, кто желает зла нашему доброму повелителю! Да здравствует король Педро Кастильский!

И народ восхвалял короля, радостно взирая на корчившихся в пламени людей.

— Спектакль удался, не правда ли? — обратился дон Педро к Альбукерке.

— О да, вполне удался, государь, — тихо ответил канцлер.

Де Тенорио, стоявший позади короля, мысленно произнес:

«Все правильно... Покаяние... И сразу вслед за ним — неминуемая смерть... Расплата наступает только за те грехи, которые осознаешь...»

* * *

Спустя несколько дней король в сопровождении Марии Португальской, канцлера Альбукерке, архиепископа дона Гомеса де Манрике, многочисленной свиты и двух с половиной тысяч одетых в тяжелые доспехи рыцарей отправился на север, в Вальядолид. Все это было похоже на карательную экспедицию.

Первая остановка произошла в замке Кармона, где томилась в заключении постаревшая Элеонора де Гусман.

— Государь, — обратилась несчастная женщина к дону Педро, — как долго вы еще собираетесь держать меня в неволе? Меня, мать ваших братьев!

— Недолго, — успокоил ее король. — Поверьте, совсем недолго.

В комнату вошел бастард Фадрике, которому наконец-то разрешили увидеться с матерью. Увидев, в каком ужасном состоянии она пребывает, дон Фадрике рухнул к ногам короля Педро и вновь принес ему клятву верности. Вскоре то же самое поспешил сделать и привезенный в Кармону бастард дон Тельо.

Глава 8

Дон Хуан де Тенорио ехал на своей пегой кобыле вслед за каретой Альбукерке, в которой, помимо канцлера, с комфортом разместились дон Педро и Мария Португальская. Элеонору де Гусман везли в простой повозке.

Время от времени до Тенорио доносились всхлывания и причитания узницы. Он смутно чувствовал какую-то непонятную тревогу — воспоминания о полночном визитере неотступно преследовали молодого кабальеро: он поневоле примеривал все происходящее к роковым пророчествам хранителя Грааля.

Вот сейчас он, королевский обер-келлермейстер, находится в непосредственной близости от беззащитной многодетной матери. Если начать фантазировать, то король может приказать ему ее убить, но, согласно пророчеству, первым злосчастным деянием дона Хуана станет убийство матери десятерых детей. А у Элеоноры де Гусман было всего восемь детей мужского пола, об этом знала вся Кастилия. Стало быть, пока беспокоиться не о чем...

Ближе к полуночи процессия подъехала к замку Талавера-де-ла-Рейне в двухстах милях от Толедо. Луна прочертила зыбкую дорожку через мрачные воды реки Тахо...

— Прикажете располагаться на ночлег, государь? — осведомился Альбукерке у Дона Педро.

— Да, пожалуй, — ответил король, выходя из кареты.

Элеонору де Гусман под надежной охраной заперли в каземате. Прошла ночь, за ней — длинный июньский день. Наконец наступила следующая ночь. Все с замиранием сердца ждали чего-то страшного: король был хмур и молчалив.

На рассвете дон Педро неожиданно приказал канонарху[16] бить в набат. Посыльные короля пригласили в трапезную разбуженных колоколом Марию Португальскую, канцлера Альбукерке, де Тенорио, еще нескольких кабальерос и инфансонов, а также всю «Черную гвардию», которая насчитывала без малого шестьдесят головорезов. Элеонору де Гусман переместили из каземата в кладовую рядом с трапезной.

Несмотря на столь неурочный час, столы были накрыты с пиршественным размахом. Глаза короля светились злобным весельем. Мария Португальская почла бы за великое счастье оказаться сейчас как можно дальше отсюда… Альбукерке твердил про себя: «Если я переживу этот страшный день, то немедленно начну готовиться к бегству в Астурию».

— Дон Хуан, — церемонно обратился к Тенорио король Педро. — Мне тут рассказали об одном забавном случае… только я кое-что позабыл. Напомни-ка: пятница накануне Семаны Санты, последний день еврейских погромов в Севилье… А? Помнишь?

О да! Де Тенорио в мельчайших подробностях помнил тот день…

* * *

Тогда, в пятницу перед Пальмовым воскресеньем, он отправился в харчевню «Хмельной поросенок». Хозяин бурно приветствовал пропавшего завсегдатая:

— Знаю, знаю, де Тенорио! Слышал! От всего сердца поздравляю с исцелением от ужасной раны! Рад снова видеть вашу светлость в добром здравии! Хвала Пресвятой Деве! — захлебывался от избытка чувств трактирщик Мучо. — Сегодня, сеньор, я угощу вашу светлость отборным молочным поросенком! Разумеется, за счет заведения.

На это и рассчитывал дон Хуан, в кошельке которого печально позванивали два последних мараведи. Разрывая пальцами нежную, с хрустящей поджаристой корочкой тушку поросенка и запивая ее очередной кружкой кислого вина, дон Хуан вдруг обратил внимание на непривычное поведение посетителей. Обычно неторопливые и степенные, сегодня они ели как-то впопыхах, чуть ли не давясь ветчиной и сыром. А вино, против обыкновения, буквально заливали в себя, явно куда-то спеша. И что самое удивительное — все как один расплачивались флорентийскими золотыми флоринами и венецианскими дукатами, не требуя пересчета на мараведи и положенной сдачи...

«Как это быдло ухитрилось так разбогатеть?» — недоумевал дон Хуан. И тут он различил на одежде обладателей золота свежие пятна крови... Де Тенорио сразу вспомнил о еврейских погромах, о которых ему рассказывал слуга Пако.

Сейчас в «Хмельном поросенке» с гневом и возмущением говорили о том, что многие евреи, дабы избежать смерти, срочно принимали христианство, пройдя обряд крещения в католических церквах Севильи. Таким образом, недавние поклонники бога Яхве становились «марасонами» — то есть крещеными евреями, составлявшими в королевстве особую касту.

А потом, добравшись до своих жилищ после притворной смены вероисповедания, евреи замазывали на воротах традиционную надпись «Алафиа», что означало «Мир входящему». Мезузу — конусообразный сосуд со свитком Торы — прятали с глаз долой, а вместо нее развешивали по стенам распятия. Некоторые устанавливали в патио статую Мадонны.

— И надо же! — горячился распаленный выпитым вином подмастерье. — Кое-кого из обрезанных эта уловка спасла от заслуженной кары! Да ведь они нас просто дурачат!

— Да-да, дурачат! — вторили пьяные голоса.

Кто-то со смехом стал рассказывать об одном из таких случаев:

— Ну, в общем, стали мы ворота ломать, а тут они и распахнулись. Глядь — стоит лекаришка Исаак, бледный весь, трясется. И протягивает бумажку — мол, вот мое свидетельство о крещении в Иглесиа-де-Сан-Педро. Дрожит, крестное знамение кладет... ну, я ему и говорю: значит, теперь ты наш брат, Исаак? Правоверный католик? Он: да, дескать, правоверный католик... Так, говорю, посмотри, как одеты твои братья-христиане! Видишь? Братья твои пообносились, голодают, а ты вон как хорошо живешь. Не по-христиански это. А он головой кивает и раздает нам мешочки с золотом. Заранее приготовил, собака...

— Убить его надо было! Забить палками и весь дом перевернуть! — заорали слушатели. — Эх, провел вас Исаак!

К слову сказать, большинство евреев, предъявивших свидетельство о крещении и сжимавших в руках святое распятие, все равно были убиты — прямо у статуи Пречистой Девы, посреди молитвы «Отче наш», которую до этого успевали выучить несчастные... В самом деле: не уходить же «природным», честным христианам с пустыми и не обагренными кровью руками только из-за того, что хитрый еврей обзавелся распятием и бумажкой от католического священника...

— Так чего же вы здесь сидите? — неожиданно для

себя вскочил из-за стола дон Хуан де Тенорио. — Какого черта? Надо вернуться к этим марасонам и довершить начатое!

Рев одобрения был ему ответом. Простолюдины ликовали: ведь теперь их предводитель — благородный кабальеро! Они люди темные, а он — господин. И ответит за них перед Богом, если Всевышний, паче чаяния, вдруг узрит что-то предосудительное в их поступках.

Во главе дюжины доброхотов дон Хуан вломился в три или четыре дома богатых марасонов. Сам он ни разу не вынул меча из ножен и никого не убил, благо недостатка в желающих пролить кровь не было. Он даже не грабил. Возглавляемые им погромщики вполне понимали своего вожака: действительно, не дворянское это дело — рыскать по чужому жилищу в поисках спрятанных денег. И, покидая очередной разоренный дом, они сами протягивали дону Хуану его долю.

Единственное, в чем не смог себе отказать де Тенорио, — так это поразвлечься с парой юных дочерей только что забитых насмерть марасонов. Дон Хуан шествовал в укромное место, волоча за волосы свою плачущую жертву, и погромщики провожали его одобрительным гоготом.

Пройдет совсем немного времени, и события сложатся таким образом, что дон Хуан горько пожалеет... О чем? Да о пустяковом, казалось бы, эпизоде, когда он на глазах у многих людей наматывал на свой кулак длинные черные волосы юной красавицы еврейки.

* * *

— Ты что, оглох?!

Окрик дона Педро вернул дона Хуана к действительности. Он потряс головой, отгоняя мрачные воспоминания.

Где он? Да-да, конечно, это замок Талавера-де-ла-Рейне.

— О чем прикажете напомнить вам, государь? — дрожащим голосом спросил дон Хуан.

— Не просто напомнить, а наглядно продемонстрировать, — рассмеялся король. — Та еврейская девушка, которую ты тащил на поругание... ты ведь тогда намотал на свой кулак ее волосы. Наверное, у нее были очень длинные волосы, верно?

— Верно, — машинально ответил де Тенорио, холодея.

— Ну так покажи нам, как это происходило.

— Я не понимаю, государь... — пробормотал дон Хуан.

— Экий ты непонятливый, право. Там, вон за той дверью, находится женщина. У нее тоже очень длинные черные волосы. А ну-ка, приволоки ее сюда, как ту еврейку.

Дон Хуан, будто во сне, поднялся со стула и двинулся по направлению к дубовой двери, у которой стояли два охранника в черных масках. За ней, в крошечной каморке, он увидел бледную черноволосую женщину в одной лишь нижней рубахе-тунике.

«Элеонора де Гусман» — сразу понял де Тенорио, хотя до этого ни разу не видел бывшую повелительницу Кастилии.

136

— По приказу короля... — выдавил из себя обер-келлермейстер.

— О Боже! Прямо сейчас! — закричала узница. — Дозвольте хотя бы исповедоваться! Он ведь допустил до исповеди семерых сожженных преступников, а я не совершила никакого преступления!

Дон Хуан подошел к де Гусман. Сделав усилие над собой, схватил ее за плечи и швырнул на пол. Женщина взвыла. Де Тенорио намотал ее волосы себе на руку и поволок узницу в трапезную.

Все сидящие за столами молчали, оцепенев. Только дон Педро, одобрительно хлопнув в ладоши, промолвил:

— Отлично, мой дорогой Хуан. А теперь, дружище, покажи нам, что ты сделал с той еврейкой.

— Показать... Здесь? — прошептал де Тенорио.

— Да, здесь и сейчас.

— Это невозможно, государь...

— Я приказываю! — проревел король.

Дон Хуан прекрасно понимал, какое бесстыдное зрелище дон Педро желает продемонстрировать собравшимся в зале. Как быть? Он должен что-то сделать, чтобы избежать этой чудовищной гадости.

Дон Хуан быстро выхватил кинжал, запрокинул голову стоявшей на четвереньках Элеоноры де Гусман и полоснул по ее горлу отточенной сталью. И тут же выпустил из руки пряди черных волос.

Тело недавней властительницы Кастилии и Леона повалилось на пол, заливая пульсирующей кровью мозаичные плиты. Мария Португальская, столько лет мечтавшая насладиться зрелищем казни своей главной соперницы, зажала рот ладонью. Срыгнув в угодливо подставленную слугой чашу, королева-мать с безумной ненавистью бросила взгляд на единственного сына:

— Перед Богом и людьми проклинаю тебя, дон Педро Бургундский!

Король, казалось, не слышал этих слов.

— Это не совсем то, что я рассчитывал увидеть, мой Хуан, — вздохнул дон Педро. — Но, во всяком случае, мое второе желание, которое я собирался высказать позже, ты исполнил в точности. А теперь, сеньоры, воздадим должное трапезе!

И он поднял свой кубок.

Король выпил вино, затем обвел яростным взором сидящих за столами. Все тут же потянулись к закускам и вину, послушно задвигали челюстями. Король весело подмигнул Дону Хуану, который в сомнамбулическом состоянии вытирал руки о скатерть:

— Между прочим, дорогой Хуан, ты без всякого на то приказа отправил на тот свет мать десятерых сыновей. Не совестно тебе?

— Как десятерых? — почти беззвучно промолвил де Тенорио.

— А вот так, — ухмыльнулся король, кинув в рот маслину. — У доньи Элеоноры было десять сыновей, а не восемь. Двое появились на свет мертворожденными.

И, прожевав, громко захохотал.

Глава 9

Только в Бургосе дон Хуан пришел в себя от пережитого потрясения. Еще бы! Вначале он подумал было, что в ту памятную ночь под видом одного из хранителей Грааля к нему приходил сам король. И вовсе не отголоски своего собственного хохота слышал в ту ночь дон Хуан. Нет! Это хохотал Педро Кастильский, пришедший к нему.

Однако при зрелом размышлении де Тенорио убедил себя, что все-таки полночный гость не был доном Педро. Он узнал бы короля в любом обличье, узнал бы голос, как бы ни старался дон Педро его изменить. Может быть, король как-то связан с хранителями Грааля?

Но, в конце концов, над всеми сомнениями верх взяли суеверие и фатализм дона Хуана. Нет, вовсе не король повинен в том, что первое из трех предсказанных роковых злодеяний уже свершилось. Это неумолимая судьба влечет дона Хуана по предначертанному пути…

Между тем король по-прежнему был замкнут и мрачен. Бургос маялся смертной тоской. Жители горестно сознавали, что дону Педро известно об их опрометчивой поддержке Хуана Нуньеса де Лары в качестве претендента на кастильский престол. Но ведь они же не виноваты! Они думали, что юный король Педро действительно при смерти! Горожане, от мала до велика, глотая слезы, наивно и простосердечно спешили продемонстрировать выздоровевшему самодержцу свою преданность. В честь прибытия дона Педро на главной площади Бургоса устроили корриду.

— Бой быков? Это хорошо, — кивнул головой король.

Он вызвал к себе генерал-губернатора Старой Кастилии дона Гарсиласо де ла Вегу, старого соратника Альфонсо Справедливого. Когда тот, собрав все свое мужество, пришел в сопровождении двух своих зятьев, внука и оруженосцев, король отдал короткий приказ «черным гвардейцам»:

— Убейте их всех.

Это было незамедлительно исполнено.

Голые трупы Гарсиласо де ла Веги и его родственников бросили на арену — под ноги быкам. В последующие дни по приказу шестнадцатилетнего короля были замучены и казнены несколько сот именитых горожан Бургоса. Дон Педро конфисковал в свою пользу все имущество казненных, а также поместья и сокровища клана де Лара.

Но как ни странно, впрочем, в те времена в этом не было ничего странного, массовые казни и репрессии действительно принесли юному кастильскому королю популярность в народе и уважение со стороны европейских правящих домов. Сам Эдуард III Английский стал его «другом по переписке» — гонцы с дружескими посланиями непрерывно сновали между Лондоном и Севильей.

Присмирел и бастард Энрике Трастамарский, а рыцарство северной Кастилии лицемерно принесло присягу верности дону Педро.

Вот здесь поневоле задумаешься... Уже сколько веков твердят о бессмысленности кровопролития и массовых репрессий. Но если бы это было так на самом деле! Тогда, быть может, за многие тысячелетия правители, глядишь, наконец усвоили бы эту «непреложную истину». И перестали бы истязать свой народ, поскольку это, дескать, бессмысленно. Подобно тому, как, например, короли хорошо уяснили другую истину: нельзя обижать и обделять своим вниманием национальных героев. Ибо несть числа самодержцам, которые лишились трона (и жизни) в результате ссор с народными любимцами.

А много ли земных владык было низложено по причине кровопролития? Бессмысленных, как нас уверяют историки, массовых казней?

В том-то и вся беда, что бессмысленность деспотизма вовсе не является непреложной истиной. Она, эта истина, очевидна лишь для гуманистов и либералов. Но не для народов и их властителей!

Во время репрессий люди, приближенные к трону самодержца, быстро смекают, что деспоту перечить никак нельзя. Они страшатся тирана и... уважают его, как это ни странно звучит. Люди же низших сословий, наблюдая казнь своего сюзерена, хоть и скорбят, но в глубине души злорадствуют. Вельможа, разодетый в пух и прах, который еще недавно считал своих крестьян или ремесленников быдлом, ныне растоптан и унижен! И бедняки приходят к весьма утешительному для себя выводу о тщете поиска богатства и чинов. «Не так уж плохо я устроился в этой жизни, — весело думает голодранец. — Во всяком случае, гораздо лучше моего господина, сваренного в кипятке». И за благую участь — возможность жить, дышать, плодить детей, пить вино в трактире — он искренне благодарит... Кого же? Кровавого тирана! И воспевает его в народных балладах и романсах.

И вот уже деспот, превозносимый своими подданными, мнит себя «карающей десницей Божией»! А сия десница никак не может быть несправедливой.

В первые месяцы своего царствования дон Педро был непопулярен в народе. Но он начал массовые казни, и его принялись славить на всех углах и перекрестках.

Значит, правильно он делал, что лил реки крови.

К такому совершенно естественному выводу и пришел король Педро Жестокий.

* * *

В Бургосе дону Педро сообщили, что бастард Фадрике сбежал из-под ареста. После этого известия король вызвал из заключения другого своего единокровного брата, семнадцатилетнего бастарда Тельо.

— Дон Тельо, — начал король, — вы знаете о том, что ваша мать, Элеонора де Гусман, умерла?

Объятый страхом дон Тельо скороговоркой произнес заученную фразу:

— У меня нет ни отца, ни матери. Только вы, государь.

— Вот и отлично, — кивнул дон Педро. — К сожалению, ваши старшие братья, близнецы Энрике и Фадрике, находятся в бегах. Вместо того чтобы быть рядом со своим королем. Если в ближайшее время я не увижу их подле себя, то прикажу отсечь вам голову, дон Тельо. Пишите письма!

Забегая вперед, скажем, что королю Педро пришлось долго ждать, прежде чем дон Фадрике все-таки прибыл к нему, дабы спасти своего младшего брата (на приезд Энрике дон Педро не рассчитывал). И Фадрике, магистра ордена Сант-Яго, «черные гвардейцы» забили палками насмерть прямо на глазах короля. А тот как ни в чем не бывало в это время играл в шахматы с доном Хуаном де Тенорио. Впоследствии придворные шептались, что, объявив другу мат, дон Педро приказал отрезать голову убитого единокровного брата Фадрике, сварить ее и скормить своему любимому черному догу, которому король наконец-то дал кличку Агат.

На этом приступ королевского гнева сошел на нет. И он отпустил дона Тельо. Впоследствии этот бастард то примыкал к мятежному Энрике Трастамарскому, то предавал его и переходил на сторону короля... В конце концов Педро Жестокий все-таки приказал отрубить голову дону Тельо.

Вскоре после зверского убийства дона Фадрике «черные гвардейцы» по приказу короля прибыли в замок Кармона, где находились в заключении двое других бастардов — Хуан и Педро. «Посланцы смерти», как в народе часто называли «черных гвардейцев», убили подростков и привезли их отрезанные головы королю. «Чем заслужили смерть эти молодые принцы? Когда, в какой момент они изменили своему государю?» — восклицал хронист того времени.

Но все это будет потом. А сейчас в августе 1350 года кортесы Вальядолида безоговорочно признали власть короля дона Педро. Что в общем-то было предрешено задолго до вступления королевского кортежа в официальную столицу Кастилии и Леона.

— Его надо срочно женить, — как-то сказал Марии Португальской канцлер Альбукерке. — Так мы хотя бы на время прекратим эти бесконечные пытки и казни!

— Сватовство и организация венценосной свадьбы — дело долгое, — нахмурилась королева-мать. — А меры требуются незамедлительные...

— Ничего, — пожал плечами Альбукерке. — Я об этом позабочусь. Я постараюсь подобрать дону Педро очаровательную, бесподобную любовницу, в объятиях которой он позабудет о кровопролитии.

Глава 10

Между тем в королевских домах Европы дона Педро к этому времени, несмотря на его молодость, уже прозвали «вечным женихом». Первое сватовство состоялось, когда маленькому инфанту едва исполнилось одиннадцать лет. Отец дона Педро, король Альфонсо, приглядел для него подходящую, с политической точки зрения, невесту — принцессу Бланку, дочь наваррской королевы Жанны Второй и ее соправителя Филиппа д'Эврё. Девочка была ровесницей кастильского инфанта и уже в столь раннем возрасте обещала стать красавицей.

Однако тогда, в 1345 году, дело не дошло даже до обручения. Виной тому были, во-первых, небрежность и высокомерие короля Альфонсо, который вел переговоры с наваррской стороной, а во-вторых, тайное нежелание властителей Наварры породниться с кастильским королевским домом.

Тогда Альфонсо XI перевел свой взор на север и остановил выбор на принцессе Жанне Плантагенет, дочери английского короля Эдуарда III, с которым был в хороших отношениях. Здесь переговоры прошли успешно, и тринадцатилетняя Жанна отплыла со своей свитой в Бордо. Оттуда она должна была в сопровождении кортежа направиться в Вальядолид для венчания с доном Педро, которому в ту пору уже исполнилось четырнадцать. Но в Бордо английская принцесса скончалась от чумы.

* * *

Став королем Кастилии, дон Педро сразу вспомнил обиду, нанесенную ему Наваррой в 1345 году. Среди его первых распоряжений были и такие. Во-первых, снести ветхий королевский замок в Севилье и построить на его месте новый роскошный дворец. Тем самым новоиспеченный самодержец дал понять, что столица Кастилии фактически переносится из Вальядолида на юг, в главный город Андалусии. К тому же король повелел, чтобы примас Испании — дон Гомес де Манрике — отныне именовался архиепископом Толедским и Севильским, тогда как раньше он был просто Толедским.

Следующим волеизъявлением короля Педро было решение устроить в пустующей Большой мечети арену для проведения петушиных боев. Это зрелище добропорядочные христиане любили почти так же сильно, как бои быков. Особенно в Андалусии, где всегда были самые лучшие бойцовые петухи. Незадолго до вступления короля Педро на престол в Хересе даже вывели особую бойцовую породу — галлосьерезанос.

Но, надо сказать, затея устроить петушиную арену в Большой мечети успеха не имела: севильянос не пожелали находиться в стенах ненавистного мусульманского храма. И дон Педро потерял интерес к Большой мечети.

Наконец в сентябре 1350 года дон Педро приказал канцлеру Альбукерке немедленно возобновить переговоры о женитьбе на юной Бланке д'Эвре. Прошлый отказ выдать за него принцессу Наварры дон Педро воспринимал как пощечину. Меж тем ситуация в соседних странах — Франции и Наварре — в корне изменилась. В 1349 году королева Наварры Жанна II стала очередной венценосной жертвой «Черной смерти», и на престол в Памплоне сел ее сын, семнадцатилетний Карл д'Эврё, получивший прозвище Злой[17]. А его сестра, шестнадцатилетняя Бланка д'Эврё, в 1350 году уже была вдовой.

История ее недолгого замужества просто шокировала европейскую общественность того времени. Став королем Наварры, Карл Злой в конце 1349 года милостиво принял сватов из Парижа. Дело в том, что Карл помышлял о французском троне, поскольку у него имелись определенные права на корону Франции: он был правнуком по мужской линии короля Филиппа III Смелого, а его мать была единственным выжившим ребенком Людовика X. При удачном стечении обстоятельств Карл Злой мог занять французский престол. К тому же у него были обширные владения в Нормандии, Бретани и Лангедоке.

Младшая сестра Карла Злого, Бланка д'Эврё, была объявлена невестой наследника французского престола — принца Иоанна. Тридцатилетний Иоанн только что овдовел: его супруга Бонна Люксембургская, от которой он имел одиннадцать детей (большинство из них умерли в раннем возрасте), осенью 1349 года скончалась от чумы.

Пятнадцатилетняя красавица Бланка прибыла в Париж для бракосочетания с овдовевшим наследным принцем Иоанном. Но вот беда: за месяц до того чума забрала и Жанну Хромоножку, супругу французского короля Филиппа VI Счастливого, отца принца Иоанна. Едва увидев невесту своего сына, вдовый пятидесятишестилетний монарх влюбился в нее до беспамятства и... объявил, что сам вступит в брак с Бланкой д'Эврё. И это Филипп осуществил незамедлительно.

Надо сказать, такого рода «фортели» в исполнении монарших особ не были слишком большой редкостью. Так, в 1200 году английский король Иоанн Безземельный, младший брат Ричарда Львиное Сердце, отнял невесту у своего военачальника графа Хьюго де ла Марша.

Будучи приглашенным на свадьбу, дородный и обрюзгший Иоанн Безземельный исполнял почетную миссию: вел шестнадцатилетнюю невесту де ла Марша, Изабеллу Эймарскую, к алтарю. Как вдруг обратился к епископу с приказом:

— Эй, епископ! Обвенчай-ка нас, да немедленно!

Отец невесты, граф Эймар, начал было что-то лепетать о невозможности и безбожности подобного решения, на что король ответил:

— Ты и твоя дочь принадлежите мне. И обязаны мне повиноваться. Давай начинай обряд, епископ!

Епископ подчинился...

Кстати, существует предание, что один из португальских монархов вообще ухитрился жениться на... двойнике невесты. Сама невеста внезапно скончалась за два дня до свадьбы, и, чтобы заполучить огромное приданое, король и его приближенные утаили ее смерть. К алтарю, скрывая лицо (якобы от смущения), пошла подходящая по росту и фигуре девица.

Но в своем надругательстве над церковными таинствами бракосочетания и миропомазания дальше всех зашел сын короля Португалии Альфонса IV Смелого — Педру I, который занял трон в 1357 году. Еще будучи наследником престола, Педру Португальский вел распутную жизнь. Женатый, он, не таясь, жил с любовницей Инесс де Кастро, от которой имел четырех детей. Но в 1355 году Инесс была зарублена секирой по приказу его отца, Альфонса IV.

Став королем, Педру I надумал... обвенчаться с мертвой Инесс. Ее полуистлевший труп извлекли из могилы в Коимбре и доставили в Лиссабон. Затем останки одели в королевские одежды, возложили на череп корону и посадили на трон. Епископ совершил обряд венчания и миропомазания трупа в качестве королевы Португалии. Придворные, едва не теряя сознание, по очереди подходили к скелету и целовали край платья. Те, кого при этом начинало тошнить, были немедленно казнены. Потом Инесс торжественно захоронили в королевской усыпальнице.

Так европейские монархи использовали свою неограниченную власть. Но никогда еще короли не отнимали невест у своих сыновей!

Наследник французского престола принц Иоанн был настолько потрясен низким поступком своего венценосного родителя Филиппа VI, что с ним произошел некий сложный психический надлом. С той поры будущий король Франции, вошедший в историю как Иоанн Добрый, превратился в гомосексуалиста. Он, конечно, женился потом — куда деваться! Но истинной «женою» Иоанна стал его кузен, молоденький и смазливый Карл де ла Серда[18] — родной племянник отравленного доном Педро Кастильским графа Хуана Нуньеса де Лары.

Между тем ополоумевший от страсти Филипп VI Счастливый, будучи на сорок с лишним лет старше Бланки д'Эврё, несколько месяцев кряду практически не выходил из ее спальни. Он забросил все дела и каждый день приказывал лекарям готовить ему чудодейственные напитки, призванные поднять его мужскую силу. В конце концов пожилой король скончался от физического истощения — на потеху не только своих подданных, но и всей Европы.

Бланка стала вдовствующей королевой Франции,

а на французский престол взошел ее бывший жених, ставший вместо этого пасынком тридцатиоднолетний Иоанн Добрый. Вот тут-то в Пари и прибыли сваты от дона Педро Кастильского. И тогда Бланка произнесла свои знаменитые слова:

— Королева Франции не выходит замуж вторично!

Послы дона Педро вернулись в Севилью ни с чем. Правда, юная Бланка скоро горько раскаялась в своем высокомерном отказе стать королевой Кастилии. Ее неосмотрительно сказанные слова услышали во всех королевских домах Европы: больше к Бланке так никто и не посватался. Она удалилась от мира в захолустный замок Мелен, где стала вести почти монашеский образ жизни. Одинокая, увядающая день ото дня, вдовствующая французская королева частенько смотрела на портрет красавца дона Педро. Смотрела со слезами горького сожаления…

* * *

Весной 1351 года между королем доном Педро и канцлером Альбукерке произошел следующий разговор:

— Дон Альбукерке. — спросил король, — насколько мне известно, у наваррского короля Карла есть еще одна сестра по имени Бланка?

— Вы совершенно правы, государь, — с готовностью ответил канцлер. — Но Бланка де Бурбон ему не родная сестра, а кузина. Кстати, по матери она племянница французского короля Иоанна. Бланка — дочь герцога Пьера де Бурбона, весьма храброго и уважаемого во Франции полководца[19]. Я как раз думал поговорить с вами о ней…

— Так говорите же, — кивнул дон Педро.

— Ей почти четырнадцать лет, и внешностью она превосходит всех принцесс и королев. У Бланки огромные лиловые глаза, которые меняют цвет, становясь по временам синими; у нее золотые вьющиеся волосы. Прелесть, а не девушка. Она так прекрасна, что была бы достойна стать супругой величайшего из земных королей, даже если бы была простолюдинкой. Бланке де Бурбон не требуются ни роскошные одежды, ни драгоценности. Пытаться сделать такую девушку еще красивее, чем она есть, это все равно, что золотить золотую монету.

— Правда? — удивился дон Педро.

— Истинная правда, государь, — заверил повелителя Кастилии Альбукерке. — Сейчас донна Бланка живет при дворе своего дяди, короля Франции Иоанна. Прикажете послать в Париж нашего придворного живописца, чтобы он сделал портрет Бланки де Бурбон для вашего величества?

…Иоанн Добрый не хотел ссориться с Карлом Злым, который был против брака дона Педро и Бланки де Бурбон. Но гораздо страшнее для короля Иоанна была бы ссора с Кастилией. Англичане уже захватили юго-запад Франции, включая Бордо, и потому союз с доном Педро, чей флот стоял в непосредственной близости от оккупированных Англией французских территорий, был очень нужен Парижу.

А потому художник, присланный из Севильи, с одобрения короля Франции начал писать портрет прекрасной принцессы Бланки.

Часть третья

РОЖДЕНИЕ ЛЕГЕНДЫ

Глава 1

В мае 1351 года король Педро назначил дона Мендосу, адмирала галер, главой свадебного посольства к французскому монарху Иоанну Доброму. Среди сватов также были несколько знатных кастильцев, которых сопровождали пятьдесят рыцарей и большое количество оруженосцев, конюхов и лакеев.

Дон Хуан де Тенорио с завистью смотрел на собиравшихся в чужие страны кастильских дворян.

— Мой отец тоже был адмиралом галер, как и дон Мендоса, — как бы невзначай напомнил он королю.

Дон Педро вскинул брови.

— Намек понял. Стало быть, ты тоже не прочь прокатиться в Париж? Да?..

Так в последний момент дон Хуан стал членом королевского свадебного посольства. Он был радостно возбужден — отчасти еще и потому, что предстоящая миссия очень неплохо оплачивалась.

Границу Франции пересекли в начале июня. Здесь послов встретил со своей свитой владетельный виконт Нарбоннский[20], которому король Иоанн поручил сопровождать гостей до Парижа.

Виконт был сорокалетним человеком с хорошими манерами и незаносчивым нравом. Поскольку никто из кастильской делегации по-французски не говорил, все дальнейшее общение гостей с потомками галлов происходило на латыни. Собственно, никому и в голову не пришло взять во Францию переводчика: все более-менее образованные люди того времени свободно изъяснялись на латыни. На латыни писали торговые и политические договоры, философские и научные труды, стихи, на латыни признавались в любви. Этот язык считался возвышенным и благородным. Во всех церквах Европы службы совершались исключительно на латыни.

Дона Хуана поразила шляпа виконта: у нее были неестественно широкие поля. Таких шляп в Кастилии не делали, а в Севилье мужчины традиционно ходили в беретах.

— Это наша парижская выдумка, — со смехом пояснил Нарбонн. — У этой шляпы чисто житейское предназначение.

— И в чем же оно заключается? — поинтересовался де Тенорио.

— Приедете в Париж, поймете, — хитро посмотрел на него виконт.

Однако все-таки не утерпел и объяснил:

— Не знаю, как у вас в Севилье, но у нас в Париже очень тесные улицы, причем вторые этажи домов сильно выступают над первыми, так что даже днем света белого не видно.

— А при чем тут широкополая шляпа? — вмешался адмирал Мендоса.

— А при том, что сверху на прохожего или всадника то и дело выливают ночные горшки, — расхохотался виконт. — И такая шляпа позволяет хоть как-то защитить лицо и платье. Советую обзавестись... Еще лет тридцать назад король Филипп Красивый издал специальный указ: прежде чем вылить вниз ночной горшок, надо трижды прокричать: «Поберегись!» Но, к сожалению, этот указ почти никто не исполняет...

Они долго ехали через заболоченные земли виконта Нарбоннского и, наконец, в середине июня прибыли в Авиньон.

Чума унесла в могилу половину населения города, и на место умерших со всех концов Европы в Авиньон стекались желающие заработать, так как папа развернул широкомасштабное строительство в своем стольном граде. Тысячи разноязыких людей, не понимая друг друга, изъяснялись главным образом жестами.

— Вот он, новый Вавилон, смешение языков! — восклицал виконт Нарбоннский. — А вот и вавилонская башня...

Он указал на помпезный новый дворец папы римского, возведенный в неслыханно короткий срок.

— Здесь, в Авиньоне, мы содержим в плену папу римского, — гордо сообщил виконт.

Дон Хуан, глядя на грандиозный папский дворец, окруженный парком, невольно думал: «Если это и плен, то, во всяком случае, чертовски роскошный».

В действительности же авиньонское пленение заключалось в том, что папой, как правило, избирали француза и политика святого престола сильно зависела от воли французского короля. Что касается Авиньона, то папа здесь был полным хозяином: он три года тому назад купил город и окрестности со всеми, как говорится, потрохами.

Кавалькада переправилась через величаво текущую Рону по красивейшему в Европе мосту Святого Бенезета. Река была усеяна многовесельными лодками под разноцветными парусами. Как пояснил виконт Нарбоннский, вот-вот должна была начаться традиционная июньская регата.

Авиньон радовал глаз. Чума здесь уже шла на убыль, и потому всадникам ни разу на пути следования через город не встретились ни похоронные процессии, ни телеги могильщиков. Под раскидистыми платанами жители неторопливо потягивали местное вино, было видно, что они уже не опасаются общения, поскольку оно перестало быть рискованным. Город радовался исцелению от затянувшейся болезни.

Прямо на мосту Святого Бенезета горожане устроили танцы. Из-за этого многочисленным всадникам пришлось ненадолго задержаться: хохочущие простолюдины поначалу никак не хотели уступать дорогу растянувшейся на целую милю кавалькаде. Кастильские рыцари уже было приготовились разогнать весь этот сброд тупыми концами пик и ударами мечей (плашмя, разумеется). Но... Ни у одного не поднялась рука на счастливых, безобидных людей. И ситуация, к счастью, разрешилась без избиения мирных горожан: по совету виконта Нарбоннского пляшущим авиньонцам кинули несколько пригоршней монет. И путь через мост стал свободен.

Все это время дон Хуан, не отрываясь, смотрел на высокую гору, увенчанную шапкой снега, которая высилась на горизонте.

— Я вижу, Дон Жуан, вас заинтересовала эта гора. Она называется Мон-Ванту, что означает Ветреная гора, — пояснил виконт Нарбоннский, проследив за взглядом кастильского гостя. — Самая высокая гора в Провансе.

— Вообще-то, монсеньор, меня зовут дон Хуан, а не дон Жуан, — счел нужным уточнить Тенорио, которого покоробило искажение его имени.

— Привыкайте, сударь! — весело возразил Нарбонн. — Во Франции вас повсеместно будут называть именно дон Жуан. И не ищите в этом ничего обидного для себя. Просто таковы особенности нашего галльского произношения.

Действительно, во все время пребывания во Франции дона Хуана величали доном Жуаном, причем произносили это имя с нежным подсюсюкиванием: «Жюан». Сначала это раздражало кастильца, но потом он и в самом деле привык.

Все прибывшие и сопровождающие расположились на ночлег в Старом папском дворце. Поначалу дон Хуан подумал было, что их представят папе Клименту, ныне проживающему в Новом дворце. Он был бы не прочь своими глазами увидеть наместника Божия. К разочарованию дона Хуана, подобный визит не входил в планы виконта Нарбоннского. Однако и покидать Авиньон он явно не торопился.

Когда на следующее утро дон Хуан зашел к Нарбонну, то застал у него сухопарого старика, который что-то объяснял виконту. Приход Тенорио прервал их увлекательную беседу.

— А, дон Жуан, проходите, будьте любезны, — обрадовался виконт. — Позвольте представить: это знаменитый мастер Гийом. А знаменит он тем, что как никто другой во всей Франции умеет изготавливать камеи и геммы. Я когда-то имел честь заказать мсье Гийому несколько агатовых камей.

При упоминании агата у дона Хуана екнуло сердце.

— Вот, дон Жуан, не изволите ли взглянуть, если вам, конечно, интересно, — обратился к Тенорио мастер Гийом. — Это так называемый облачный агат. Виконт, как большой ценитель, считает, что абрис овала должен быть несколько менее вытянут.

— Я в этом ничего не понимаю, — пробормотал Тенорио.

Он рассматривал выпуклый профиль очень красивой женщины, искусно вырезанный на овальном плоском камне величиной с дублон.

— Эту камею заказал мсье Гийому мэтр Франческо Петрарка, — со значением произнес виконт Нарбоннский.

Дон Хуан никогда не слышал о Петрарке, но сделал вид, что это имя ему хорошо известно. Однако наблюдательный виконт Нарбоннский сразу же распознал невежество кастильца.

— Мэтр Франческо — величайший из всех поэтов, живущих сейчас на земле, — с почтением в голосе пояснил он. — Еще десять лет назад его короновали в Риме, на Палатине, лавровым венком. Я счастлив тем, что лично знаком с этим человеком. Нынче он здесь, неподалеку, в своем поместье Воклюз. Мсье Гийом прямо сейчас отправляется к мэтру Франческо, чтобы доставить ему эту камею. И я намерен воспользоваться случаем, чтобы вместе с мсье Гийомом посетить мэтра Франческо. Когда еще представится такая возможность? Тем более что я слышал, будто Петрарка собирается навсегда уехать в Италию.

Дон Хуан собрался с духом и обратился к мэтру Гийому:

— А что вы, как знаток агатов, можете сказать об этом камне?

И он, не снимая перстня с безымянного пальца, продемонстрировал его резчику камей и гемм.

Мастер Гийом задумался.

— Это смотря что вы хотите знать, сударь. Я вижу чрезвычайно качественный черный агат. Но цена его, уверяю вас, не слишком велика.

— Дело не в цене, — принялся оправдываться дон Хуан. — Меня интересуют магические свойства...

— Это не по моей части, — недовольно заметил мэтр Гийом.

Было видно, что ювелир скептически относится ко всякого рода суевериям.

— А знаете что, дон Жуан, — вмешался виконт. — Не желаете ли вы поехать с нами к мэтру Франческо? К вечеру мы вернемся в Авиньон. Насколько мне известно, нелюдимый Петрарка охотно беседует с интересными иностранцами, каковым вы, сударь, безусловно, являетесь. Если же мы с мэтром Гийомом отправимся к нему вдвоем, то Петрарка уделит нам от силы минут пятнадцать.

У дона Хуана не было ни малейшего желания ездить лишний раз туда-сюда: впереди и без того был неблизкий путь в Париж.

— Дело в том, — продолжил Нарбонн, — что мэтр Франческо изучил магические свойства всех известных человечеству минералов. Думаю, он сможет просветить вас насчет перстня. И уверяю, что это доставит удовольствие ему самому.

Глава 2

В этот же день мэтр Гийом, виконт и де Тенорио отправились в местечко Воклюз, где находилось тихое поместье Франческо Петрарки. Двигались по направлению к заснеженной горе, так восхищавшей дона Хуана.

Стояло мягкое июньское утро, наполненное ласковым солнцем Прованса. Все ехали шагом, благо до Воклюза было рукой подать, а неспешная езда позволяла вести беседу.

— Мэтр Франческо — священник, который не отслужил в своей жизни ни одной мессы, — рассказывал мсье Гийом.

Было видно, что он вовсе не испытывает к своему прославленному заказчику того пиетета, который испытывал виконт Нарбоннский.

— Как же он стал священником? И зачем? — удивился дон Хуан.

— Как зачем? — усмехнулся мастер. — За стихи, сударь, денег не платят. Вот кардинал Джиованни Колонна и решил материально поддержать своего дружка. Ведь священнику положены бенефиции.

— Что-что? — переспросил Тенорио.

— Бенефиции. То есть доходы с земельных угодий, — пояснил мсье Гийом. — А Петрарка вместо благодарности ухитрился поссориться со своим благодетелем. Правда, они вроде бы успели помириться, перед тем как Колонна помер от чумы... Вообще, странный человек этот ваш мэтр Франческо. Хороший поэт, а постоянно брюзжит, ругает наш прекрасный город Авиньон. Говорит, что это мерзейший из городов, подобие ада. Чем ему не угодил Авиньон? Не понимаю.

Виконт по большей части хранил молчание. Дон Хуан не переставал поражаться: как это простой камнерез осмеливается держать себя чуть ли не на равных с таким вельможей, как виконт Нарбоннский? Тенорио не понимал, что люди искусства стоят во Франции столь высоко, что даже принцы крови почитают за честь принимать их в своих домах.

— Скажите, а кто та женщина, чей профиль изображен на облачном агате? — спросил дон Хуан.

— Это мадонна Лаура, муза мэтра Франческо, — ответил за мсье Гийома виконт Нарбоннский. — Ей он посвятил все свои сонеты. Она умерла от чумы около трех лет назад. Здесь, в Авиньоне.

— На самом деле в девичестве ее звали Лора де Нов, а в замужестве — Лора де Сад[21], — счел нужным уточнить мсье Гийом. — Я делал для нее несколько гемм и камей. Господин Петрарка слегка поэтизировал ее имя, ведь «Лаура» созвучна «лавру». Кстати говоря, она вовсе не была так уж красива. Довольно простое лицо, заурядная фигура... Просто я тоже в своем роде поэт, и, работая над камеей, старался смотреть на эту женщину глазами мэтра Франческо. Надеюсь, он узнает в каменном профиле свою музу. Между прочим, мсье Жуан, я не из пиетета называю ее музой мсье Петрарки. Только муза, и больше ничего!

— Это как? — спросил дон Хуан.

— А так. Между ними никогда ничего не было. По-моему, они даже ни разу не общались. Господину Петрарке это было не нужно.

Дон Хуан был потрясен. У него не укладывалось в сознании, что можно всю жизнь любить женщину и даже не сделать попытки покорить ее. Не иначе этот

Петрарка просто неспособен на близость с представительницами прекрасного пола. Тогда понятно, почему он стал монахом...

— Нет, вы не подумайте, Петрарка — нормальный мужчина, даром что монах, — словно угадал его мысли мсье Гийом. — У него незаконная дочь в Италии, а еще, говорят, где-то есть сын...

Дорога пошла вверх, и вскоре вдали, на холме, показались черепичные крыши Воклюза, церковь с остроконечным шпилем. Ветер донес блеяние овец и крик петуха. Въехали в рощу. По камням струился широкий ручей, от которого повеяло прохладой. Кричали чибисы. Вспугнутая ржанием коней, тяжко раскинув крылья, взлетела цапля.

— Кстати, вы знаете, мэтр Франческо называет себя гражданином рощ, — сказал виконт Нарбоннский. — Не правда ли, поэтично? Дайте-ка припомнить... Ммм... Ага! Вот! Слушайте: «Города — враги моим мыслям, а леса — друзья... В городе я совсем другой человек, нежели в деревне. Тут я повинуюсь природе, а там — чужому примеру». Это мэтр Франческо написал в своем трактате об уединенной жизни.

— Он пишет трактаты?

— По большей части. И, между прочим, ставит их куда выше, чем свои знаменитые сонеты.

Дорога свернула к скалам, и они увидели над ручьем одинокую фигуру, облаченную в коричневый шерстяной балахон с капюшоном — одеяние монахов-францисканцев. Человек удил рыбу. Поплавок из перьев сносило потоком, и рыболов то и дело подтягивал снасть вверх по течению.

— Это он! — воскликнул виконт.

Всадники спешились, и Нарбонн первым пошел к королю европейской поэзии. Дон Хуан наблюдал, как вельможа почтительно подходит к полному, высокому мужчине лет пятидесяти.

— Приветствую вас, венценосный стихотворец! — громко возгласил виконт.

— А, это вы, Нарбонн, — обернулся Петрарка; в голосе его послышалось некоторое пренебрежение.

Мэтр Гийом наклонился к уху Тенорио.

— Слышали? — прошептал он, усмехнувшись. — Сколько высокомерия у этого мсье Франческо! Знаете, как он говорит? Это, мол, только так кажется, что я живу при папах, королях и виконтах. На самом деле они живут при мне! Каково, а?

Тенорио сделал неопределенный жест.

— Чем выше положение собеседника, — продолжил ювелир, — тем демонстративнее он выказывает свое превосходство. Так что мой вам совет, дон Жуан: старайтесь казаться скромнее, и вы заслужите симпатию Петрарки. Не говорите о своей высокой должности!

«Нужна мне его симпатия! — усмехнулся про себя дон Хуан. — Не понимаю, отчего сильные мира сего набиваются в друзья к поэтам? Ну, рифмует человек разные слова. Какой же это подвиг? Разве он заслуживает славы и поклонения? Не полководец ведь, в конце-то концов!»

— Вы привезли камею? — между тем спросил Петрарка у мсье Гийома. — Показывайте скорее!

— Позвольте, мэтр Франческо, представить вам нашего гостя из Севильи: дон Жуан де Тенорио, — произнес виконт Нарбоннский.

Петрарка сухо кивнул: ему не терпелось оценить работу мэтра Гийома. Тот достал небольшую деревянную шкатулку и протянул ее Петрарке. Поэт пристально вгляделся в женский профиль. Все молчали. Глаза Петрарки увлажнились.

— Да, это она, — прошептал он. — Это изображение столь же прекрасно, как оригинал!

Мэтр Гийом удовлетворенно наклонил голову: теперь он был уверен, что получит за свой труд сполна. Придирчивость и прижимистость короля поэзии была известна далеко за пределами Прованса.

Дона Хуана заинтересовали результаты рыбной ловли, в свое время он пристрастился к этой забаве вместе с инфантом доном Педро. Тенорио заметил в траве одинокую рыбку — узкую, покрытую красными пятнышками. В Гвадалквивире такая рыба не водилась, но дон Хуан знал, что это форель, обитающая в горных ручьях.

— Скудный у меня улов, не правда ли? — обратился к нему Петрарка.

Дон Хуан пожал плечами.

— А на что вы ловите, мэтр Франческо? — поинтересовался он.

— На червя, — ответил поэт. — Иногда — на короеда.

— Позвольте дать вам небольшой совет, — продолжил дон Хуан. — Берете ржаной хлеб, отщипываете от него маленький кусочек мякиша, смачиваете в оливковом масле и скатываете в шарик. Шарик должен быть чуть меньше горошины и достаточно твердым.

— И что? Форель хорошо идет на такую приманку? — Петрарка был явно заинтригован.

— Ну… Обещать не могу. Но — попробуйте.

— Спасибо, любезный... ммм...

— Дон Жуан де Тенорио, — подсказал виконт.

— Запомню и ваше имя, и ваш совет, — кивнул поэт. — Поистине, сегодня день великих приобретений и открытий!

По лицу виконта Нарбоннского пробежала тень: выходило так, что из троих посетителей Петрарки лишь он один ничем не обрадовал поэта.

— Что ж, господа, прошу в мое скромное жилище, — сказал мэтр Франческо. — Служанка приготовит нам прекрасный обед.

Глава 3

Дом поэта и впрямь оказался весьма скромным, однако очень уютным. Служанка хлопотала у очага.

Дон Хуан наконец-то решился показать Петрарке свой черный агат.

— Что я могу сказать вам, сударь? — Поэт задумался. — Камень ваш какой-то странный. На первый взгляд обычный черный агат...

— Но очень хорошего качества, мэтр Франческо, — вставил мсье Гийом.

— Да, качество отменное, — подтвердил Петрарка. — Но ведь это не редкость среди черных агатов. Меня удивляет другое...

— Что же? — напрягся де Тенорио.

— А вот что. Когда смотришь на него, то очень трудно отвести взгляд. Или мне это только кажется, поскольку я обладаю чрезвычайно тонкой натурой? Возможно, человек простой таких чувств не испытывает. А у меня такое ощущение, будто взгляд словно тонет в черноте этого камня, словно я смотрю внутрь себя самого...

— А возможно ли, чтобы этот камень обладал магическими свойствами? — спросил дон Хуан.

— Не только возможно. Он обязательно обладает, — уверенно подтвердил Петрарка (при этом высказывании мэтр Гийом украдкой усмехнулся). — Вообще любой черный агат заключает в себе Венеру и Сатурна. Он защищает своего обладателя от катастроф и внезапной смерти, дарует ему внутреннюю силу, твердость духа, мужество и бесстрашие. Ваш черный агат, как мне кажется, обладает этими свойствами во сто крат больше, нежели обычный. Я бы не побоялся сказать, что...

Петрарка помедлил.

— Так вот, дон Жуан, я бы, пожалуй, сказал, что ваш черный агат дает власть над силами ада!

Тенорио вздрогнул.

— Хотите, мэтр Франческо, я расскажу вам удивительную легенду о магической силе геммы из черного агата? — вступил в разговор виконт Нарбоннский.

— Да-да, расскажите, — живо откликнулся Петрарка.

Дону Хуану стало ясно, что поэт — большой охотник до такого рода историй.

— Это предание времен Карла Великого. Не слышали?

— Нет, не слышал.

— Так слушайте. Согласно легенде, император Карл Великий страстно полюбил одну женщину, имя которой история, к сожалению, не сохранила. Столь сильной и болезненной была эта любовь, что Карл забыл все государственные дела. Дни и ночи он проводил с этой женщиной, а в те короткие мгновения, когда ее не было рядом, чувствовал себя потерянным и как бы распиленным пополам.

— Это я хорошо понимаю, — вздохнул Петрарка.

— Советники и военачальники Карла ничего не могли поделать со страстью своего владыки. Повлиять на императора и заставить его вернуться к делам управления страной не было никакой возможности.

— Я думаю, он был поэт и даже, возможно, писал стихи, — предположил мэтр Франческо.

— К вашему сведению, император Карл Великий вообще был неграмотным, — усмехнулся виконт.

— Значит, он был поэтом в душе, — заключил Петрарка.

— Возможно, — не стал спорить Нарбонн. — Так вот, однажды эту женщину постигла внезапная смерть. Кто знает, возможно, ее отравили приближенные Карла — ради блага государства. Но подданные рано радовались: страсть императора не утихла. Он затворился в комнате с трупом возлюбленной и теперь ласкал мертвое тело!

— О Боже! — невольно вырвалось у мсье Гийома.

— Так говорит предание, — развел руками виконт Нарбоннский. — Должен заметить, во избежание недоразумений, что труп нисколько не подвергался тлению, это обстоятельство несколько извиняет обезумевшего от любви императора. В то время был при дворе один монах, известный своей святостью. Он стал усердно молиться Богу, и Господь открыл ему тайну происходящего. Монах услышал голос: «Причина царского безумия находится под языком умершей!» Святой отец ночью пробрался в опочивальню императора, когда тот ненадолго забылся сном, и под языком мертвой женщины нашел маленькую гемму из черного агата.

— А, вот оно что, — закивал головой Петрарка.

— Да, именно так, — подтвердил виконт. — И как только монах извлек гемму из-под языка умершей, ее тело тут же рассыпалось в прах. Император ужаснулся и приказал похоронить останки.

— На этом, надо полагать, все злоключения кончились? — спросил Петрарка, который явно увлекся историей.

— Представьте себе, нет! — вздохнул виконт. — Монах бросил гемму в близлежащее болотце. Однако магическая сила черного агата продолжала действовать и в трясине! Императора постоянно тянуло к этому болоту, он с наслаждением пил из него воду, просиживая на берегу целыми днями. В конце концов, понимая необходимость вернуться к государственным делам, он перенес сюда свою резиденцию. Здесь же, возле болота, его и похоронили много лет спустя.

Все помолчали.

— Правда это или нет, но эта легенда лишний раз доказывает, что черный агат обладает определенной силой, — назидательно промолвил поэт.

Де Тенорио слушал эту историю вполуха, думая о своем. При этом он машинально разглядывал скромное убранство комнаты. На массивном столе — несколько отточенных гусиных перьев и склянка с чернилами, изготовленными из сока чернильных орешков. Дон Хуан приблизился к стене и стал рассматривать пожелтевший документ в деревянной рамочке.

— Что, сударь, занятная грамота, не так ли? — лукаво и в то же время с гордостью спросил Петрарка.

Все подошли поближе.

— Сия бумага, — продолжил Петрарка, — есть не что иное, как официальное свидетельство, что именно я первым взошел на вершину Ветреной горы. Точнее, я был вместе со своим младшим братом Джерардо. Как сейчас помню, случилось это двадцать шестого апреля 1336 года. Вы думаете, это легко — вскарабкаться на Мон-Ванту? Дело даже не в том, что высота горы — две тысячи метров. Просто подъем на вершину чрезвычайно сложен.

— А свидетельство зачем? — не понял дон Хуан.

— Видите ли, — почесал кончик носа мэтр Франческо, — есть в Париже один так называемый философ, зовут его Жан Буридан. Не слышали о таком у себя в Севилье? Целых два срока был ректором Парижского университета. Он прославился тем, что придумал парадокс про собаку, которая якобы умрет с голоду, если два абсолютно одинаковых куска мяса положить на равных расстояниях от нее. Собака, дескать, не обладает свободой воли и не сможет выбрать, с какого куска начать свою трапезу[22]. Ну да Бог с ним, с этим дурацким парадоксом. Буридан уверяет, что именно он задолго до меня первым взошел на Мон-Ванту. Честно говоря, я знаю, что он не лжет. Он действительно покорил Ветреную гору в двадцатых годах, причем в одиночку.

Петрарка обвел всех торжествующим взором.

— Но у Буридана, невзирая на всю его ученость, не хватило сообразительности официально засвидетельствовать свое восхождение. Так что для истории по закону покорителем Ветреной горы являюсь я! Ну и мой брат Джерардо, разумеется.

— В Париже, дон Жуан, я обязательно познакомлю вас с Жаном Буриданом, — пообещал виконт Нарбоннский. — Это умнейший человек.

Петрарка неодобрительно посмотрел на виконта, но промолчал.

— Сейчас Буридану под шестьдесят, — продолжил виконт, — а в молодости, говорят, у него была романтическая любовная история с женщиной, скажем так, королевской крови… Обманутый супруг выследил их, приказал зашить Буридана в мешок и бросить в Сену. И, представляете, дон Жуан, Буридану удалось выбраться и бежать! Вернулся он в Париж только после смерти того вельможи.

Тенорио понял, что участниками истории были король и королева Франции[23]. Он выслушал виконта с горечью и завистью. Вот ведь какие увлекательные любовные приключения бывают у людей! А все его переживания заключались разве что в ожидании смертельного удара кинжалом в ночной беседке.

Знал бы в эту минуту де Тенорио, что вскоре ему предстоит пережить такие приключения, которые дадут сто очков вперед Буридановой истории…

Тем временем служанка накрыла на стол. Дон Хуан разочарованно констатировал, что трапеза предстоит весьма скудная: форель, запеченная на вертеле, и орехи. На этом, как говорится, гостям предстояло умерить свой аппетит. Причем рыбу, очевидно, принес какой-нибудь местный крестьянин, поскольку мэтр Франческо уловом похвастаться не мог.

Поедая форель, которая, надо сказать, оказалась отменной, Петрарка назидательно вещал:

— Умеренность в пище, господа, это путь к здоровью. Вот сейчас я пишу «Трактат против врачей». Да-да, не удивляйтесь! Этот трактат останется в веках как мое главное произведение. Врачи совершенно не умеют лечить. Вся современная медицина держится на кровопускании. Чуть что — выпустить из человека кровь! Не помогло — значит, мало выпустили. Выпускай все до капли!

— Совершенно с вами согласен, — отозвался де Тенорио. — Пережил это на себе.

Петрарка кивнул.

— В своем трактате я пишу о том, что высший закон медицины — это строгая, неуклонная диета. Диета, господа!

Поэт наклонился над блюдом, и из-за ворота у него вывалился зеленый камень, болтающийся на шнурке.

— Что это у вас, мэтр Франческо? — поинтересовался виконт Нарбоннский.

— А, это… — Петрарка убрал амулет под рубашку. — Я постоянно ношу гемму из яшмы. Знаете, почему? Древние врачи учили, что зеленая яшма предотвращает желудочные и почечные колики. Правда, я не уверен, что это действительно так. Колики у меня случаются, хотя я и ограничиваю себя в еде. Кстати, после рыбы советую всем съесть по ореху. Это весьма способствует пищеварению.

Блюдо с форелью опустело.

— И вообще, — продолжил Петрарка, словно разговаривая сам с собой, — цель моей жизни — не терпеть нужды и не иметь излишек, не командовать другими и не быть в подчинении.

Так прошел обед, который при всем желании никак нельзя было назвать обильным.

— Теперь прошу меня простить, — Петрарка поднялся из-за стола, — но сегодня я слишком много говорил. А ведь я привык наслаждаться здесь, в Воклюзе, безмолвием и уединением. К тому же сегодня мне еще предстоит общение с моим единственным здешним другом, епископом Ковайонским. Его замок в полуверсте отсюда.

На обратном пути в Авиньон дон Хуан был молчалив и задумчив. И не потому, что мэтр Франческо произвел на него какое-то особенное впечатление. О нет! Дон Хуан был поражен не столько личностью поэта, сколько образом жизни, который тот вел.

Человек пишет стихи и трактаты, ловит рыбу, коллекционирует камеи и геммы... не рвется к чинам и богатству, не помышляет о том, чтобы покорить очередную красотку или добиться расположения монархов. И тем не менее его чтит и обожает весь мир, к нему на поклон приезжают виконты! Разве такое возможно?

Оказывается, возможно.

Дон Хуан прекрасно понимал, что сам он неспособен создать что бы то ни было — ни стиха, ни изваяния. Да и не в этом дело.

Он впервые за двадцать три года сподобился воочию лицезреть всю красоту и прелесть уединенной сельской жизни и не мог не позавидовать тому, кто выбрал для себя такую благую участь. Ибо у такого человека нет врагов — ни в лице канцлера Альбукерке или королевы Марии Португальской, ни кого бы то ни было еще.

На следующий день дона Хуана ожидал неблизкий путь в Париж.

Глава 4

Прошло два месяца. Дождливым сентябрьским днем дон Хуан де Тенорио сидел на своем обычном месте в харчевне «Хмельной поросенок» и потягивал из деревянной кружки молодое вино. Со свининой было покончено, и в желудке царила умиротворяющая сытость. Но мира и покоя в душе дона Хуана не было.

Дон Хуан самому себе удивлялся: его нисколько не радовало возвращение в Севилью. После Парижа родной город казался скучным и серым. Или такое впечатление создавалось из-за нескончаемых дождей, обрушившихся на Андалусию нынешним летом? Впрочем, в Париже также часто шли дожди, но даже сырость там была какой-то праздничной, недокучливой. И теперь, сидя в харчевне, дон Хуан пытался понять, почему смертная тоска овладела его душой. Даже поросенок по-севильски, о котором он так мечтал в Париже, показался ему сегодня пресным и невкусным.

Толстяк Мучо, как всегда, сновал по небольшому залу, с видимым удовольствием хлопоча вокруг очередного посетителя. Он был искренне рад возвращению своего завсегдатая де Тенорио, но тот даже не ответил на бурное приветствие хозяина харчевни.

Дон Хуан лишь на днях вернулся вместе с королевским посольством из Франции и получил от дона Педро щедрую награду за успешно выполненную миссию. Это позволило ему расплатиться со своим слугой, арагонцем Пако, за нынешний и прошлый год. Пако рыдал от счастья, пытаясь целовать руки «доброму сеньору». Он твердил, что на днях встретил в Севилье земляка и теперь обязательно отправит эти деньги с подвернувшейся оказией на родину, в Каталонию, своему престарелому отцу…

Единственный солнечный день, выпавший на долю кастильского посольства в Париже, был днем их приезда в столицу разоренной войною Франции. Город бурно праздновал заключение перемирия с англичанами: по улицам шли бесконечные процессии, парижане облачились в костюмы, украшенные разноцветными ленточками, на их шляпах красовались цветы. На площадях и перед церквами разыгрывались театральные действа и пантомимы, всюду были расставлены столы с бесплатной снедью, а городские фонтаны струились не водой, а вином.

В честь праздника перемирия улицы вычистили до блеска, фасады домов украсили тканями и коврами. Даже мостовые были усыпаны цветами. А ночью дон Хуан впервые в жизни увидел фейерверк…

Но вовсе не это празднество было главным событием в парижских воспоминаниях де Тенорио!

Через два дня посольство представили королю Франции. Иоанн Добрый отнюдь не производил впечатления добряка, и дону Хуану было совершенно непонятно, за что французский монарх получил такое всенародное прозвище. Нервный, издерганный, униженный постоянными поражениями от англичан, король смотрел исподлобья, будто недоумевая, зачем это к нему пожаловали кастильские сваты. В какой-то момент дону Хуану показалось, что посольство дона Педро услышит отказ выдать замуж за кастильского короля юную принцессу Бланку; очевидно, предчувствие надвигающейся катастрофы испытывал и адмирал

Мендоса. Но, истомив гостей до предела, французский монарх все-таки подтвердил предварительные договоренности. Все вздохнули с облегчением.

Тринадцатилетняя Бланка де Бурбон шокировала всех своей красотой, которая была в некоторой степени противоестественной. Принцессе явно недоставало какого-нибудь милого изъяна — он привнес бы в ее внешность подлинный шарм. Волосы безупречно золотого цвета, ярко-синие огромные глаза, не по годам развитая фигура девушки способны были вызывать восхищение, но не страсть. Впрочем, скорее всего, с годами эта искусственная красота оживет, прекрасная статуэтка превратится в прекрасную женщину...

Началась главная часть визита: обсуждение размеров приданого. Изо дня в день шел упорный и бесстыдный торг. В своем наказе адмиралу Мендосе король дон Педро велел нещадно шантажировать Иоанна Доброго слабым состоянием французских войск, неизбежным поражением Франции в ее войне с Англией, если кастильский флот уйдет из Бискайского залива. И Мендоса шантажировал. Кастилия твердо вознамерилась раздеть короля Иоанна чуть ли не догола: в качестве приданого дон Педро в категоричной форме запросил полмиллиона золотых флоринов! Это была чудовищная сумма даже для процветающего государства, не то что для обескровленной Франции.

— Ах, не говорите мне о вашей бедности, о военных расходах! — без стеснения отчитывал казначея Франции дон Мендоса. — Во сколько вашей казне обошелся всенародный праздник по поводу перемирия? А? Похоже, вам вполне по карману швырять деньги на ветер! А в нашем с вами случае вы оплачиваете военный союз с мощнейшей страной, каковой является Кастилия и Леон!

После двух недель изнурительных торгов стороны сошлись на четырехстах тысячах флоринов: адмирал Мендоса имел разрешение от короля Педро на уступку в сто тысяч.

Разумеется, Иоанн Добрый не мог сразу же выделить принцессе Бланке столь огромное приданое. Не мог он и собрать его в короткий срок: требовалось время, чтобы выколотить четыреста тысяч золотых из полуголодных крестьян. Поэтому (согласно указанию, полученному от дона Педро) адмирал Мендоса заключил соглашение с французской стороной: свадьба кастильского короля и французско-наваррской принцессы состоится лишь тогда, когда Иоанн Добрый будет в состоянии выложить приданое целиком и полностью.

Затем принялись считать и описывать драгоценности, меха, утварь, аксессуары — все, вплоть до белья, — которые принцесса Бланка должна будет привезти с собой в Кастилию...

В торговле по поводу приданого дон Хуан участия не принимал. Это его не касалось. Перед самым его отъездом из Севильи дон Педро сказал своему другу:

— Ты только представишься французскому королю и принцессе Бланке, поучаствуешь в официальной церемонии, попьешь винца на приеме... А потом займешься выполнением моего особого поручения.

— В чем же оно состоит, государь? — встревожился дон Хуан.

— Твоя задача — собрать для меня сведения о Париже. Крепостные стены, ворота, улицы и их ширина, население…

В дороге де Тенорио размышлял: «Итак, я еду в Париж в качестве шпиона. Выходит, слухи о том, что английский король Эдуард настойчиво предлагает дону Педро союз против Франции — вовсе даже не слухи, а истинная правда. И наш король подумывает о том, чтобы принять предложение англичан. Что ж, все это так похоже на Педро! Сначала взять огромное приданое с французского короля, а потом продать Иоанна за английские деньги!»

И дон Хуан бродил по дождливому Парижу, тратил деньги на привычные увеселения, а заодно и выполнял поручение дона Педро. Это было приятное и увлекательное занятие. Тем более что ходил по городу он вовсе не в одиночестве. На третий или четвертый день своих блужданий дон Хуан познакомился в харчевне с сыном нотариуса по имени Пьер, добродушным и компанейским увальнем. Пьер с удовольствием рассказывал гостью о Париже, о законах и обычаях горожан, припоминал смешные байки и сплетни, водил по злачным местам и борделям, благо платил за все испанец.

Древний Лувр, а точнее — Большая луврская крепость, — построенный в конце XII века, в 1351 году еще не был королевской резиденцией. В Луврской башне располагалось казначейство (и национальный золотой запас). Французские монархи и их окружение обитали на острове Ситэ, в одноименном дворце. Вернувшись во дворец Ситэ, где ему была отведена хорошая комната с прихожей (в ней постоянно дежурил гвардеец), дон

Хуан принимался записывать разрозненные сведения и впечатления, которыми обогатился за минувший день. Как правило, ночью предстояли увеселения, поэтому де Тенорио писал торопливо и сбивчиво, чтобы успеть вздремнуть перед очередным пиршеством.

«Чума, — писал он, — унесла в могилу примерно половину парижан; но население города не уменьшилось: в столицу потоком прибывают на жительство провинциалы. Это ремесленники и торговцы, мясники и хлебопеки. Кстати, большинство «девочек» в Париже — деревенские, и они, пожалуй, самые чистые парижанки: в отличие от города, на селе привыкли время от времени мыться.

Париж — непомерно огромный город, за целый день не обойдешь. В длину он протянулся почти на два километра! А проживают здесь порядка двухсот тысяч человек. И все это огромное пространство обнесено городским валом.

Вал состоит из двух каменных стен: внешней и внутренней, промежуток между ними засыпан щебенкой и залит известью. Ширина вала — три метра. Сверху проходит дозорный путь, вымощенный каменными плитами и огороженный парапетом с бойницами.

Городской вал проходит через пригородные селения с огородами и виноградниками. На правом берегу Сены за городской чертой осталось селение Сен-Мартен-де-Шан, а на левом — Сен-Марсель и Сен-Жермен-де-Пре. В черту города включено большое аббатство Святой Женевьевы.

С внешней стороны над валом возвышаются башни, отстоящие друг от друга примерно на шестьдесят метров (расстояние полета стрелы). Башни круглые, диаметром примерно в три метра, из города туда можно попасть по небольшому коридору в метр шириной, проделанному в стене. Проход через ворота (шесть на правом берегу и пять на левом) днем свободен, а по ночам их запирают в целях безопасности. Сейчас в связи с войной половина городских ворот замурована.

Строительство новых домов ведется повсеместно, особенно вблизи вала, где здания появляются на месте огородов и виноградников. Здесь же, под стеной, проходят военные учения.

Любопытно, что в Париже новый дом стоит всегда дешевле старого, даже если они находятся по соседству. Почему? Да потому, что парижане считают, что старый дом населен добрыми домовыми, некими ангелами-хранителями, которых пока нет в новом доме.

Остров Ситэ соединен с берегом одним лишь узеньким деревянным мостиком, что осложняет штурм королевской резиденции неприятельскими войсками. Ситэ — голова, сердце и хребет Парижа. Помимо королевского дворца, здесь возвышается огромный собор Нотр-Дам, а также прекраснейшая дворцовая церковь Сен-Шапель с разноцветными витражами. Много места занимает городская больница, построенная еще в X веке. Ее корпуса простираются и на берегу. Больница также представляет собой убежище для нищих.

Напротив острова Ситэ — замок Шатле, тюрьма для особо важных государственных преступников. Лет тридцать назад, в начале XIV века, здесь содержалась и была умерщвлена молодая королева Маргарита, уличенная в измене супругу[24].

На острове Ситэ две основные жилые улицы: Пеллетри, где изготовляют кровати, и Глатиньи, где обитают проститутки. Стоимость «девочки» на Глатиньи равна стоимости двух куриных яиц, это достаточно дорого по меркам Парижа.

На левом берегу Сены раскинулись многочисленные школы Сорбонны — Парижского университета. Это так называемый Латинский квартал. На улице Брюно преподают каноническое право, на улице Ферр изучают искусства, медицину, географию. Школы везде. Правда, на улице Англичан прочно обосновались ремесленники-ножовщики и галантерейщики.

На правом берегу — огромный хлебный рынок, торговые ряды и лавки, где торгуют птицей. Здесь же — молочный ряд и живодерня, там проживают мясники. Рядом Гревская площадь, где продают сено и овес. На Таблетри торгуют изделиями из слоновой кости, у ворот Сент-Оноре живут и трудятся суконщики, на улице Сен-Мартен обитают бронзовых дел мастера. На улице Кенкампуа находятся мастерские ювелиров, улица Курари славится лавками, где продают драгоценные камни, а на Вуарри можно купить любые изделия из стекла. Дровами и строительным лесом торгуют у причала Сен-Жермен, их привозят сюда по реке. Поодаль, у кладбища Сен-Жан, рядом с гробовщиками живут и работают мастера по изготовлению сундуков и ларей. Изготовители гвоздей и продавцы проволоки живут на улице Мариво, оружейники — на Омри, текстильщики — на улице Ломбардов, кожевенники — на Кордонри, где также изготавливают башмаки.

Вообще в Париже люди проживают согласно своей профессии. На улице Сен-Дени разместились бакалейщики, аптекари и шорники; возле церкви Сен-

Жак — писцы. В Париже есть даже училище менестрелей, оно находится на улице Менестрелей.

На правом берегу целых три улицы, сплошь населенных блудницами: Бур-л'Аббе, Байу и Кур-Робер. Самые лучшие «девочки» — на Кур-Робер: их цена колеблется в пределах стоимости от одного до двух куриных яиц. А вот «честная» девушка может обойтись дорого.

(— Ухаживать за порядочными девицами в Париже надо очень осторожно, — предупредил дона Хуана его новый приятель Пьер. — Есть странные традиции, которые известны далеко не каждому приезжему. Например, за прикосновение к капюшону на голове девушки судят почти как за изнасилование и приговаривают к штрафу. Этот штраф может быть просто огромен, если девушка — дворянского происхождения.)

Если во время ссоры честную женщину при свидетелях назвать шлюхой, то суд приговаривает за это к небольшому штрафу в ее пользу.

Борделями в Париже, по сути, являются публичные бани. Их в столице пара десятков. Женщины и мужчины моются в банях порознь. В большинстве бань посетители погружаются в чаны с горячей водой. В мужских банях пьют и закусывают, тут же крутятся шлюхи, навязчиво предлагая свои услуги. Поход в баню обходится дорого, и небогатые люди время от времени моются в Сене. Самые дорогие бани, посещение которых по карману только состоятельным людям, это бани московские. Посетитель заходит в помещение, заполненное раскаленным паром, и бьет себя по всему телу специальным веником из березовых веток. После такого самоистязания человек почему-то ощущает себя помолодевшим на много лет.

Несколько слов о парижских мостах.

При прогоне скота через мост взимается пошлина. Забавно наблюдать, как берется этот налог. Например, коза пошлиной не облагается, за нее «отвечает» козел. Тут существует вековая традиция. Налог такой: сборщик пошлин бьет козла один раз дубиной между рогов. Хозяин козла, естественно, боится, как бы сборщик не перестарался и не убил животину. И поэтому вместо того, чтобы подставлять козла под удар, упрашивает сборщика взять деньги.

Когда по мосту проходят циркачи, они платят налог со всех животных, кроме обезьян. Но хозяин обезьяны обязан заставить ее показать сборщику пошлин какой-нибудь смешной трюк. Поэтому в Париже бытует поговорка: «Расплатиться обезьяньей монетой», что означает — по-хитрому ускользнуть из харчевни, ничего не заплатив.

Почти во всех парижских кварталах стоит нестерпимая вонь. Дело в том, что мясники, разделывая туши, выбрасывают кишки прямо на улицу. Добавляет смрада и небольшая речка Бьевр, впадающая в Сену: этот ручей превратился в настоящую сточную канаву.

Парижские улицы — это театральные подмостки с непрерывным действием. Семейные ссоры, выяснения отношений между родственниками или соседями непременно выплескиваются на улицу. Тут же собирается толпа зрителей, которые поддерживают ту или другую сторону. Поэтому обычно маленькая склока в конце концов заканчивается массовым побоищем.

Эти спектакли неизменно привлекают воришек, которые под сурдинку делают свое дело. Если вора ловят за руку, то судят его здесь же: для этого вызывается судейский чиновник. Обычно воришку принародно секут. Однако на некоторых улицах стоят позорные столбы, к ним привязывают преступников. В несчастных можно бросать камни, грязь, плевать им в лицо, но делать все это могут только жители этой улицы.

Если злоумышленник покусился на имущество, находящееся в ведении церкви, то епископ Парижа имеет власть рубить преступнику уши возле специально воздвигнутого креста. Часто ворам выжигают губы. Эти обезображенные люди уже не имеют возможности бросить свое воровское ремесло.

Когда «меченый» вор попадается вторично, то его наравне с убийцами приговаривают к смертной казни. Мужчин вздергивают на виселице, а женщин либо сжигают на костре, либо живьем закапывают в землю. Если воровку повесить, то спустя какое-то время она непременно оживет и превратится в оборотня-вампира.

Городская виселица еще недавно возвышалась возле главного рынка, потому что зрелище повешения считалось полезным и душеспасительным для населения. Но горожане все-таки добились переноса виселицы за городскую стену, в предместье Монфокон.

К слову сказать, судить и приговорить к смертной казни могут не только людей, но и животных. При этом надо перед судьей доказать вину животного. На улице Монморанси свинья порвала щеку ребенку, и тот умер. Хозяин свиньи всячески защищал ее на суде, но свинью все-таки приговорили к сожжению.

Парижане очень любят держать в домах собак и кошек, которые считаются чуть ли не равноправными членами семьи. Их всячески холят, моют, вычесывают блох. Почти во всех домах в клетках живут певчие птицы, в основном — щеглы и жаворонки. Вельможи держат медведей, а король Иоанн — львов.

Численность воинского гарнизона Парижа — около тысячи человек. Количество стражников, наблюдающих за порядком, — шестьсот человек. В борьбе с пожарами заняты тридцать человек».

— Вот таков Париж, — закончил свою докладную записку королю Педро де Тенорио.

Глава 5

Но вовсе не шатание по дождливому Парижу было главным событием минувшего лета. Главным был поединок на мечах с Жаном Буриданом.

Виконт Нарбоннский сдержал свое слово, данное им дону Хуану во время обеда у мэтра Франческо Петрарки, и познакомил его с Жаном Буриданом. Однако убедиться в том, что автор парадокса о собаке — интересная личность, де Тенорио довелось несколько необычным образом.

Ссора произошла в московских банях королевского дворца Ситэ. В компании, помимо пожилого философа и дона Хуана, были виконт Нарбоннский, а также путешественник и дипломат Андрэ де Монтеран, недавно вернувшийся из длительной поездки в Московию. Они вдоволь нахлестались березовыми вениками, дон Хуан пребольно обжег себе ляжки, но делал вид, что банная процедура пришлась ему очень по вкусу.

— Наши бани только называются московскими, и мы лишь говорим, что паримся по-московски, —

рассказывал де Монтеран. — На самом деле это лишь жалкое подобие того, что я испытал в Кремле. Это главная крепость московитян. У нас ведь как? Где паримся, там и моемся, тазы с водой на себя выливаем. Поэтому у нас пар тяжелый, сырой. Топим слабо, иначе долго не выдержишь. В Москве парилка — это отдельная комнатушка с плотной дверью. А моются в другом помещении. Печь они раскаляют до такой степени, что пар совершенно сухой и прозрачный, так что видишь, как дрожит воздух. Жар такой, что боишься вздохнуть — обожжешь легкие. Голову надо обязательно повязывать платком, иначе кровь пойдет носом. Но московитяне ухитряются даже хлестаться вениками при таком адском пекле! Удивительно, как у них кожа не слезает. Лично я не смог даже подняться на полати — это такие полки в виде ступеней из осины, на которые надо карабкаться, чтобы добраться до самого сильного жара под потолком. Я только внизу стоял. Семь потов с меня сошло, как говорят в Москве. Пробрало до самых костей — это тоже их поговорка. А теперь представьте себе, что московитяне обязательно ходят в баню каждую неделю!

— Ну, тут, любезный де Монтеран, вы явно переборщили, — снисходительно усмехнулся виконт Нарбоннский. — Раз в месяц — это я еще поверю, хотя и с трудом.

— Это действительно так, — пожал плечами де Монтеран. — Во-первых, посещение городской публичной бани у них стоит полполушки. Это одна восьмая копейки, самая мелкая монета в Московском государстве. Бани доступны даже для самого последнего нищего. И никаких шлюх вы у них в бане не встретите, не то что у нас! В кабаках — да, но только не в банях. Для них баня — это святыня, которую нельзя осквернять блудом. И они никогда не едят в банях, как это заведено в Париже. Приди домой после бани и садись за стол. Кстати, я никогда в жизни не ел так, как в Москве. Боже мой! У них даже летом на столе только самое свежее мясо. Никакого запаха, не то что на наших парижских пиршествах. А рыба, какая там рыба, господа! В наших реках и морях такой не водится.

— Они там что, даже вина в банях не пьют? — поинтересовался Нарбонн.

— Нахлеставшись вениками в парилке, московитяне пьют квас — это такой хмельной напиток из хлеба, мне трудно объяснить... Есть еще горячий медовый отвар, называется «сбитэн». Поймите, виконт, московитяне — народ особый и обычаи у них совсем другие. Например, все целуются при встрече, причем в губы, трижды. Идешь по улице — а вокруг тебя сплошь целующиеся люди. Целуются не только мужчины с женщинами, но и мужчины с мужчинами, женщины с женщинами. Это обычный способ поздороваться, только и всего. Вот и еженедельные походы в баню — строгая московская традиция. Если закрыть бани хотя бы на две недели, в Москве начнется народный бунт.

После дифирамбов по адресу московских бань де Монтеран перешел к восторгам, связанным с его впечатлениями о самой Москве:

— Вы не поверите, господа: там огромные купола церквей покрыты чистым золотом! Да-да, это никакое не преувеличение! А мостовые в городе настолько чистые, что мы в Париже такого даже представить не можем. В Москве на улицах кроме конского навоза почти никакого другого мусора нет. А все почему? Да потому, что вся торговля у них сосредоточена на главной площади. Ну, не вся, разумеется, есть несколько торговых рядов вдоль реки… Но московские улицы не загромождены лавками, как у нас в Париже.

— А дома? Какие у них дома? — поинтересовался Жан Буридан.

— Сплошь деревянные, из бревен, — ответил де Монтеран. — Купить обычный двухэтажный дом в Москве можно очень недорого.

— Это почему? — вновь спросил Буридан.

— Да потому, что в Москве дома долго не живут. Примерно раз в десять—пятнадцать лет город выгорает наполовину, а то и целиком. Но на удивление быстро отстраивается заново.

Тут Жан Буридан принялся рассказывать о том, как вот уже полгода подыскивает себе в Париже приличный каменный дом. И надо же такому случиться, что после длительных и бесплодных поисков ему вдруг предложили на выбор сразу два дома! У каждого были свои достоинства и недостатки. Притом цена оказалась примерно одинаковой.

Дон Хуан молчал в течение всего предыдущего разговора. Он испытывал неловкость от своего молчания, и тут подвернулась возможность пошутить, причем пошутить очень даже к месту. Тенорио уже знал, что в Париже любят хорошую шутку, а фраза, которая родилась в его голове, показалась ему весьма удачной. Дон Хуан вспомнил, что рассказывал о Жане Буридане поэт Петрарка, и, не утерпев, произнес по-латыни:

— Вы, сударь, так измучились, выбирая, какой из двух домов вам купить, что остается лишь удивляться, как это вы до сих пор не сдохли от переживаний, подобно вашей собаке![25]

Де Тенорио казалось, что он говорит добродушно и с веселой улыбкой на лице, но на самом деле фраза прозвучала злобно, а улыбка получилась издевательской.

К тому же он по ошибке употребил латинский глагол «сдохнуть», относящийся к собаке, а не «умереть», что сгладило бы бестактность шутки. Вышло так, что, по сути, дон Хуан назвал Жана Буридана собакой и грубо пожелал ему… сдохнуть.

Шестидесятилетний Буридан тут же вызвал кастильского гостя на поединок. Виконт Нарбоннский согласился стать секундантом дона Хуана, а путешественник Андрэ де Монтеран — секундантом оскорбленного философа. О примирении даже не помышляли. Встретиться договорились на пустыре возле аббатства Святой Женевьевы — в восемь часов вечера.

Дон Хуан поражался: как это Буридан, человек преклонных лет и довольно рыхлого телосложения, без всяких колебаний бросил смертельный вызов ему, физически крепкому, молодому и довольно опытному рубаке? Хотя чему тут удивляться: ведь Буридан много лет назад в одиночку покорил суровую Ветреную гору! Да и легендарное приключение с дамой королевской крови, едва не стоившее Буридану жизни, говорило о бесстрашии этого человека.

Да и не стоит, право, недооценивать стариков, когда речь идет о защите оскорбленного достоинства. Уж кто-кто, а дон Хуан мог засвидетельствовать: архангел Мигель, если захочет, может вдохнуть в человека, отстаивающего свою правоту, такую силу и ловкость, что против него никто не устоит! Пример тому — престарелый дон Аугусто Спинелло, уложивший де Тенорио.

Поэтому в назначенный час дон Хуан прибыл к аббатству Святой Женевьевы в плохом настроении. Моросящий дождик и потемневшее небо ускорили наступление первых, слишком ранних для июля сумерек. К тому же от высокой стены аббатства на четверых людей падала серая тень.

У Жана Буридана, облаченного в короткий плащ с капюшоном и подпоясанного широким мечом, вид был решительный. При первом же взгляде на своего противника дону Хуану стало ясно: философ не намерен превращать поединок в ритуальную пляску с показным скрещиванием оружия, чтобы через пять минут топтаний прийти к обоюдному примирению. (Такие спектакли обычно разыгрывались, если силы противников были явно неравны, а один из дуэлянтов заведомо признавал свою неправоту.) Но нет! Философ жаждал крови обидчика, и никакие доводы рассудка не могли погасить его стремление зарубить кастильского наглеца.

О серьезности намерений пожилого ученого говорило и то, что из-под расстегнутого на груди плаща виднелись цельнометаллические латы — с них острие меча противника соскальзывает после выпада. Под широким капюшоном угадывался стальной шишак, но лицо Буридана было полностью открытым. Он откинул капюшон, и дон Хуан с изумлением увидел, что на макушке шлема болтается какая-то тряпка.

— Что это у него на голове? — шепнул дон Хуан своему секунданту.

— А-а, — досадливо отмахнулся Нарбонн. — Это рукав его дамы сердца. У нас так принято... Если женщина благоволит к мужчине, она отпарывает рукав со своего платья и дарит избраннику. Старинный обычай. Многие носят этот знак внимания на шлеме.

У дона Хуана из доспехов была одна лишь кольчуга, а на голову он надел обычный берет из черного бархата. «Надо было попросить латы у виконта», — подумал Тенорио, ощущая нешуточную тревогу.

Андрэ де Монтеран смотрел наигранно-беспечно. Он что-то нескладно насвистывал, но тем не менее чувствовалось, что происходящее ему совсем не нравится.

— Ну?! Можно начинать? — прорычал Жан Буридан, и лицо его пошло розовыми пятнами. — Темнеет, черт вас подери! Я едва различаю меч своего противника!

«У него к тому же еще и куриная слепота», — понял дон Хуан и немного успокоился.

— Начинайте, господа, — деревянным голосом произнес де Монтеран. — Вы не против, виконт?

За те несколько часов, что прошли с момента ссоры, дон Хуан уже многократно, в мельчайших подробностях вспомнил тот изящный прием, которому его обучил дон Педро еще в бытность свою инфантом. У себя в апартаментах Тенорио, как мог, его отрепетировал.

Но Жану Буридану было далеко до Аугусто Спинелло. Как только они скрестили мечи, дон Хуан явственно ощутил всю дряблость мышц хорохорящегося ученого. Тенорио выдохнул, прочертил в воздухе острием меча неуловимую для глаза противника галочку и сделал резкое круговое движение.

Меч Жана Буридана вылетел из его ладони и, описав дугу, упал у кирпичной стены аббатства. Перед доном Хуаном стоял безоружный противник.

«В тот роковой день ты зарежешь слепого, немощного старика», — пронеслись в голове Тенорио грозные слова полночного гостя.

Пожилой философ слепым не был, но ведь пророчества хранителя Грааля ни в коем случае нельзя понимать буквально! В сгустившихся сумерках Жана Буридана, зрячего при дневном свете, поразила куриная слепота. Значит, в эту самую минуту старик с л е п. Ну а то, что он «немощен», — это очевидно.

Тенорио выпрямился и отсалютовал мечом Буридану, растерявшемуся от неожиданной утраты оружия. Мысли, одна невероятнее другой, вихрем неслись в мозгу дона Хуана: «Коль скоро смерть придет за мной лишь после того, как исполнятся три роковых пророчества и я принесу искреннее покаяние Богу, стало быть... Стало быть, до той поры мне ничто не грозит, и я могу без страха и риска смело ставить свою жизнь на кон! Да ведь из этого можно извлечь немалую выгоду!»

И дон Хуан поклонился Жану Буридану и протянул ему свой меч — рукояткой вперед.

Если Буридан сейчас снесет ему голову, то никто во всем Париже не осудит философа и не назовет его подлецом. Ни виконт Нарбоннский, ни Андрэ де Монтеран, ни придворные дамы и кавалеры... Ни король Иоанн Добрый, наконец.

— Сударь! — воскликнул кастилец. — Возьмите мой меч и убейте меня, как ту собаку, которую я так неосторожно упомянул в моей злополучной шутке. Вы имеете на это полное право!

Буридан медленно взял оружие врага и в свою очередь отсалютовал дону Хуану.

— Мсье Жуан! — сказал он проникновенно. — У нас в Париже ваш поступок считается унизительным. Если дуэлянт не решается убить обезоруженного противника, прощает его и щадит, то такого человека называют малодушным. Трусом, если хотите. Непреложное правило дуэли гласит: если поединок начат, то его надо доводить до конца. Но я почту за честь пережить унижение вместе с вами. Я прощаю вам вашу неудачную шутку! Вы самый благородный и порядочный человек, которого я встречал в своей жизни!

Дону Хуану впервые за много лет хотелось заплакать. Он забыл и о пророчестве, и о том, что его милосердие ничем ему не грозило. Дон Хуан готов был обнять Жана Буридана или даже встать перед ним на колени.

Никто никогда не называл его благородным, а уж тем более — порядочным человеком! С самого отрочества он слышал в свой адрес только грязные злые высказывания, и они были абсолютно справедливыми, Только дон Педро называл его «другом-приятелем».

— Мы никому не расскажем о вашем поединке, господа, — раздался голос Андрэ де Монтерана. — Не так ли, виконт?

Глава 6

Может быть, памятный поединок с Жаном Буриданом и был самым ярким впечатлением дона Хуана от поездки в Париж?

Пожалуй, нет. Скорее — самым светлым и отрадным.

Помимо всего прочего, в Париже дон Хуан чуть было не пристрастился к игре в кости. Казалось бы, все просто: два камешка с точечками на каждой из шести граней, их берешь и кидаешь на стол. Но сколько азарта, сколько душевного трепета! Не существует мира с его радостями и горестями, не существует ни родины, ни женщин, ни королевского гнева или милости… Только стол, эта два камешка и напряженные глаза твоего соперника.

А он-то думал, что самые острые переживания мужчина может испытать лишь в борьбе за женщину! Оказывается, по сравнению с игрой в кости азарт охоты на изменниц, которому он предавался в последние годы, — лишь бледная тень подлинной страсти.

Дон Хуан выиграл целую кучу «ягнят»[26] у виконта Нарбоннского и, пребывая в приподнятом настроении, намеревался играть и дальше — каждый день, вплоть до отъезда из Парижа.

Но та ночь феерических выигрышей так и осталась единственной, первой и последней, за все время его пребывания в Париже. Дона Хуана захлестнули переживания иного рода.

Следующая ночь выдалась без дождя. Небо прояснилось, и на нем впервые за последние недели проглянули мерцающие июльские звезды. Дон Хуан, виконт Нарбоннский и Жан Буридан решили покататься по реке на лодке. Эта мысль пришла в голову не только им одним: освещенные факелами, по Сене плыли десятки прогулочных лодок. Все они были украшены разноцветными фонариками. Благородные дамы и кавалеры восседали на мягких удобных подушках, одетые словно для танцев. Слышался веселый смех и романтический звон бокалов.

Виконт Нарбоннский приказал четверым гребцам помедленнее грести, чтобы он имел возможность поприветствовать знакомых и переброситься с ними парой слов.

Они поравнялись с богато иллюминированной лодкой, в которой полулежали на подушках три нарядные дамы. Две из них были совсем еще юными, а третья — постарше, лет двадцати трех.

— Добрый вечер, сударыни, — снял шляпу виконт Нарбоннский.

— Добрый вечер, виконт! Добрый вечер, господа! — вразнобой ответили очаровательницы.

— Добрый вечер, графиня, — томным голосом приветствовал старшую красавицу Жан Буридан. — Не желаете ли присоединиться к нам? Места в нашей лодке достаточно.

— Действительно, графиня, — поддержал виконт. — Составьте нам компанию! Мы будем так рады… Разве вам с вашими племянницами не скучно без мужского общества?

Было видно, что обе юные девушки отнюдь не прочь прокатиться в компании столь престижных кавалеров, как владетельный виконт Нарбоннский, знаменитый Жан Буридан и загадочный кастилец. Но тут раздался холодный, насмешливый голос той, кого называли графиней:

— Уверяю вас, виконт, нам ничуть не скучно! И мы выехали на реку специально для того, чтобы побыть, как вы изволили выразиться, без мужского общества!

Лодки разошлись.

Дон Хуан был потрясен. Он едва слышал виконта Нарбоннского, пояснявшего специально для кастильца:

— Это графиня Диана де Ла Мот, первая придворная дама ее величества королевы. А с ней две ее племянницы.

Перед глазами дона Хуана стояло лицо только что виденной женщины. Вьющиеся светлые волосы, прямой короткий носик, бархатные карие глаза и полные маленькие губки. Наконец-то он понял то, чего раньше никак не мог понять…

В Париже дон Хуан не переставал удивляться мотовству придворных кавалеров — как богатых, так и не очень. Женщинам, которых они хотели, парижские ухажеры дарили дорогие ювелирные изделия, словно соревнуясь, кто больше потратит денег на то, чтобы завоевать очередную красавицу. Тенорио считал это проявлением обыкновенной мужской гордыни и безрассудства.

Какой смысл в таких баснословных тратах, если свеженькие шлюхи с улицы Кур-Робер исполнят все ваши желания, вплоть до редкостных прихотей, за две мелкие монеты? Среди этих девушек попадались восхитительные, обворожительные существа, до которых было ой как далеко большинству светских дам!

Когда он осторожно высказал свои сомнения виконту Нарбоннскому, тот с оттенком брезгливости возразил:

— Дорогой Жуан, разве можно сравнивать шлюху и светскую даму? На Кур-Робер вы делаете мелкую покупку, а во дворце Ситэ вы одерживаете блистательную победу!

— Вы говорите — победу? — не понял де Тенорио. — Какая же это победа, если за нее уплачено корундами[27]? И в чем существенная разница между двумя мелкими монетами и двумя драгоценными перстнями? Может быть, в том, что во дворце Ситэ каждой ночи любви предшествуют ритуальные куртуазные пассажи мужчин и жеманство женщин?

— Да-а. — Виконт Нарбоннский посмотрел на дона Хуана, как на безнадежного больного. — Похоже, мне придется нарисовать вам, так сказать, схему амурно-денежного механизма французского высшего общества. Видите ли, дон Жуан... Наши светские прелестницы не только берут, но и дают! Каждый придворный кавалер состоит на содержании хотя бы у одной из своих любовниц. Попеременно. Красивая женщина получает золото и, как вы изволили выразиться, корунды, — от кого? От мужа и любовников. А своему «лучшему» на данный момент мужчине она эти сокровища отдает. Он в свою очередь дарит эти драгоценности другой придворной даме, которая возбудила в нем желание. Та опять же... Ну и так далее. В общем, этот вечный двигатель любви работает непрерывно! Во дворце Ситэ совершается постоянная циркуляция денег и дорогих украшений. Круговорот! И, уверяю вас, практически никто при этом дотла не разоряется. Была бы, гм, хорошая физическая форма. Я доходчиво все объяснил?

— Куда уж доходчивей, — усмехнулся дон Хуан. — Только я все-таки не вижу особой разницы между посещением улицы Кур-Робер и очередной амурной затеей в стенах дворца Ситэ. Вы лишь подтвердили мою правоту. Сильно отличаются лишь объемы денежных средств, которыми оперируют участники этого бесконечного свального греха в разных концах Парижа.

196

— Ну, не знаю, — смешался виконт. — Может быть, разница в том, что шлюху нельзя полюбить, она создана не для любви, а совсем для другого. А благородные дамы... Они-то как раз и созданы для любви! А чего стоит наша жизнь без любви, дорогой Жуан? Мне это трудно объяснить, тем более — на латыни. Я только уверен, что вы не правы, когда приравниваете девочек с Кур-Робер к придворным красавицам.

Сейчас, задумчиво глядя в темные воды Сены, дон Хуан понял, что он действительно был неправ. Дело даже не в том, что, соблазнив благородную даму, мужчина записывал на свой счет очередную титулованную особу, что конечно же наполняло сердце определенной гордостью.

Дело было в другом.

Взгляд графини де Ла Мот... Такого взгляда не встретишь у девушек из простонародья. Насмешливый, холодный и чистый, словно свет далекой звезды... Дон Хуан понял, что не колеблясь отдал бы все сокровища мира, чтобы взор графини потеплел и увлажнился, чтобы Диана посмотрела на него с любовью и желанием! Обладание такой женщиной способно поднять мужчину до самых небес. За это ничего не жалко, даже самой жизни.

— Наш друг, похоже, влюбился, — донесся до Тенорио голос Жана Буридана.

— Я? — вскинулся дон Хуан. — Полно, господа!

— Да-да, влюбился. Мсье Буридан абсолютно прав! — подхватил виконт Нарбоннский. — Дон Жуан, вы потеряли голову! Как все те несчастные, которые в первый раз видят Диану де Ла Мот. Все без исключения.

— Стало быть, все оказались несчастны в своей любви к графине? — спросил Тенорио как бы между прочим.

— Все, — с пафосом изрек Жан Буридан. — Графиня Диана неприступна.

Он печально вздохнул.

— Честно говоря, мсье Жуан, я тоже пытался. И ничего, кроме колкостей, в ответ на свои страстные речи не услышал.

У дона Хуана язык чесался сказать: «Ну, уж если такой покоритель сердец, как престарелый Жан Буридан, потерпел поражение в осаде этой крепости, то всем остальным претендентам штурм лучше и не начинать!» Но он смолчал: как стало ясно после посещения московских бань, с Буриданом лучше не шутить.

— А вы, виконт? — бесцеремонно спросил дон Хуан.

— Ну... Как вам сказать... Мы с графиней Дианой — давние друзья, — уклончиво ответил виконт. — А дружба между мужчиной и женщиной не подразумевает никаких поползновений.

«Понятно, — подумал Тенорио. — Тебе она тоже отказала».

— Графиня Диана замужем?

— Разумеется! Да вы же видели графа де Ла Мота на приеме в честь вашего приезда. Помните? Такой невысокий белокурый красавчик.

— Хм... Довольно странно... — проговорил дон Хуан.

— Что ж странного? — вскинул брови Нарбонн.

— Молодая жена ночью гуляет без сопровождения своего супруга... Разговаривает с мужчинами... У нас в Кастилии такое просто невозможно.

Виконт рассмеялся.

— А у нас в Париже люди женятся и выходят замуж не для того, чтоб быть вместе, а для того, чтобы жить своей личной жизнью, независимо друг от друга. Замужество — это для благородной парижанки способ обрести свободу.

— И граф де Ла Мот не ревнует свою красавицу жену? Не дерется на дуэлях с ее поклонниками и ухажерами?

— Если и ревнует, то виду не подает, — усмехнулся виконт. — Иначе его все засмеют. А быть посмешищем при дворе — это, скажу я вам, похлеще, чем подцепить дурную болезнь. От болезни вас могут исцелить лекари, а вот если вы однажды стали объектом насмешек, то уже никогда не вернете былого уважения к своей персоне. Что же касается поединков за честь супруги... Видите ли, дорогой дон Жуан, у нас на дуэлях обычно дерутся из-за предмета своих воздыханий, ну, или из-за уже состоявшихся любовниц, но очень редко — из-за жен. Я такого не помню.

Дон Хуан лишь покачал головой. Если бы в Севилье были подобные обычаи, то он не провалялся бы между жизнью и смертью месяц в постели, пронзенный мечом дона Спинелло.

Он понял и другое. В Париже слежка за благородными дамами и принуждение их вступить в связь под угрозой разоблачения были бы совершенно невозможны! Потому что понятие «угроза разоблачения» звучит для здешних ветрениц просто нелепо.

— А во-вторых, друг мой, — продолжил виконт, — у меня сложилось впечатление, что при желании драться из-за жены графу де Ла Моту просто не с кем!

— Неужели у такой красавицы нет любовника? — не поверил дон Хуан.

— Я бы не стал высказываться так определенно, — досадливо поморщился Нарбонн. — Хотя о таких вещах в Ситэ быстро становится известно всем. Так что либо графиня Диана и ее неведомый избранник соблюдают неслыханную осторожность, либо...

— Что? — взглянул на него де Тенорио.

— Ее просто не интересуют мужчины.

— То есть? — не понял кастилец.

— То есть вообще, — ответил виконт. — Не только я, но и другие уже поговаривают о довольно странной дружбе графини со своими юными незамужними племянницами. Неужели у вас в Кастилии не слыхали о таком женском пороке?

— Этого не может быть! — воскликнул пораженный дон Хуан.

— Да-да, разумеется, — поспешил согласиться Нарбонн. — Ситэ — это территория самых скабрезных слухов...

Виконт Нарбоннский пристально смотрел на кастильца, что-то обдумывая.

— А знаете что? — вдруг решительно заговорил он. — Попытайтесь, любезный дон Жуан! Вы иностранец, а это в глазах женщин придает мужчине особый шарм. К тому же на днях вы уезжаете из Парижа, возможно — навсегда. Как знать, быть может, наша неприступная крепость на сей раз капитулирует... Так что мой вам совет — попытайтесь!

— Но как? Как? — разволновался дон Хуан. — Я не представляю!

Он так возбудился, что потерял бдительность и даже не подумал о том, что подобные слова характеризуют его как законченного неудачника в любовных делах.

Жан Буридан несколько сгладил это впечатление:

— Действительно, виконт, как вы себе это представляете? Прямолинейность тут не пройдет. Не хватало еще, чтобы графиня Диана выставила на посмешище нашего кастильского гостя!

— Я беру подготовку на себя, — прищурился Нарбонн и в предвкушении забавного приключения потер ладони. — Завтра вечером состоятся придворные гулянья в парке Ситэ. Будет фейерверк, цирковое представление: медвежья борьба, трюки акробатов... Столы расставят прямо под открытым небом. Так вот, на правах старинного друга я приглашу графиню Диану посидеть на лавочке возле знаменитого Дуба свиданий. Вы, дон Жуан, заранее спрячетесь поблизости, чтобы услышать наш разговор.

— Зачем же мне подслушивать? — попытался поиграть в щепетильность дон Хуан.

— Видите ли, обычно, когда мы наедине, графиня до известной степени со мной откровенна, — пояснил виконт. — И если она задумает посмеяться над вами, то вы заранее об этом узнаете из нашей беседы.

Глава 7

— Виконт, этот ваш кастилец — просто какой-то дикарь. Он даже не поздоровался ни со мной, ни с моими племянницами.

Голос графини де Ла Мот журчал подобно горному ручью в поместье поэта Петрарки. Дон Хуан то и дело судорожно сглатывал, чтобы вернуть на место подступавшее к горлу сердце. Он стоял за широким, корявым стволом Дуба свиданий и время от времени осторожно выглядывал из-за него, всматриваясь в освещенные полной луной силуэты виконта Нарбоннского и графини Дианы. Они сидели на скамейке спиной к де Тенорио.

— Неужели он потерял дар речи, когда увидел меня? — со смехом продолжила покорительница мужских сердец.

— Он? — изобразил удивление виконт. — Кто угодно, только не дон Жуан. Вы знаете, почему он выпросил у своего друга, короля Педро, назначение в это свадебное посольство?

— Почему же? — В голосе графини послышалось любопытство.

— Я буду с вами откровенен, — понизил голос Нарбонн. — У дона Жуана в Кастилии накопилось столько проблем любовного характера, что он просто решил сбежать. Хотя бы на время. Эти любовные коллизии сплелись в такой огромный и тугой узел, что наш гость утомился его распутывать. И в Париже он, представьте себе, отдыхает от бесчисленных кастильских поклонниц.

— Вот как? — задумчиво промолвила Диана.

— Именно, — подтвердил виконт. — Таким любовникам, как дон Жуан, время от времени просто необходима передышка. Честно говоря, я ему страшно завидую.

— Вы? Не верю. Вы стройный, красивый мужчина, а дон Жуан — уродливый коротышка. Еще этот шрам через всю щеку...

— Кастильские женщины весьма разборчивы, графиня, их очень непросто завоевать, — заметил Нарбонн. — А теперь вообразите, что вся женская половина Кастилии и Леона сладострастно дрожит при одном упоминании имени дона Жуана. Это имя тысячи женских уст шепчут во сне. И еще скажу вам по секрету... Его имя — это последнее слово, которое произносят отвергнутые им благородные дамы — за секунду до того, как принять яд. Только яд способен прекратить их сердечные муки.

— О Боже! — с ужасом и восхищением вскрикнула графиня.

— Вот уже несколько лет, как дон Жуан стал символом всех любовников Кастилии, — уверенно продолжил виконт Нарбоннский. — Даже простолюдины называют его именем знакомых ходоков...

— Ходоков? — перебила Диана де Ла Мот. — Как это понимать?

Виконт рассмеялся:

— В народе так именуют бабников. Так вот, бабников чернь Кастилии уже прозвала донжуанами, хотя вилланы и не знают, что это реально живущий человек.

— И что, в Париже у него до сих пор никого не было? — тихо спросила графиня.

— Уверяю вас, никого, — ответил виконт со всей убедительностью. — И не будет. Что, впрочем, большое благо для наших прелестниц.

— Почему же благо?

— Да потому, что, проведя ночь с доном Жуаном, никакая женщина уже не может желать другого мужчину. Эта ночь навсегда останется самым ярким мигом в ее жизни. Спросите кастильских женщин — они подтвердят вам мои слова.

Собеседники помолчали. Графине Диане стало казаться, что минувшей ночью, на реке, она испытала некие странные, доселе неизведанные чувства, которых на самом деле, разумеется, она вовсе не испытывала.

— Вас удивительно слушать, милый Нарбонн... Впрочем, мне кажется, я понимаю кастильских женщин. — Графиня вздохнула. — Дон Жуан... Его имя так романтично звучит! Что касается любви... Нет, радость любви такой мужчина внушить не может. Но пламя страсти... Страсть — да! Ее он может зажечь и раздуть! Этот мрачный, пронзительный взгляд... У меня мурашки пошли по коже, когда он смотрел на меня. Мне стоило некоторых усилий, чтобы казаться беспечной. А шрам... Должно быть, его так приятно целовать!

Снова возникла небольшая пауза.

— Скажите, виконт, — задумчиво произнесла графиня. — Я понимаю, что сейчас дону Жуану уже не надо прилагать стараний, чтобы соблазнить женщину или девушку. Они сами хотят заполучить его в свои объятия. Но... ведь так было не всегда, верно? Как он завоевывал женщин в юности? Ну, в самом начале своей жизни, полной любви?

— О, графиня, помимо величайшего таланта любовника, у дона Жуана есть еще один божественный дар, — проникновенно заговорил виконт Нарбоннский.

— Какой же?

— Он поет, как Орфей, а на мандолине играет, как Эол на арфе. Ни одна женщина не могла устоять перед ним после того, как он исполнял серенаду под ее окном.

За Дубом свиданий дон Хуан с досадой ударил кулаком по корявому стволу. «Какой же глупец этот виконт! — в отчаянии думал он. — Впрочем, откуда ему знать, что я совершенно не умею играть на мандолине, а пою так, что по сравнению с моим голосом скрип корабельной лебедки кажется пением сирен!»

— Но он уже давно не поет, хотя многие женщины чуть ли не на коленях его уговаривают, — продолжил Нарбонн, и дон Хуан за дубом испытал некоторое облегчение.

— Почему же он не поет? — капризно спросила графиня.

— Да потому, милая Диана, что, если он нарушит молчание и станет петь серенады, женщины Севильи будут неотвязно ходить за ним. Как, простите за сравнение, крысы за дудочкой мифологического крысолова.

Графиня де Ла Мот в очередной раз мечтательно вздохнула.

— Хотелось бы мне услышать его серенаду под моим окном… Но я ничего не обещаю взамен, имейте в виду!

Диана была в уверенности, что ее желание будет скоро известно величайшему соблазнителю дону Жуану.

И в этом графиня нисколько не ошиблась.

* * *

Стоит ли говорить, что и эту ночь и последующий день дон Хуан не находил себе места? Он успокаивал себя тем, что мало чем рискует в случае позорного поражения: адмирал Мендоса объявил, что на следующей неделе посольство возвращается в Кастилию.

После полуночной смены караула во дворце Ситэ дон Хуан уже вглядывался в такое близкое — рукой подать! — окно графини де Ла Мот, которое ему любезно показал виконт Нарбоннский. Разумеется, мандолины в руках «главного любовника Леона и Кастилии» не было, как не было и желания петь что-либо без аккомпанемента.

В слабо освещенном окне мелькнул женский силуэт, стукнула ставня. Что это? Перед доном Хуаном бесшумно раскачивалась веревочная лестница. Кастилец, призвав на помощь небесного покровителя Иоанна Богослова, начал карабкаться на второй этаж дворца.

«Если Диана хочет над ним посмеяться, — думал Тенорио, — то заранее подрезанная лестница вот-вот оборвется, и он неуклюже шлепнется на плиты под окном спальни графини. И тут же, разумеется, со всех сторон грянут хохот и улюлюканье: ведь коварная Диана наверняка собрала зрителей, готовых осмеять тупоголового и легковерного кастильца! И среди свидетелей его позора обязательно будет виконт Нарбоннский, который заманил его, дона Хуана, в эту ловушку. Зачем? Да чтобы таким образом отплатить за свой проигрыш в кости!»

Но — хвала Всевышнему и святому Иоанну Богослову! — лестница не оборвалась, и Дон Хуан со всей возможной элегантностью перевалился через узкий подоконник.

Перед ним стояла совершенно о д е т а я Диана де Ла Мот. Тенорио растерялся. Он не мог знать, что графиня, как и он, весь день металась в любовной лихорадке. Дон Хуан не заметил, что грудь молодой женщины под роскошным платьем учащенно вздымается, а щеки розовее обычного. На столике в колеблющихся огоньках трехсвечника посверкивали бутылки, в серебряной чаше золотился виноград... В сумраке алькова угадывалась монументальная кровать с оборчатым балдахином.

Дон Хуан угрюмо и обреченно смотрел на красавицу, не в силах произнести ни единого слова. Он с ужасом сознавал, как глупо сейчас выглядит в мерцающем отблеске свечей.

Однако в глазах графини Дианы молчание ночного визитера было как раз свидетельством уверенности в себе. Той уверенности, которую не нужно подкреплять куртуазными пассажами и заранее заготовленными поэтическими цитатами. Перед ней стоял настоящий мужчина.

— Вы пришли без мандолины, — наконец произнесла Диана тихим голосом.

Дон Хуан покрылся липким холодным потом. Он с паническим страхом понял, что у него ничего не выйдет. Графиня по-прежнему оставалась словно за стеклянной стеной...

И тут Тенорио внезапно заметил, что кремовое парчовое платье на Диане де Ла Мот уже расшнуровано! Атласные веревочки свисали по бокам графини, открывая взору дона Хуана нижнюю шелковую тунику.

Значит, говорить ни о чем не надо. Надо действовать. «Платье расшнуровано, она не желает ждать, — подбодрил себя дон Хуан. — Она так же доступна, как и все прочие! Она просто шлюха! Шлюха по цене куриного яйца! Как же я сразу не догадался? Меня разыгрывали! Это все — их придворные забавы. Буридан и Нарбонн придумали про нее, что она недоступна для мужчин. Точно так же, как потом виконт врал ей про меня, что я — неотразимый любовник, причина женских самоубийств.»

И в теле дона Хуана стала зарождаться знакомая сила.

— В мандолине не было необходимости, сударыня, — небрежно сказал де Тенорио и шагнул навстречу графине де ла Мот.

… На рассвете он, словно во сне, стоял на коленях перед альковом, покрывая поцелуями холодные руки Дианы и что-то сбивчиво шептал — то по-кастильски, то по-латыни. И со смертной тоской, с чувством безнадежности и надвигающегося горя видел в карих глазах графини де Ла Мот выражение презрения и разочарования.

Глава 8

На следующий день, немного поспав, под проливным дождем дон Хуан отправился на улицу Курари, где располагались самые фешенебельные лавки ювелиров. Здесь он истратил все свои деньги, включая выигрыш у виконта Нарбоннского, на покупку золотого перстня с огромным алым яхонтом[28]. Перстня для любимой.

… Еще ранним утром, вернувшись в отведенные для него покои, дон Хуан понял, что не может жить без Дианы де Ла Мот. Ему было стыдно перед самим собой за те грязные мысли, которыми он подбадривал себя в минуту нерешительности, когда между ними была «стеклянная стена».

Что же делать дальше? Через четыре дня он покинет Париж. Покинет свою любовь. Может быть, скрыться? Спрятаться в этом огромном городе? Здесь то и дело пропадают люди, зарезанные ночными грабителями и сброшенные потом в Сену. А когда севильское посольство, не найдя его, будет вынуждено отбыть на родину, он поступит на службу к французскому королю...

Однако у дона Хуана хватило разума, чтобы понять: этот план однозначно ведет к гибели. Иоанн Добрый конечно же выдаст изменника своему новому союзнику, кастильскому королю дону Педро. И друг детства без колебаний прикажет отсечь безрассудную голову обер-келлермейстера.

Тогда... Тогда, чтобы продолжать жить и дышать, нужно увезти Диану с собой в Кастилию. Она тоже его любит. Она равнодушна к мужу, а муж равнодушен к ней. Они упадут в ноги королю Педро, и тот будет к другу детства добр и милостив. Дон Педро отрубит голову у очередного благородного сеньора и подарит им с Дианой конфискованный замок с поместьем...

Надо только ее уговорить. Вдруг получится? Ведь получилось же стать любовником неприступной графини.

Похоже, здесь, в Париже, сбываются самые несбыточные мечты... Кстати, как рассказал Жан Буридан, название столицы Франции — PARIS — это имя легендарного древнегреческого героя, который похитил прекрасную Елену. Ну а он, дон Хуан де Тенорио, похитит в Париже прекрасную Диану!

— Да вы с ума сошли, — лениво сказала Диана де Ла Мот, с удовольствием рассматривая свой палец, на котором сияло подаренное рубиновое кольцо. — Нет, вы не просто сошли с ума. Вы вообще ничего не поняли.

Они сидели на той самой скамейке подле Дуба свиданий, где начиналась любовная интрига.

— Что я должен был понять, Диана? — холодея, прошептал дон Хуан.

— Знаете, когда в зверинец короля Иоанна привезли ягуаров, я просто сгорала от любопытства. И при первой возможности пошла полюбоваться на этих изящных хищников. Теперь вы поняли или мне следует высказаться до конца?

— Уж будьте так любезны, — хмуро пробормотал дон Хуан.

— Что ж, извольте. Когда виконт Нарбоннский, мой давний любовник, рассказывал мне о вас любопытные вещи, я сознавала, что он здорово привирает. У нас с ним такая игра... Впрочем, это неважно.

Тенорио потерял дар речи.

— Он? Ваш любовник?! Игра?!

— Ну да.

— И вы знали, что я стою за дубом и слышу ваш разговор? — выкрикнул дон Хуан с отчаяньем.

— Нет, не знала, — искренне удивилась графиня.

Но тут же рассмеялась:

— Такого Нарбонн еще не вытворял. Это что-то новенькое. Ну да ладно, я ни о чем не жалею. В том числе и о минувшей ночи. Правда, я была разочарована...

— Вот как? — уязвленный дон Хуан постарался вложить в этот короткий вопрос как можно больше сарказма.

— Да, именно, — как ни в чем ни бывало, подтвердила графиня. — Может быть, в Кастилии ваше искусство любви и считается недосягаемым, но... Уверена, что ни одна кастильская женщина не назвала бы вас непревзойденным любовником, если бы провела ночь с парижским придворным кавалером. Или, например, с Жаном Буриданом.

Де Тенорио вздрогнул от очередной страшной догадки.

— Жан Буридан?! Он что, тоже ваш любовник?

— Был когда-то, лет пять назад. Он мой самый первый мужчина. Я воспитывалась в монастыре, обожала науки. Жан Буридан, прославленный философ и математик, был для меня, наивной девчонки, просто небожителем! И когда я в семнадцать лет впервые оказалась при дворе и на меня обратил внимание сам Жан Буридан... Понимаете? Он был ректором Парижского университета, Сорбонны! Тогда этот великий ученый выглядел куда презентабельнее, чем сейчас, хотя прошло всего пять лет. Ну а в постели... Скажем прямо: вам до него очень далеко.

Дон Хуан с каким-то сладострастием продолжал мучить себя:

— И рукав, который он до сих пор носит на шлеме...

— Это мой рукав, — кивнула Диана де Ла Мот. — Хотя с той поры Буридан сменил множество любовниц. Крепкий старик!

— А племянницы? Ваши юные племянницы? — Голос Тенорио звучал униженно и жалобно.

— Что вы имеете в виду? — Графиня высокомерно подняла брови. — А, кажется, я поняла. Так вот, милый дон Жуан, все это — лишь грязные сплетни. Я нормальная женщина с нормальными интересами.

Как ни странно, этот ответ вернул дону Хуану душевное равновесие.

— Мы не закончили про ягуаров, — напомнил он.

— А, да! Так вот, слушая Нарбонна, я понимала, что в его рассказе о ваших любовных подвигах в Кастилии только треть правды. Ну, может быть, половина.

— И на том спасибо, — усмехнулся «величайший соблазнитель».

— Я испытывала точно такое же любопытство, как и при появлении в зверинце ягуаров. Теперь, надеюсь, вам все понятно?

— Выходит, я для вас — диковинный зверь? Таинственный кавалер со шрамом? — с горечью вздохнул де Тенорио.

— Именно так. И не обижайтесь, дон Жуан. Мы с вами пережили забавное приключение, не правда ли? Нет, серьезно, вы просто чудо! Вот так взять и предложить мне бежать с вами в Кастилию! Такого в моей жизни еще не было! Обязательно расскажу об этом мужу.

Дон Хуан оторопел: граф де Ла Мот — это не старик Жан Буридан. Но тут же вспомнил рассказ виконта Нарбоннского о своеобразных взаимоотношениях внутри здешних благородных семейств. Пожалуй, граф скорее станет в кругу друзей со смехом рассказывать о похождениях своей жены, чем разгневается за ее очередного любовника!

Странные все-таки люди эти парижане...

* * *

Свадебное посольство медленно ехало по раскисшей от нескончаемых дождей дороге. Авиньон остался позади, впереди, сквозь пелену тумана, проступали знакомые горы Арагона.

212

Дон Хуан силился понять, почему его любовь оказалась так беспощадно поругана бездушной красавицей.

Ему даже в мыслях претило обвинять Диану, хотя она и незаслуженно унизила его. Да-да, конечно, она ни в чем не виновата. Просто так уж устроена жизнь всех красивых женщин.

Почему Диана говорила с ним так бессердечно? Она ведь понимала, что он любит ее. Понимала и тем не менее глумилась над ним. И скорее всего, окажись на ее месте другая светская дама, она вела бы себя точно так же.

Потому что каждую красивую женщину постоянно домогаются сразу несколько мужчин и с юных лет им приходится то и дело кому-то отказывать. Мужские страдания становятся ежедневной забавой, милым пустячком. Женщина привыкает к лицезрению страдающих поклонников. Но ей хочется большего, и она невольно делает все, чтобы усугубить мучения своих воздыхателей.

Так думал дон Хуан, рассеянно оглядывая бескрайние поля Эстрамадуры.

* * *

Но знал бы дон Хуан, что сразу же после отъезда кастильской делегации из Парижа его унижение превратилось в запоздалый триумф! Жан Буридан, виконт Нарбоннский и граф де Ла Мот сначала говорили об уехавшем посланце дона Педро лишь намеками. Графиня Диана первая произнесла недвусмысленное определение: «Дон Жуан — роковой сердцеед и непревзойденный любовник у себя в Кастилии». После того, как Тенорио исчез с ее глаз, она задним числом почувствовала гордость: как-никак этот утомленный похождениями рыцарь со шрамом, живой символ любви выбрал из всего парижского общества благородных дам именно ее, графиню де Ла Мот!

Да, в Париже побывал тот, в кого влюблено все женское население романтической страны под названием Кастилия! Французский двор принялся обсуждать это запоздалое открытие увлеченно и заинтригованно.

«Вы знали, милая, что этот дон Жуан — величайший обольститель?» — «О, вы смущаете меня своим вопросом, дорогая…» И вот уже то одна, то другая придворная дама стала полунамеками давать понять, что у нее была близость с с а м и м доном Жуаном! Подруги завистливо и жадно выпытывали подробности этих мнимых связей, и подробности изобретались со всем пылом женской фантазии.

Так ехавший на родину и ничего не подозревающий дон Хуан де Тенорио стал легендарным героем-любовником Парижа.

Часть четвертая

РУКА МЕРТВЕЦА

Глава 1

О короле Педро I Бургундском, получившим прозвище Жестокий, в испанском народе сложено рекордное количество романсов и баллад — из числа тех, что посвящены кастильским монархам. В одном таком романсе поется, как «король Кастилии однажды влюбился в девицу-красу, пленился песней юной жницы, когда охотился в лесу».

Непонятно, что делала жница в лесу? Уж не прокралась ли она сквозь заросли, чтобы поглазеть на юного красавца короля?

На самом же деле пятнадцатилетняя Мария де Падилья никакой жницей, конечно, не была. Эта броская, запоминающаяся красавица с длинными черными волосами родилась в семье военачальника Хьюго де Падилья, ближайшего друга адмирала галер Алонсо де Тенорио. За восемь лет до этого у адмирала родился сын Хуан. Нетрудно догадаться, что, когда жена Хьюго де Падилья, произведя на свет двух сыновей, наконец-то подарила мужу дочку, друзья тут же объявили своих детей женихом и невестой. Проще говоря, состоялась помолвка.

Спустя годы адмирал галер Алонсо де Тенорио погиб, а Хьюго де Падилья умер от болезни, оставив после себя одни долги. Маленькая Мария воспитывалась в доме своего дяди по матери, Хуана Фернандоса де Инестрозы, в бедности и безвестности.

Мария вела строгий, «молитвенный» образ жизни, чуть ли не ежедневно бывала в церкви, знала наизусть всю Псалтырь и прилежно следовала Божьим заповедям. Поначалу Дон Хуан еще бывал в доме своей нареченной невесты, как это предписывалось обычаем, но вскоре юный отпрыск адмирала Тенорио с головой окунулся в разврат и сопутствующие ему пьянство и богохульство. И у дона Инестрозы жених его племянницы стал появляться с одной-единственной целью — попросить немного денег.

Хуан Фернандос де Инестроза какое-то время с пониманием относился к такого рода времяпрепровождению своего будущего родственника. Ибо, по мнению дона Инестрозы, оно ничуть не противоречило Священному Писанию. Как писал Екклесиаст, «веселись, юноша, в юности твоей». Но мало-помалу до почтенного сеньора Инестрозы стали доходить слухи о подлой «охоте» де Тенорио на замужних женщин и принуждении вступать с ним в связь под страхом разоблачения.

Этого благородный дон Инестроза стерпеть не мог. И когда, незадолго до восшествия на престол короля Педро, дон Хуан в очередной раз предстал перед дядюшкой своей нареченной невесты с просьбой одолжить ему денег, то встретил гневный отказ.

— Прошу вас больше не переступать порога моего дома, — сурово сказал Инестроза. — И моя племянница Мария, разумеется, никогда не будет женой такого мерзавца, как вы.

Конечно, старик де Инестроза знал о дружбе дона Хуана с инфантом доном Педро. Но тогда, в 1349 году, никто не принимал всерьез сына Марии Португальской. Альфонсо XI открыто называл своим наследником бастарда Энрике.

Даже когда Педро Бургундский все-таки взошел на престол, дон Хуан Фернандос де Инестроза не изменил своего пренебрежительного отношения к дону Хуану де Тенорио. Известно ведь, чем оборачивается детская дружба с новоиспеченными самодержцами. Вспомнить хотя бы кастильского короля Санчо, который, захватив трон, первым делом приказал умертвить своего родного брата из-за каких-то детских ссор...

Однако, вопреки ожиданиям, дон Хуан де Тенорио продолжал оставаться другом короля. Дон Инестроза всерьез забеспокоился за свое будущее. Каждую ночь он в страхе молился, ожидая смертоносного визита «черных гвардейцев». Ведь сколько бывших соратников покойного Альфонсо XI сложили свои головы безо всякого суда и следствия!

С какой радостью де Инестроза отдал бы сейчас распутному дону Хуану свои последние сбережения! Да и красотку-племянницу в придачу.

Что же касается самого дона Хуана, то он вспомнил о своей нареченной невесте, Марии де Падилья, только благодаря душевному смятению, которое испытывал уже много месяцев. Что бы он ни делал, чем бы ни занимался, его мысли неотступно возвращались к страшным пророчествам полночного гостя, таинственного хранителя Грааля.

Как обмануть судьбу? Как избежать грядущей кары за свои грехи и злодеяния?

Быть может, последовать шутливому совету друга-короля и жениться? Удалиться от авантюр, поселиться с милой женушкой в прекрасном уютном замке, воспитывать детей… Что останется после него в этом мире, умри он прямо сейчас? Ничего, кроме омерзительных воспоминаний севильских благородных дам…

Дон Хуан все чаще вспоминал тихое поместье поэта Петрарки, его умиротворенную жизнь под сенью деревьев, под журчание хрустального ручья… Возможна ли для него такая жизнь? Действительно, почему бы и нет?

Кстати, ведь у него есть невеста и обязательство перед покойным отцом — жениться на Марии де Падилья. И тогда, быть может, его посмертный дар — перстень с черным агатом — станет добрым оберегом для их семейного очага, а вовсе не напоминанием о неизбежной расплате за прегрешения.

… Поздней осенью 1351 года король дон Педро и дон Хуан де Тенорио в сопровождении мавританских архитекторов и кастильских инженеров осматривали стремительно растущую громаду нового королевского замка Алькасар. Король даже распорядился выделить помещение для настоящей московской бани. Чертежи (впрочем, скорее не чертежи, а наброски) были составлены доном Хуаном по рассказам Андрэ де Монтерана. За это Тенорио удостоился особой признательности дона Педро.

Сегодня король пребывал в благодушном настроении. Даже зодчие, слушая его веселую болтовню, перестали дрожать от страха.

— Послезавтра, друг мой, — сказал король дону Хуану, — будет большая охота на вепря. Я тебя приглашаю, как обычно.

— Благодарю вас, государь... — замялся де Тенорио. Король усмехнулся.

— Ну, говори, что там у тебя...

— Государь, дозвольте также от вашего имени позвать на охоту мою невесту и ее братьев, а также их почтенного дядю, дона Хуана Фернандоса де Инестрозу.

— У тебя есть невеста? — изумленно округлил глаза дон Педро. — Надо же... Но ведь совсем недавно ты говорил, что женитьба погубит твою молодость.

Он шутливо погрозил приятелю пальцем:

— Как видишь, у меня отличная память!

— В таком случае, государь, вы, наверное, сможете припомнить, как я рассказывал вам о малютке Марии де Падилья, дочери боевого товарища моего покойного батюшки.

— Что-то такое действительно было. — Король кивнул. — Зови. Я разрешаю. И обещаю дать свое благословение на брак. Старый Падилья, кажется, давно умер?

— Да, государь...

— Хочешь, на вашем венчании я буду твоим шафером? — небрежно спросил король.

Естественно, Тенорио был рад такому вопросу дона Педро. Сегодня монаршие милости сыпались на него, как из рога изобилия! Державный шафер щедро оделит новобрачных флоринами и дублонами.

Окрыленный де Тенорио направился в скромный замок неподалеку от Севильи — последнее достояние обнищавшего рода Инестрозы. Теперь-то уж этот гордый блюститель нравов не посмеет указать на дверь жениху своей племянницы!

В памяти дона Хуана всплыл образ кудрявой девчушки с Псалтырью в руке... В последний раз они виделись, когда Марии де Падилья было двенадцать или тринадцать лет, а ему, де Тенорио, уже двадцать... Тогда, помнится, в его кармане зазвенели несколько дублонов, полученных от де Инестрозы — старик в последний раз одолжил ему денег. И дон Хуан рвался поскорее прокутить это золото, нетерпеливо дожидаясь, пока, наконец, Мария дочитает кафизму до конца...

***

Де Инестроза выслушал приглашение на королевскую охоту с невозмутимо суровым видом, хотя внутри него все пело от нежданной радости.

— Также его величество приглашает ваших племянников Диего и Хуана. И... — Де Тенорио запнулся. — Мою невесту Марию де Падилья.

— Она не невеста тебе, — проворчал старый Инестроза. — Вы даже не обручены.

— Зато помолвлены, — возразил дон Хуан. — И я намерен представить королю Марию в качестве будущей супруги. А теперь я желаю ее видеть, и немедленно!

— Увидишь на охоте. — Де Инестроза из последних сил старался сохранить остатки былого достоинства.

— Именем короля! — грозно проревел де Тенорио. — Да будет вам известно, сеньор, что его величество оказал вам великую честь, согласившись быть шафером на нашем с Марией бракосочетании!

— Что ж... В конце концов решать королю, — сдался де Инестроза. — Иди в сад, там найдешь Марию.

Она, как обычно, читает Священное Писание. Мария так добра, что, может быть, пожалеет и простит тебя.

Он ликовал: сам король становится ему почти родственником! Шафер — это не пустяк, это церковные узы…

Тенорио шел через апельсиновый сад, знакомый ему с детства. Деревья почти совсем облетели. Вот и беседка, где когда-то он сиживал с Марией, слушая ее небесный голосок.

Падилья подняла голову от книги Деяний святых апостолов, и ее личико, и без того бледное, побелело еще сильнее.

— Хуан? Ты?

— Значит, узнала.

— Да, узнала.

— Ну конечно! — засмеялся дон Хуан. — Меня трудно не узнать. Такой шрам через все лицо — один на всю Севилью.

Мария вскочила со скамеечки, книга выпала из ее рук:

— Не подходи ко мне!

Она прижалась к ажурной решетке мавританской беседки.

— Вот, значит, как, — с горечью вздохнул Дон Хуан. — А раньше мой вид не был тебе противен.

— Дело не в виде, — вздохнула девушка.

— Понимаю, — печально сказал дон Хуан. — Твой дядюшка порассказал тебе про меня всяких небылиц…

— Не только дядюшка! — Темные глаза Марии де Падилья сверкнули гневом. — Все — и мои братья, и слуги, и наш священник — знают о твоих гнусных похождениях!

Дон Хуан опустился на колени.

— Но ты ведь думала обо мне все то время, что мы не виделись? Мария, ты меня помнила?..

Падилья отвернулась.

— Помнила. И молилась о спасении твоей грешной души.

— Мое спасение — это ты, Мария! — с жаром воскликнул дон Хуан и осторожно взял ладонь девушки. Мария не отстранилась. — Будь моей женой, исполни волю твоего покойного родителя! Я клянусь тебе...

— В чем же?

— Мы удалимся от этого развратного мира, поселимся в маленьком замке. Будем вместе молиться. У нас появятся дети. Я всей душой стремлюсь к благочестивой, достойной жизни. Хочу забыть свое прошлое.

Бессвязно бормоча эти слова, Тенорио сам искренне им верил.

— Послезавтра я представлю тебя моему другу, королю Кастилии, как свою невесту, — продолжил дон Хуан. — А теперь прощай. Если ты появишься на королевской охоте вместе с твоими братьями и дядей, то это для меня будет означать твое согласие. Если они приедут без тебя — это станет для меня смертным приговором. Решай.

Дон Хуан поднялся с колен, помедлил. Затем, так и не осмелившись поцеловать Марию, стремительно покинул беседку.

Теперь ему казалось, что его судьба целиком в руках Марии де Падилья. И впервые за долгое время Тенорио почувствовал облегчение: весь груз своих мрачных мыслей и предчувствий он переложил на хрупкие плечи красивой черноволосой девочки из его детства.

Глава 2

Дон Хуан Альфонсо д'Альбукерке был страстным любителем охоты. А в последнее время канцлер полюбил охоту вдвойне. Почему? Да потому, что король тоже обожал все виды травли зверя и птицы: верховую, соколиную, ястребиную, псовую... Но главное — дон Педро во время охоты пребывал в хорошем расположении духа, был вполне вменяем. И канцлер мог обсудить с королем самые важные государственные вопросы именно на охоте.

— Егеря выследили огромного вепря-одинца, государь, — рассказывал Альбукерке дону Педро, ехавшему по лесной дороге рядом с канцлером. — Доезжачие обложили кабана. Сейчас зверь в лежке.

— Да-да, — рассеянно отозвался король.

— Так прикажете выпускать гончих?

Король не ответил.

Альбукерке встревожился. Обычно на охоте дон Педро был азартен, весел и говорлив, однако сегодня его поведение казалось странным. Мысли короля, похоже, витали далеко от предстоящей травли вепря-одинца.

Но ведь рано утром, когда они выехали из королевского замка, король только и говорил, что о предполагаемом возрасте кабана, о направлении ветра, о своих любимых гончих... Когда же дон Педро потерял интерес к предстоящей потехе? Это было очень важно понять, причем как можно быстрее!

Канцлер принялся вспоминать минувшее утро шаг за шагом. Поначалу все шло как обычно. На поляне, примерно в версте от логова кабана, кавалькада охотников остановилась для завтрака. На столах, расставленных прямо на траве, был горячий пунш, холодная ветчина, овечий сыр, пирожные для дам... Для дам...

Да-да, вот она, разгадка!

Альбукерке вспомнил юную красавицу, одетую в охотничий костюм, удивительно гармонировавший с ее личиком и точеной фигуркой. Канцлер видел эту девушку впервые. Она прибыла на охоту вместе с хорошо знакомым дону Альбукерке стариком Инестрозой. И сегодня возле них увивался де Тенорио...

Выбрав удобный момент, дон Хуан подвел к королю дона Инестрозу, девушку и двух юношей.

— Ваше величество, позвольте представить вам мою невесту, Марию де Падилья.

Дон Педро протянул руку девушке, та опустилась на одно колено и прикоснулась к королевскому запястью губами.

...Потом, вспомнил Альбукерке, Тенорио представил королю дона Инестрозу и его племянников, но это уже было неважно. Главное — выражение любви и покорности на лице Марии де Падилья, с каким она прильнула к королевской руке! Именно после этого дон Педро сделался задумчивым и безразличным к охотничьим страстям. Уж не потому ли, что королем овладела страсть совсем иного рода? Сердце канцлера учащенно забилось от предчувствия великой удачи. Вот он, шанс вернуть свое прежнее влияние на судьбы Кастилии!

— Осмелюсь прервать ваши размышления, государь, — вкрадчиво начал канцлер. — Не сочтите за бестактность... Быть может, мне только показалось...

Но та девушка, Мария, племянница Инестрозы... Похоже, она произвела на ваше величество большое впечатление.

— О да, она просто бесподобна! — прошептал дон Педро.

Он тут же устыдился своих эмоций и попытался прикрыть их шуткой:

— Я был бы не прочь за ней приударить!

Альбукерке ощутил прилив вдохновения. Сейчас или никогда!

— Простите, государь. Я не ослышался? Вы сказали — приударить?

— Ну да. — Король смутился, чего с ним раньше не случалось.

— Позвольте напомнить вам, государь, что вы — единоличный повелитель Кастилии и всего, что в ней есть. Вам всецело принадлежат поля и горы, леса и звери, живущие в них. Города и деревни со всеми населяющими их людьми.

— Я сам все это хорошо знаю. Что из того? — нахмурился дон Педро.

— А то, ваше величество, что у короля есть дела поважней, чем приударять за приглянувшейся девицей. Короли не ухаживают. Короли повелевают. Одно ваше слово — и Мария де Падилья сегодня же ночью будет в вашей опочивальне.

— Ты это серьезно, мой дорогой Альбукерке?

— Конечно, государь. Берусь устроить вам романтическое свидание после заката солнца.

— Да, но... Она невеста моего друга детства. И я уже благословил их брак, причем дал слово быть шафером.

— Король волен в любой момент менять свои решения, — твердо отчеканил канцлер. — Король — хозяин своего слова, он может его давать и забирать назад. И никто не смеет требовать от короля выполнять свои прежние обещания!

Альбукерке внимательно посмотрел на дона Педро и с удовлетворением отметил, что тот слушает его без тени гнева.

— Впрочем, — пожал плечами Альбукерке, — вам, государь, ничто не мешает одновременно быть шафером жениха и любовником невесты.

— Да, ты прав. — Взгляд короля вновь стал решительным. — Действуй, мой канцлер.

— Так прикажете выпускать гончих, государь? — спросил довольный Альбукерке.

— Да, — рассмеялся король. — Вперед! Трубите в фанфары!

Таким образом дон Хуан Альфонсо д'Альбукерке, вполне заслуженно мнивший себя тонким и расчетливым политиком, допустил самую большую в своей жизни ошибку. Выступив в роли сводника между королем и Марией де Падилья, канцлер не учел одного «пустячка».

Он совершенно неправильно расценил то смущение, с которым дон Педро говорил о столь обыденной вещи, как доставка в его опочивальню очередной благородной девицы.

Альбукерке приписал сомнения короля остаткам щепетильности и чувству вины перед другом детства, доном Хуаном де Тенорио.

На самом же деле дон Педро не знал о таких вещах, как осознание своей неправоты или стремление быть верным своим обещаниям. Дело в том, что Мария де Падилья не была для короля «очередной девицей», вещью, которую он, как самодержец, мог получить по своему желанию в любой момент.

С той секунды, как дон Педро увидел Марию, он влюбился в нее раз и навсегда. По-настоящему, с тем безраздельным чувством уважения и преклонения перед избранницей, которое неразлучно сопутствует истинной любви.

Совершенно превратно истолковал Альбукерке и взгляд, исполненный любви и покорности, который Мария де Падилья устремила на дона Педро, прежде чем ее уста коснулись его запястья. Это не был взгляд верноподданной. Это был взгляд полюбившей женщины.

Бездонное чувство захлестнуло короля и Марию с первого мгновения, и они пронесли его через всю жизнь. Любовь Марии де Падилья и Педро Жестокого осталась самой яркой и трагической страницей в испанской истории. Любовь, которая пришла «на падение и на восстание многих»[29], на слезы, и горе, и кровь целым народам.

* * *

Всю ночь де Тенорио не сомкнул глаз. Мозг не желал отключаться. Ни в какую.

После охоты, когда король самолично добил пикой истерзанного собаками вепря, дон Педро пригласил изрядно продрогших гостей в свой наполовину построенный замок на ужин. Пиршество растянулось далеко за полночь.

Никогда короля не видели раньше столь жизнерадостным, галантным с дамами и дружелюбным с мужчинами. Альбукерке торжествовал: дон Педро славил своего мудрого канцлера на все лады, лично наливал в его чашу густо-рубиновое бургундское вино.

Неожиданно для всех внимания со стороны короля удостоился давно забытый при дворе, полунищий старик Инестроза, а также его племянники Диего и Хуан. Дон Педро благосклонно слушал ностальгические воспоминания Инестрозы о минувших сражениях, расспрашивал юношей об их образовании и воинской выучке. Кое-кто из придворных «на всякий случай» уже начал заискивать перед новыми королевскими любимцами, а наиболее дальновидные осыпали пышными, громоздкими комплиментами пунцовую от счастья и выпитого вина Марию де Падилья.

Лишь дон Хуан де Тенорио был мрачнее быка, который чувствует, что его ведут на бойню. Он пил больше обычного, исподлобья взирая на всеобщее веселье отяжелевшим взглядом.

Было еще темно, когда король объявил о завершении застолья. Все разошлись по своим покоям.

Утром Тенорио спустился в сад, где ранние птицы уже подняли свой деловитый щебет. Чему они радуются, эти безмозглые твари?.. У фонтана дон Хуан напился ледяной воды — после обильной выпивки страшно пересохло во рту. Вытирая лицо, он увидел старика Инестрозу и хмуро поприветствовал «дядюшку».

Инестроза молча подал Тенорио мешочек с золотыми дублонами.

— Это что — отступные? — насмешливо спросил дон Хуан, принимая деньги. — Или плата за услугу, которую я оказал, познакомив вашу прелестную набожную племянницу с королем?

Инестроза не ответил и удалился, сгорбившись от стыда. Впрочем, стыд стыдом, но, похоже, старик тоже не спал всю ночь. Не иначе как в предвкушении высокой должности и прочих милостей, которые он рассчитывал получить за то, что отдал королю на потеху невинную девочку.

Дон Хуан долго бродил по осеннему саду, поглядывая на окна королевской опочивальни. Мария сейчас там...

Что ж, от судьбы никуда не денешься. Видят Бог и святой Тельмо, де Тенорио искренне хотел покончить с прошлым и зажить тихой семейной жизнью. Но, похоже, злой рок неумолимо толкает его на прежний, порочный путь. Что ж, знай свое место, презренный смертный! Не дерзай приобщаться к святости, коли тебе на роду написано творить грехи! Кстати, горничные Марии Португальской уже на ногах, готовятся к пробуждению своей госпожи. Сейчас он пойдет и затащит первую же попавшуюся девчонку в ту спальню, что отвел ему королевский постельничий.

Внезапно из двери, увитой пожухлым плющом, — той самой двери, через которую дон Хуан много раз приводил в королевскую опочивальню девиц легкого поведения, — выскользнула Мария де Падилья. Она была в одной лишь нижней рубашке.

«Да у нее любовная лихорадка! Она не чувствует холода!» — горестно рвал свое сердце дон Хуан.

Что ей сказать? Упрекнуть? Пожелать счастья?

Тенорио так и не успел ничего придумать. Мария, не заметив его, прошла мимо — к скамейке на берегу декоративного пруда.

Глава 3

Прошла зима. Миновал весь 1352 год. Король дон Педро прочно утвердился на престоле. Он вел себя так уверенно и по-хозяйски, как будто ему было лет сорок, из которых по меньшей мере двадцать он властвовал над Кастилией и Леоном.

Когда апельсиновые деревья Севильи уже стояли в цвету, из Парижа прибыл гонец. Он торжественно сообщил дону Педро, что приданое для Бланки де Бурбон полностью собрано и откладывать ее свадьбу с кастильским самодержцем больше нет причин.

3 июня 1353 года в небе над Вальядолидом стоял многоголосый колокольный звон. Радостно-возбужденные горожане в праздничных одеждах толпами устремлялись к церкви Санта-Мария-де-ла-Нев, где начиналось долгожданное венчание короля Кастилии и Леона Педро I и французской принцессы Бланки. В народе поговаривали, что королевская свадьба должна была состояться еще неделю назад, но ее отложили по причине… неявки жениха. Дон Педро охотился с Марией де Падилья в окрестностях замка Монтальван, который он подарил любовнице в честь рождения их первенца — малютки Беатрисы.

Открыто и надменно демонстрируя свое безразличие к официальной невесте, Бланке де Бурбон, дон Педро не прибыл встречать ее на границе своего королевства, как того требовал этикет. Более того: в Вальядолиде донью Бланку и ее свиту во главе с виконтом Нарбоннским ждали только канцлер д'Альбукерке и Мария Португальская.

Королеве-матери скрепя сердце пришлось ехать

в Монтальван, чтобы призвать сына к благоразумию и элементарному приличию.

— Матушка, — сказал король в ответ на упреки, — зря вы приехали. Французская невеста может подождать, пока король Кастилии проводит время с любимой женщиной. Иоанн Добрый нуждается во мне гораздо больше, чем я в нем.

— Сын мой, — не сдавалась Мария Португальская, — Франция — это не Наварра. Нельзя давать королю Иоанну повод объединиться с Арагоном в предстоящей войне. Тем более что перемирие французов с англичанами продолжается и у короля Иоанна развязаны руки.

Довод, как ни странно, подействовал. К тому же и Мария де Падилья поддержала королеву-мать:

— Педро, единственный мой, интересы государства стоят гораздо выше, чем наша с тобой любовь.

Дон Педро в сопровождении дона Хуана де Тенорио и братьев Падилья прибыл-таки в Вальядолид, когда разгневанные французы уже собирались отправиться в обратный путь вместе с Бланкой де Бурбон. Время показало, что лучше бы король Кастилии оставался в замке Монтальван, со скандалом отказавшись от брака с принцессой Бланкой!

Дон Хуан радостно приветствовал своего старого знакомого, виконта Нарбоннского, который возглавлял свиту невесты. Увидев виконта, необидчивый Тенорио сразу же простил Нарбонну жестокий и унизительный розыгрыш, который жизнелюбивый француз устроил кастильцу в Париже.

Виконт дрожал от еле сдерживаемого гнева. Лицо его горело пунцовыми пятнами, подобно тому как когда-то, во время поединка с Тенорио, шло пятнами лицо Жана Буридана.

— Простите, дон Жуан, но ваш король — невоспитанный человек, — объяснил виконт причину своей нервозности. — Он унижает нас своим поведением! Он оскорбляет Францию! Учтите, французы такого не забывают. Передайте своему другу дону Педро, что Франция из союзника Кастилии может превратиться в ее врага!

«Ну вот, теперь и ты испытал всю тяжесть и горечь унижения», — с удовлетворением подумал дон Хуан.

Он, разумеется, ничего не передал королю.

Едва взглянув на пятнадцатилетнюю принцессу, Тенорио пришел к лестному для себя выводу, что два года назад был совершенно прав, предположив, что скульптурно-безупречная красота этой девочки со временем оживет. При одном только виде Бланки де Бурбон всех мужчин, независимо от возраста, охватывала страстная маета. Всех, кроме одного-единственного человека, который в самое ближайшее время должен был взойти с ней на супружеское ложе, — ее жениха дона Педро.

* * *

Бракосочетание кастильского короля и французской принцессы проходило с показной роскошью. В Вальядолиде, по примеру Парижа, били фонтаны вина: как говорится, пей — не хочу.

Что творилось, когда обвенчанная примасом Кастилии королевская чета вышла на солнечный свет из церкви Санта-Мария-де-ла-Нев! Толпы подданных восхищенно загудели тысячеголосым гулом — настолько хорошо смотрелись новобрачные. Разодетые в парчу и горностаевый мех, они воплощали собой чудесную сказку. Стройный сероглазый красавец король стоял рядом со златовласой синеокой супругой. Юная девушка смотрела на мир счастливым взором.

На свою беду Бланка де Бурбон влюбилась в дона Педро с первого взгляда — как Мария де Падилья, как многие другие прекраснейшие девушки и женщины Европы.

Но, в отличие от бесчисленных и бескорыстных поклонниц жестокого короля, на долю Бланки не выпадет ни одной ночи любви — дон Педро, исполняя свой изуверский замысел, так и не прикоснется к законной жене.

Вот и сейчас, стоя на ступенях церкви Санта-Мария-де-ла-Нев, король даже не держал супругу за руку, явно тяготясь ее пребыванием рядом с ним, да и вообще — ее существованием на этом свете.

А она не сердилась и не обижалась, она все равно была счастлива в этот миг! Она еще не ведала, что ее любовь станет ее смертным приговором. Сколько раз впоследствии Бланка де Бурбон имела возможность бежать на родину, прочь от бессердечного мужа! Сколько бесстрашных французских рыцарей сложили головы, пытаясь спасти принцессу из заточения! Всякий раз донна Бланка отказывалась покинуть свой каземат. Она до последнего дня на что-то надеялась...

Позволив простолюдинам-пеонам вдоволь собой налюбоваться, дон Педро подал знак к отъезду. Свадебный кортеж возглавляли трубачи и знаменосцы, ехавшие на одномастных лошадях со штандартами Кастилии и Леона (в последний момент приготовлений король распорядился убрать флаги с гербами Бурбонской династии, что, естественно, не могло не раздосадовать французских вельмож).

За трубачами и знаменосцами следовали новобрачные на белых конях, украшенных султанами и упряжью с драгоценными каменьями.

Список участников процессии и порядок их следования были заранее тщательно продуманы. Свадебное шествие должно было знаменовать собой примирение враждующих сторон: Педро I и бастарда Энрике Трастамарского, Марии Португальской и отпрысков Элеоноры де Гусман, Кастилии и Арагона, рода де Лара и канцлера Альбукерке.

Дон Энрике, несмотря на свой страх, все-таки приехал из Астурии на свадьбу единокровного брата Педро. Он вел за поводья коня Бланки де Бурбон, выказывая тем самым свою преданность кастильскому королю. Бастард дон Тельо держал под уздцы коня Марии Португальской. Просто мир да любовь, словно бы вовсе не по наущению своей матушки дон Педро разделался с матерью дона Тельо! Бывший претендент на кастильский престол, арагонский инфант дон Фернандо, вел лошадь своей матери Элеоноры, вдовствующей королевы Арагона, подчеркивая этим, что признает власть своего старшего брата, Педро IV Церемонного. Альбукерке ехал рядом с Маргаритой де Лара, родной сестрой Хуана Нуньеса де Лары, отравленного юным королем Кастилии. Маргарита в знак примирения ее рода с доном Педро и его канцлером выполняла обязанности подружки невесты.

Город бурно веселился: по случаю торжества были организованы бои быков, рыцарский турнир, скачки с препятствиями, представления фокусников и шутов. Когда стемнело, жители Вальядолида впервые могли

236

насладиться зрелищем фейерверка — эти невиданные ракеты привезли французские дворяне.

Во время свадебного пиршества Бланка де Бурбон всячески старалась привлечь к себе внимание своего супруга. Бедная влюбленная девушка очень хотела понравиться милому Педро. Но король даже ни разу не посмотрел в ее сторону. Когда он неожиданно оборвал всеобщее веселье, заявив, что праздник окончен, глаза донны Бланки, ставшие перед этим фиолетовыми от грусти, вновь вспыхнули яркой синевой. Наконец-то! Педро обнимет ее, и они сольются в поцелуе. Первом поцелуе в ее жизни…

Король удалился в свои апартаменты.

Напрасно юная Бланка в трепетном волнении всю ночь ждала своего любимого на супружеском ложе. Утром к ней вошла арагонская королева Элеонора и, вздохнув, поведала растерянной девушке, что кастильский король отбыл несколько часов назад в неизвестном направлении. С ним были только дон Диего де Падилья и дон Хуан де Тенорио.

На самом деле все, включая несчастную Бланку, прекрасно знали, куда ускакал дон Педро — в замок Монтальван, к своей любовнице Марии де Падилья. Королева Элеонора и две ее молодые дочери, как могли, утешали убитую горем Бланку де Бурбон. Дон Педро усмотрел в этом женском участии, простом человеческом сочувствии к покинутой им в день свадьбы супруге не что иное, как враждебность по отношению к своей персоне. И он — в это трудно поверить, но факт исторический! — приказал бросить арагонскую королеву Элеонору и ее дочерей в застенок. Вскоре все три женщины были убиты в мрачном каземате.

Только крайняя нерешительность арагонского короля Педро IV, мать и сестер которого гнусным образом убили, помешала немедленному началу войны Арагона против Кастилии. Кстати, из-за присущей ему политики выжидания Педро Четвертого и прозвали Церемонным.

Через несколько лет после смерти Бланки де Бурбон — король Арагона предложит в жены Педро Жестокому свою дочь Изабеллу. Кастильский самодержец поначалу согласится, но потом объявит, что Изабелла — не девственница, и отошлет ее обратно в Сарагосу. Этот поступок несостоявшегося зятя возмутит Педро IV Церемонного куда сильнее, нежели подлое убийство его матери и сестер.

Виконт Нарбоннский и другие французские рыцари, прибывшие с принцессой Бланкой, повели себя куда эмоциональнее, чем арагонский король. Они в ярости покинули Вальядолид и отбыли на родину. На прощание гости из Парижа поклялись вернуться в Кастилию вместе с войсками, чтобы покарать короля Педро, оскорбившего честь Франции в лице Бланки де Бурбон.

Никто не предполагал, что это заявление окажется пророческим. Именно французский военный отряд под предводительством полководца Бертрана дю Геклена сыграет решающую роль в судьбе короля Кастилии Педро Жестокого.

Глава 4

— Скажи, Педро, за что ты так ненавидишь свою законную жену, донну Бланку? — задумчиво спросил короля дон Хуан.

Они находились в новом королевском дворце Алькасар, который стал самым величественным зданием Севильи. Выпито было уже немало, потому язык у обоих ворочался с трудом.

— А она что, тебе нравится? — Дон Педро сфокусировал взгляд на собеседнике.

— Честно? Еще как нравится. В жизни не видел девушки прекрасней донны Бланки, — признался Тенорио.

— Прости, мой друг, но она не достанется никому, — гордо заявил король. — В том числе и тебе. Бланка сохранит девственность до конца своих дней, об этом я позабочусь.

— А какой в этом смысл? — погрустнел дон Хуан. — Такая красота пропадает зря…

— Видишь ли, я не доставлю ей той радости, которую подарил матери мой покойный отец. Бланка, оставаясь непорочной, не сможет безнаказанно амурничать за моей спиной.

— А-а, тогда понятно, — протянул дон Хуан, так ничего и не поняв.

Потом до него дошло: на донне Бланке король запоздало вымещает свое многолетнее презрение к матери и давнюю ненависть к отцу. Странная месть! Похоже, он действительно безумен…

В конце 1354 года дон Педро помирился с наваррским королем Карлом Злым и вступил в союз против Франции. Причиной недолгой и непрочной дружбы двух молодых монархов было убийство коннетабля Франции Карла де Ла Серды — племянника того самого Хуана Нуньеса де Лары, которого весной 1350 года отравили по приказу Педро Жестокого. Ла Серду, фаворита французского короля Иоанна Доброго, зарезал родной брат Карла Злого, Филипп д'Эврё, он же герцог де Лонгвиль. Филипп сам метил в коннетабли Франции, и его до крайности взбесило, что вместо него на этот пост был назначен королевский любовник. Ла Серда и герцог де Лонгвиль поссорились из-за этого на рождественском пиру (эпитеты, которыми подвыпивший Филипп осыпал своего противника, несложно представить). Между тем при дворе короля Педро произошли очередные перемены. Дон Альбукерке давно думал покинуть Кастилию, но из-за жадности все откладывал свой отъезд. Он не хотел терять обширные кастильские поместья. Наконец Альбукерке принял решение: жизнь дороже, пора уносить ноги! Он сам подал в отставку с поста канцлера, испросив у дона Педро позволения вернуться на родину, в Португалию.

— Уезжайте, дон Альбукерке, — милостиво разрешил король. — Только одно условие: заберите с собой мою мать, она ведь дочь португальского короля.

Плачущая от отчаяния королева Мария и лишенный всего кастильского имущества бывший канцлер Альбукерке покинули страну. Словно издеваясь, дон Педро предложил пост канцлера арагонскому инфанту Фернандо, сыну убитой в каземате королевы Элеоноры. И тот согласился…

У дона Альбукерке был еще один важный пост — должность государственного казначея. На это место дон Педро определил хитроумного еврея Самуэля Эль-Леви, который, словно мавританский факир, умел доставать деньги буквально из ниоткуда. Не раз он выручал короля в безнадежных денежных положениях, а спустя годы, во время войны с Энрике Трастамарским, даже спас дона Педро из плена. При этом Самуэль Эль-Леви проявил чудеса сообразительности и отваги. Впрочем, признательности короля казначей так и не заслужил: Педро Жестокий в конце концов приказал казнить его по ложному обвинению в воровстве части королевской казны.

Впрочем, вернемся к уехавшим на родину Марии Португальской и дону Альбукерке. Возникает вопрос: почему Педро Жестокий вот так взял и выпустил из своих рук высокопоставленных персон? Ответ прост: коварный дон Педро сообразил, что лучше будет, если он убьет мать и бывшего канцлера за пределами своей страны. Спустя некоторое время после отставки Альбукерке, с ведома и полного одобрения своего деда, в то время еще здравствующего короля Португалии Альфонса IV Смелого, дон Педро умертвит бывшего канцлера. Подкупленный генуэзский врач поднесет дону Альбукерке «целебную» микстуру от кашля. Умирая в нечеловеческих мучениях (для достижения этого был подобран особый яд), Альбукерке поймет, кто приказал его убить. И выскажет свою последнюю волю: не предавать его тело земле до тех пор, пока не сдохнет кастильский король дон Педро.

Это предсмертное волеизъявление бывшего канцлера Кастилии будет исполнено буквально: гроб с его телом в течение многих лет сопровождал войска мятежного бастарда Энрике Трастамарского.

После убийства Альбукерке юный кастильский король отправит на тот свет родную мать, Марию Португальскую. Опять же — при помощи яда, и опять же — с согласия ее отца, короля Португалии Альфонса Смелого. Дон Педро знал, что Альфонс люто ненавидит развратных женщин: приказал же он убить любовницу своего сына, которая родила португальскому королю четырех внуков! И то обстоятельство, что его дочь, стареющая королева Мария, сразу же по приезде в Лисабон вступила в связь с молоденьким оруженосцем короля, взбесило Альфонса IV. Как утверждали очевидцы, он даже обрадовался, когда получил от Педро Жестокого предложение отравить королеву Марию.

Что касается дона Педро, то, судя по всему, он, убивая мать, убивал свое жалкое прошлое, свои унизительные детство и отрочество. Обрекая на смерть дона Альбукерке, он в его лице предавал казни всех любовников матери, а заодно выносил приговор отцу, покойному королю Альфонсо, который своим пренебрежением к законной супруге толкнул ее в пучину разврата.

Между тем королева Мария Португальская, уехав с глаз долой, ничем уже не мешала дону Педро. Но одной из отличительных черт жестокого монарха была злопамятность.

— Нет человека — нет и беспокойства, — скажет дон Педро, когда получит известие о «внезапной» смерти той, что родила его на свет. — Я не забыл, матушка, твое проклятие в замке Талавера-де-ла-Рейне!

(Впоследствии, спустя много веков, эту фразу: «Нет человека — нет проблемы» — станут приписывать другому властителю, Иосифу Сталину, который масштабами своих злодеяний многократно превзойдет своего далекого кастильского предшественника.)

Конфискованные имения семьи Альбукерке дон Педро подарил ближайшим родственникам Марии де

Падилья. Помимо этого, король отдал братьям Падилья и дону Инестрозе высшие государственные должности.

Дон Хуан Фернандос де Инестроза стал великим магистром монашеско-рыцарского ордена Алькантры. Впоследствии он «прославится» тем, что пригласит на обед молодого арагонского принца Хуана и зарежет его, когда тот будет безоружным.

Педро Жестокий бросил в подземелье великого магистра рыцарского ордена Калатравы дона Хуана Нуньеса де Прадо. Этот прославленный в боях ветеран был другом Альбукерке, что само по себе раздражало короля Педро. К тому же де Прадо с присущим ему прямодушием призывал дона Педро восстановить в правах несчастную Бланку де Бурбон.

— Дон Диего, — сказал король старшему брату Марии де Падилья, — если ты своей рукой убьешь де Прадо, ты получишь его пост.

Диего де Падилья тут же пошел в темницу и перерезал горло закованному в кандалы Хуану Нуньесу де Прадо. Так он «заслужил» титул гроссмейстера ордена Калатравы. До той поры юноша вообще не участвовал в сражениях.

Диего де Падилья в недалеком будущем «отличится» в Торо, после того как войска дона Педро штурмом возьмут главный город бунтовщиков. Гроссмейстер ордена Калатравы лично будет рубить секирой головы пленных дворян.

Повадки короля Педро быстро усваивались его новыми приближенными…

Другой брат королевской любовницы, дон Хуан де Падилья, который, как и его брат Диего, не прошел бо-

евого крещения, получил пост великого магистра ордена Сант-Яго — в нарушение всех канонов духовно-ры-
царских орденов. Ведь Хуан де Падилья уже был женат
и потому никак не мог принять монашество. Но это
обстоятельство никоим образом не повлияло на королевское решение, которое донельзя оскорбило мона-
хов-рыцарей.

Братья Марии де Падилья, получив свои назначе-
ния, едва не сошли с ума от радости. Еще бы! Совсем
недавно они были нищими и безвестными, и вдруг,
в одночасье, стали первыми лицами государства! Получили высочайшие посты без каких-либо заслуг перед
страной, только благодаря прелестям своей сестренки,
над которой с детства из-за ее набожности привыкли
потешаться.

На тот момент, как братья Диего и Хуан де Падилья стали великими магистрами сильнейших рыцар-
ских орденов, они даже не были посвящены в рыцари!
Так и неизвестно, прошли ли они обряд посвящения за
все те годы, что стояли во главе ордена Калатравы и ордена Сант-Яго. Скорее всего — нет. Дон Педро благо-
говел перед рыцарским званием, присваивал его только за большие заслуги. Он и сам-то посвятил себя в рыцари лишь в 1367 году, спустя семнадцать лет со дня
восшествия на престол, когда прославился на всю Европу своим бесстрашием, воинскими подвигами и не-
дюжинным талантом полководца. Только тогда он счел
достойным опоясаться рыцарской перевязью. До этого
дон Педро посвящал кастильских дворян в рыцари исключительно по праву короля, лично не состоя в этой
почетной когорте.

* * *

Законная кастильская королева Бланка жила в унылом одиночестве. Дон Педро ни разу не вошел в ее покои. Этим он хотел доказать Марии де Падилья свою любовь и верность. Мария всерьез боялась, что пренебрежение французской женой, о котором конечно же было известно в Париже, навлечет на ее возлюбленного беды и несчастья. Дошло до того, что беззаветно преданная королю Мария де Падилья умоляла дона Педро хотя бы раз исполнить свой супружеский долг. Но король был непреклонен.

— Моя любимая Мария, — нежно говорил он, — я могу спать с «девочками» в военном походе, ведь это в общем-то даже не измена. Но пока ты рядом, мне не нужен никто! И уж менее всех женщин на свете мне нужна эта ненавистная Бланка де Бурбон!

Какую женщину всех времен не сделали бы счастливой такие слова ее избранника? И в душе Марии де Падилья все пело от радости.

Юную, несправедливо отвергнутую мужем Бланку жалела вся Кастилия. А где всенародное сострадание — там и всенародная любовь. Простые люди слагали баллады и целые романсеро о несчастной красавице королеве, которая горько плачет о своей постылой, унизительной девственности.

Собственно говоря, свое прижизненное прозвище Жестокий, дон Педро получил вовсе не из-за чудовищного кровопролития, которое в годы его правления почти не прекращалось. Массовые пытки и казни, а затем и гражданскую войну со своим братом-бастардом Энрике кастильский народ воспринимал хоть и горестно, однако как нечто должное. Само собой разумеющееся. На то он и самодержец, помазанник Божий, чтобы лить кровь своих и чужих подданных.

Жестоким короля Педро прозвали именно из-за его изуверского отношения к своей законной жене, смиренной и безропотной Бланке де Бурбон.

Однако знание того, что бедная Бланка плачет где-то рядом, не давало королю покоя. Чтобы избавиться от неприятных и ненужных переживаний, Педро Жестокий отправил законную жену под арест в замок Аревало. Напрасно Мария де Падилья заклинала короля восстановить донну Бланку в ее правах, чтобы избежать нового кровопролития — ведь под лицемерным предлогом защиты незаслуженно униженной королевы бастард Энрике готовился развязать в Кастилии братоубийственную бойню. И успешно собирал под свои знамена союзников.

— Я согласна оставаться вашей любовницей, государь, и не претендую ни на что большее, — повторяла Мария.

На те деньги, что дарил ей король, Мария де Падилья основала неподалеку от Мадрида, в Дестервилло, женский монастырь Святой Клариссы. И, родив дону Педро вторую дочь — Констансу, неожиданно без ведома короля удалилась в эту обитель. Мария написала Педро Жестокому, что она намеревается до конца дней своих молить Бога о прощении ей незаконного сожительства с кастильским самодержцем. И днем и ночью Мария де Падилья просила Всевышнего не карать ее маленьких дочерей в наказание за грех матери.

Король воспринял это искреннее покаяние своей любовницы за обычный женский каприз (хотя Падилья никогда не была капризной). Он стал действовать, откровенно попирая законы божеские и человеческие. Для начала дон Педро приказал трем кастильским епископам вынести соборное постановление о недействительности его брака с Бланкой де Бурбон.

Епископы Саламанки и Авилы, памятуя о том, что король приказал казнить уже нескольких священнослужителей, подчинились Педро Жестокому. Брак между кастильским королем и французской принцессой объявили расторгнутым.

Через несколько дней Педро Жестокий обвенчался с «первой встречной» — молодой и красивой Хуаной де Кастро, вдовой губернатора Бискайи Диего де Гаро. Ее провозгласили новой королевой Кастилии. Она тоже любила дона Педро и старалась чаще попадаться ему на глаза. Вот и подвернулась под руку в тот злополучный для нее день. Проведя с очередной женой брачную ночь (после которой родится сын Хуан), король отправил ее в пожизненное заключение. «Королева одной ночи» — так прозвали Хуану де Кастро в народе. Ее родной брат Фернандо де Кастро обрадовался возможности использовать формальный предлог: мол, его сестра хоть и томится в неволе, однако остается официальной королевой Кастилии! Он предал Энрике Трастамарского, прибыл к дону Педро и принес ему присягу. И получил то, на что рассчитывал: презрительно усмехнувшись, дон Педро пожаловал ему высокий воинский чин. Дон Фернандо до конца своих дней сражался на стороне короля Кастилии.

Между тем расторжение Доном Педро брака с Бланкой де Бурбон и заключение под стражу Хуаны де Кастро возмутили многих кастильских вельмож.

В первую очередь — другого брата «королевы одной ночи», Переса де Кастро. Он пригласил старших бастардов в Сьюдад-Родриго, и они обратились к королю с требованием восстановить Бланку де Бурбон в правах королевы Кастилии, а Марию де Падилья и всех ее родственников отправить в ссылку. На этот раз мятежников открыто поддержали французский король Иоанн Добрый и папа римский Иннокентий VI.

Все прекрасно понимали, что эти требования невыполнимы. Они были выдвинуты исключительно как повод к предстоящей войне и вторжению французских войск в Кастилию. (Перес де Кастро, в отличие от своего брата Фернандо, перешедшего на сторону Педро Жестокого, в результате демарша против короля лишился своих владений в Галисии, а затем и головы.)

Шли дни, однако Мария де Падилья не возвращалась к дону Педро. Тогда он сам поехал в монастырь Святой Клариссы в Дестервилло и на коленях вымолил прощение у своей единственной по-настоящему любимой женщины. Они вместе вернулись в севильский королевский дворец Алькасар.

* * *

А что же делал в это время дон Хуан де Тенорио?

Во время большей части описываемых событий он пребывал вдали от родной Севильи: король назначил своего друга послом Кастилии и Леона в Неаполитанское королевство. Впрочем, для того чтобы снова отправиться на чужбину — как говорится, «от греха подальше», — дону Хуану потребовалась вся его хитрость.

Пришлось прибегнуть к инсценировке покушения на самого себя.

Однажды Тенорио, донельзя взволнованный, предстал перед его величеством.

— Государь, — заговорил дон Хуан как можно убедительнее, — боюсь, жизнь моя в опасности.

Король отмахнулся:

— А кто из моих подданных может чувствовать себя спокойно? Я и сам постоянно ожидаю удара в спину. Или яда...

Однако Тенорио проявил настойчивость:

— Дело в том, государь, что, когда вчера вечером я возвращался в свое кастильо, над моим ухом просвистела стрела, выпущенная из арбалета. Меня спас только мой низкий рост.

— И где же эта стрела? — насмешливо спросил король.

— Вот она, государь. — Дон Хуан с готовностью протянул дону Педро стальную арбалетную стрелу. — Она вонзилась в калитку, пролетев в каком-то сантиметре от моей головы.

— В самом деле? И что же ты по этому поводу думаешь?

— Я думаю, государь, что ваш единокровный брат, дон Энрике Трастамарский, узнал, что именно моя рука лишила жизни его мать, Элеонору де Гусман. И теперь мне не найти спасения во всей Кастилии.

— Пожалуй, ты прав, — согласился король. — Куда же тебя отправить, пока я окончательно не разделаюсь со своими врагами? Дай подумать... Что скажешь о Неаполе? Говорят, девочки там — пальчики оближешь!

— Это именно то, о чем я мог только мечтать, государь...

На самом деле дон Хуан мечтал только о том, чтобы хоть на время исчезнуть из поля зрения дона Педро. А там, глядишь, король наконец пресытится своей затянувшейся связью с Марией де Падилья. Тенорио понимал: пока Педро и Мария вместе, его жизнь висит на волоске. Не мог король забыть, что дон Хуан был женихом Падилья! Педро Жестокий рубил головы своим приближенным и за гораздо меньшие «провинности»...

Уже второй год кряду дон Хуан пребывал в постоянном напряжении. Он прилагал все усилия к тому, чтобы король не чувствовал своей вины перед старым другом. Чтобы, не дай бог, дону Педро не взбрело в голову, будто Тенорио на него обижен. Ведь люди, обиженные на короля, долго не живут.

Взять хотя бы недавний пример. Знатные сеньоры города Миранды обиделись на дона Педро за то, что он лишил их права собирать с горожан некоторые подати. Узнав о том, что знать Миранды им недовольна, король приказал заживо сварить в огромных котлах семнадцать высокородных дворян этого города.

— В Неаполе царствует взбалмошная и непредсказуемая королева Джиованна, — сказал в своем напутственном слове дону Хуану король Педро. — Ей почти двадцать восемь лет, но ведет она себя, как глупая, развратная девчонка. Единственный человек, который хоть как-то может на нее повлиять, — это великий канцлер Никколо Аччайуолли. Постарайся держаться к нему поближе, а лучше всего — подружись с ним. Это очень важно.

Король помолчал, глядя на де Тенорио тяжелым взглядом.

— И вот что, Хуан, — вновь заговорил самодержец. — Неаполь только и ждет повода, чтобы объединиться с Арагоном в предстоящей войне против моего королевства. Как ты понимаешь, если нужный повод никак не находится, то его просто-напросто инспирируют. Проще говоря, выдумывают и разыгрывают спектакль. Прошу тебя, не стань этим поводом...

Через неделю Тенорио уже плыл к берегам Италии в ранге представителя Кастилии и Леона при неаполитанском королевском дворе.

Глава 5

Поговорка «увидеть Неаполь и умереть» была в ходу у просвещенных европейцев Средневековья. Лишь в новое время Неаполь был заменен на Париж.

Когда по прибытии в Неаполь королевский мажордом объявил дону Хуану, что ему будут предоставлены апартаменты в недавно построенном замке Сант-Эльмо, кастильский посол суеверно перекрестился.

«И здесь меня преследует святой Тельмо! — в мистическом страхе думал он. — Напоминает о моем невыполненном обете прекратить греховную жизнь и стать священником. Такие знамения — не к добру». Словно в подтверждение этих мрачных мыслей, дону Хуану как бы между прочим сообщили, что в подвалах замка Сант-Эльмо располагается обширная тюрьма для государственных преступников.

Стоя в большом каминном зале замка, де Тенорио

разглядывал огромную мозаичную фигуру угодника Божия на освещенной солнцем стене. Как обычно, святой Тельмо был изображен с корабельной лебедкой у ног и с распоротым животом, в недрах которого виднелись кишки. Образ, хорошо знакомый всей многомиллионной пастве римского первосвященника.

Из покоев дона Хуана, расположенных на втором этаже замка, открывался чудесный вид: многочисленные «игрушечные» церквушки, ажурные фасады дворцов, богатые дома, крытые медью, черепичная кровля жилищ поскромнее.

Величественный замок Сант-Эльмо господствовал над городом, возвышаясь на холме Святого Мартина. Он был окружен валом и фортами, а в своем основании имел необычную форму звезды.

Поднявшись вместе с комендантом на главную башню, Тенорио увидел в солнечном мареве Везувий и даже различил легкую белую дымку, вьющуюся над его вершиной. А с другой стороны виднелся Поццуольский залив — излюбленное место досужего времяпрепровождения неаполитанской знати.

На синей глади моря виднелись живописные острова, на одном из них дон Хуан разглядел громаду старинной крепости.

— Это древнеримская цитадель Кастель дель Ово, ее еще называют замок Яйца, — пояснил комендант. — Говорят, Вергилий спрятал там волшебное яйцо, которое по сей день делает крепость неприступной. А вон там, у самой кромки берега, возвышается обширный королевский замок. Это Маскьо Анджионио, то есть Анжуйская крепость. В народе ее называют Новый замок. Она перестроена на моем веку по приказу покойного короля Роберта. Теперь две главные башни соединяет Триумфальная арка, отсюда все это видно как на ладони. За ней — изящный дворец. Там обитают королева Джиованна и ее двор.

У дона Хуана перехватило дыхание. С высоты башни замка Сант-Эльмо Неаполь вызывал беспредельное восхищение. Даже Париж с его величественным собором Нотр-Дам, дворцом Ситэ, грозной Луврской крепостью, Нельской башней и изящной церковью Сен-Шапель выглядел довольно обыденным городом по сравнению с Неаполем.

В распоряжении дона Хуана были порученец и слуга, оба — незаметные, безмолвные уроженцы Ла-Манчи. Официальным лицом, представлявшим Кастилию до приезда Тенорио, являлся престарелый и желчный письмоводитель, сеньор дон Габриэль де Санчес. Он исполнял свою должность уже лет двадцать. В его обязанности входило отправлять кастильскому королю донесения с изложением всех мало-мальски значимых событий, происходящих в Неаполитанском королевстве, сообщать о текущей расстановке политических сил, о финансовом положении государства и даже высказывать свое личное мнение о ситуации при дворе. Там дон Санчес имел давних, надежных осведомителей.

Именно дон Габриэль рисковал своей головой — в том случае, если неаполитанские власти перехватят письмо, содержащее сведения секретного характера. Таким образом, посла кастильского короля, каковым отныне был дон Хуан де Тенорио, выводили из-под удара. Он должен был только бывать на всех дворцовых мероприятиях, а таковыми в период правления Джиованны являлись исключительно празднества. Также дону Хуану предстояло принимать и передавать официальные бумаги. Было не совсем ясно, кто — он или дон Санчес — на самом деле является ключевой фигурой в представительстве Кастилии на берегах Неаполитанского залива.

— Не желаете ли прогуляться по набережной? — предложил дон Габриэль, едва они познакомились. — Идемте, идемте. Знаете поговорку: «И у стен есть уши»? Так вот, это про замок Сант-Эльмо...

Они неспешно шагали вдоль парапета, а дон Габриэль все не торопился вводить своего коллегу в курс дела. Аппетитные запахи из множества приморских таверн волнами наплывали на де Тенорио. Он сказал, что голоден.

— Сейчас вы отведаете истинно неаполитанское кушанье! — оживился дон Габриэль. — Его умеют готовить только здесь. Называется «запеченная пицца».

— Как? Запеченная птица? — переспросил Дон Хуан.

— Пиц-ца, — раздельно выговорил Санчес. — Запомните это слово.

Они подошли к парусиновому навесу с дымящейся под ним жаровней, и дон Габриэль обменялся с веселым торговцем несколькими словами на неаполитанском диалекте. Вскоре дон Хуан держал в одной руке большую лепешку с завернутой в нее начинкой, а в другой — мокрый белый шарик, который оказался сыром.

— Этот сыр называется моцарелла, — пояснил дон Габриэль. — Он изготовлен из молока буйволиц. Между прочим, такой сыр делают только здесь, в Средней Италии.

В лепешку были завернуты отварные грибы и мелкая килька — анчоусы. В сочетании с диковинным сыром еда необычайно понравилась де Тенорио.

— Вообще-то пицца — еда плебейская, для бедняков, — хитро посмотрел на гостя дон Габриэль. — Но я так полюбил ее, что готов питаться исключительно как плебей!

Дон Хуан тоже не имел ничего против того, чтобы есть пиццу до конца своих дней.

— Видите вон того старика на скамейке? — Де Санчес указал на одинокую фигуру, сидящую над ослепительно сверкающим в лучах солнца Поццуольским заливом. — Это самый счастливый человек на свете. Зовут его маэстро Флавио Джойя.

— И в чем же его счастье? — поинтересовался дон Хуан.

— А вот слушайте. История эта произошла полвека назад, когда маэстро Флавио был молод, беден и зарабатывал на хлеб тем, что делал металлические инкрустации для мебели. И полюбил он девушку Анджелу, дочь богатого рыбака Доменико. Но Доменико презирал всех, кто не владел искусством мореходства, и потому не хотел выдавать свою дочь за Флавио. Он поставил юноше невыполнимое условие: научиться так управлять лодкой, чтобы плавать по прямой линии в сплошном тумане или безлунной ночью безо всяких ориентиров.

Дон Хуан вспомнил, как однажды, когда он был с отцом на его корабле, судно вошло в плотный туман и они два дня неподвижно простояли на одном месте.

— И что же маэстро Флавио? — спросил он.

— Флавио выполнил условие будущего тестя! — провозгласил дон Габриэль. — Дело в том, что в своей работе инкрустатора он часто использовал магнитный камень. И как-то случайно сделал открытие: если кусочек магнита положить на пробку и опустить ее в воду, то камень всегда поворачивается в одну сторону. Так маэстро Джойя изобрел компас. Слышали о таком морском приборе?

— Да-да... — пробормотал де Тенорио.

Когда-то давно компас ему показывал любознательный инфант Педро. Наследник престола просто обожал всякие ученые приспособления. Правда, теперь он полюбил приспособления иного рода — плахи и пыточные орудия.

— Маэстро Флавио женился на той девушке?

— О да! Синьор Джойя и Анджела до сих пор живут в мире и согласии. За всю жизнь они ни разу не поссорились.

Тем временем они подошли к стенам Маскьо Анджионио. Вблизи Новый замок выглядел еще великолепнее.

Будто прочитав мысли де Тенорио о нынешнем пристрастии Педро Жестокого к орудиям истязаний, дон Габриэль сказал вполголоса:

— За этими стенами, дон Хуан, скрывается не только пышное убранство покоев и залов. Посмотрите вон туда, где морские волны разбиваются о подножие замка.

Де Тенорио увидел над самой водой ряд маленьких зарешеченных окошек.

— Это пыточные казематы, — пояснил Санчес. — Там заплечных дел мастера орудуют раскаленными щипцами, рвут жилы на дыбе, секут стальными кнутами, подвешивают над жаровней... Но это не самое страшное.

— Разве может быть что-то ужасней таких пыток? — удивился дон Хуан.

— Есть одна камера, где человека вообще не трогают, — тихо сказал дон Габриэль. — Видите окошко, третье слева? Это и есть та камера, самая страшная из всех.

— Что же в ней страшного, если там заключенные отдыхают?

— Да, вы правы, отдыхают. Отдыхают перед самой жуткой смертью, которую только можно вообразить. — Голос сеньора Габриэля стал замогильным. — Пол камеры расположен ниже уровня моря. Вода заполняет каземат через большую дыру в стене — эту дыру не видно отсюда, потому что она скрыта морем. Так вот, говорят, что ночью, привлеченный светом факела, через эту дыру в темницу заползает огромный крокодил и заживо пожирает узника[30].

Они помолчали.

Дон Габриэль заговорил уже о другом:

— Думаю, королева Джиованна примет вас с верительными грамотами не раньше, чем дней через пять. Такова традиция: новый дипломат должен освоиться в Неаполе, да и потомиться в ожидании. Правда, учитывая недружественные отношения между Кастилией и Неаполитанским королевством, возможно, вам придется ждать аудиенции у ее величества целую неделю. А то и две. Теперь же я намерен вкратце рассказать вам, куда вы попали. Точнее, куда вас занесла нелегкая. Сейчас вы горько пожалеете о том, что покинули родную, милую Кастилию с ее строгими нравами и благочестием.

«Давненько же ты не был в Кастилии», — мысленно усмехнулся дон Хуан и приготовился слушать своего собеседника.

Они уселись в беседке возле моря, и дон Габриэль начал свой рассказ:

— Роберт Анжуйский являл собою пример славного и беспечного самодержца, незаконнорожденные дети так и отлетали от него. В этом он походил на нашего покойного государя Альфонсо. Но в отличие от него король Роберт был покровителем наук и искусств.

Его единственный законный сын и наследник престола умер совсем молодым. Роберт очень любил его, и эта любовь перешла на внучку Джиованну. Ее-то Роберт и провозгласил наследницей. Знаете, как говорят о нынешней королеве простые люди? «Королева Джиованна — это бедствие похлеще чумы». Поговорке уже больше десяти лет, она появилась в 1343 году, когда семнадцатилетняя принцесса сменила на троне своего умершего деда.

Скажу вам откровенно, дон Хуан. Я считаю царствование Джиованны самым страшным горем для Италии после нашествия варваров. Король Роберт Анжуйский проводил свою жизнь в пиршествах и любовных приключениях и даже не заметил, как его юная красивая внучка втянулась в водоворот пьянства и разврата. Впрочем, при дворе короля Роберта это было вполне естественным и обычным явлением.

Ее поведение шокирует самых прожженных развратников. Эта порочная особа окончательно утратила представление о совести и приличиях. Мало того: Джиованна требует и от своих приближенных истребить в себе все моральные принципы. Берегитесь ее, дон Хуан! Ни в коем случае не идите на сближение и не участвуйте в ее оргиях! Соврите, что у вас мужское бессилие! А не то, простите за каламбур, будете веселиться на виселице. Она то и дело отправляет на тот свет своих недавних любимчиков.

— Это плохо, — пробормотал Тенорио.

— Да уж чего хорошего. Даже папа римский не выдержал и прислал сюда из Авиньона своего гонца. Специально выбрал самого почитаемого во всей Италии человека — короля поэзии, маэстро Франческо Петрарку...

— Как вы сказали? — перебил дон Хуан. — Петрарку? Я с ним знаком. Даже обедал у него.

— Поздравляю, — с уважением посмотрел на собеседника дон Габриэль. — Это великая честь для любого смертного. Так вот, Петрарка от имени папы столь горячо обличал Джиованну, что она в конце концов прогнала его. Слава богу, хоть не убила... Был еще один человек, который постоянно укорял королеву за ее поведение, — это ее муж, венгерский принц Андрей. Роберт обручил их еще детьми, а обвенчались они незадолго до его смерти.

Став королевой, семнадцатилетняя Джиованна устранила супруга от всех дел правления, но принц Андрей не желал с этим мириться. Он хотел короноваться как муж королевы, и даже папа его поддержал — настолько дурно вела себя Джиованна. Андрей уже был близок к своей цели, на его стороне были дворяне, духовенство и народ. Но... Джиованна к тому времени уже отправила к праотцам мужа своей сестры, а также свою тетку, знаменитую куртизанку Агнессу де Перигор — ей, представляете, поставили отравленную клизму. Хитро... И Джиованна, видимо, вошла во вкус. Однажды ночью, девять лет назад, в 1345 году, принца Андрея задушили в его спальне.

Убийцами были придворные, которым пришлось по нраву правление Джиованны. Народ конечно же обвинил в этом убийстве распутную королеву, в городе началось восстание. Знаете, что кричали простые люди? «Смерть королеве-блуднице!» Она испугалась и выдала толпе на растерзание непосредственных убийц принца Андрея, своих друзей. И город на этом успокоился.

Через два года Джиованна вышла замуж за своего молодого и крепкого дядю, герцога Людвига Таррентского. А еще через год начались страшные бедствия: нагрянул со своим войском венгерский король, тоже Людвиг, старший брат убитого принца Андрея. Он хотел отомстить Джиованне и возвести на престол малолетнего сына покойного принца Андрея, которого Джиованна родила уже после смерти мужа. Хотя доподлинно неизвестно, от кого этот мальчик…

Что здесь творилось совсем недавно, при мадьярском владычестве! Страшно вспомнить. Грабили все и всех, венгерский король казнил множество неаполитанских дворян. Но королева и ее новый муж успели бежать. Она — во Францию, он — во Флоренцию.

Джиованна стала собирать деньги, чтобы откупиться от венгров и вернуться в Неаполь. Сначала заложила корону. Потом продала папе римскому свое наследственное имение — город Авиньон с его окрестностями, где теперь папская резиденция. Вообразите, продала всего за каких-то тридцать тысяч флоринов! Затем продала несколько городов Неаполитанского королевства. Она заплатила венгерскому королю триста тысяч золотых флоринов, чтобы он убрался вместе со своим войском. И вот, дон Хуан, несколько месяцев назад венгры ушли, а королева Джиованна вернулась из Франции. Теперь в Новом замке опять музыка, оргии, интриги и убийства... По большому счету, королевский дворец — это огромный публичный дом, со всеми присущими борделю мерзостями. Все, что можно, разворовывается, когда королева пьяна. И ей, представьте, на это наплевать!

Дон Габриэль умолк, пережидая, когда влюбленная парочка, заглянувшая было в уединенную беседку, отойдет подальше.

— Скажите, дон Санчес, — спросил дон Хуан, припомнив напутственные слова короля Педро, — что за человек... ммм... Никола...

— Никколо Аччайуолли? — уточнил сеньор Габриэль. — О, это персона, которая реально управляет всей повседневной жизнью в Неаполитанском королевстве! Он из семьи флорентийских банкиров, приехал в Неаполь больше двадцати лет назад, чтобы открыть здесь ссудную контору. Сейчас ему сорок три, и он уже великий канцлер!

Понимаете? В других государствах просто канцлеры, а Никколо Аччайуолли величают не иначе, как «великим канцлером». Иначе нельзя! Иначе он обижается.

— Как же он сумел так возвыситься?

— Очень просто, — желчно усмехнулся дон Габриэль. — Двадцать лет назад это был очень красивый, статный юноша со светлыми кудрями. Аполлон, да и только! Плюс — речистый, щедрый, с хорошими манерами. Он, кстати, сохранил по сей день почти все эти достоинства. Так вот, при дворе короля Роберта человеку с такими данными выдвинуться было несложно. Аччайуолли принялся спать по очереди с ближайшими родственницами короля, с той же Агнессой де Перигор. Особенно тесно он сошелся с Екатериной де Куртэнэ, женой принца Филиппа, родного брата Роберта Анжуйского. Когда в 1332 году Филипп умер (а судя по всему, его отравили), Аччайуолли стал воспитателем его сына, тогда еще малолетнего герцога Людвига Таррентского — нынешнего мужа королевы. Кстати, это великий канцлер устроил брак Джиованны и Людвига после убийства принца Андрея. Как только пришли венгры, именно Аччайуолли организовал бегство Джиованны во Францию, и там королева жила на его личные деньги. А ее нынешнего мужа Людвига тот же самый Аччайуолли увез в свое флорентийское поместье, там его кормил и поил, даже девочек ему поставлял за свой счет. Представляете, какую силу имеет сейчас этот человек? Все дела управления государством Джиованна и Людвиг передали ему. Папа наградил его Золотой розой за спасение неаполитанской королевской четы.

— Значит, папа все-таки поддерживает королеву Джиованну? — не понял дон Хуан.

— Еще бы! — вскипел сеньор Габриэль. — Заполучить Авиньон за какие-то тридцать тысяч флоринов — это же подарок со стороны Джиованны! Климент даже издал специальный вердикт, в котором полностью снял с Джиованны обвинения в убийстве принца Андрея.

Дон Габриэль посмотрел на де Тенорио так, как смотрят на круглых идиотов.

— Кстати, дон Хуан. Насчет Аччайуолли… Возможно, великий канцлер будет приглашать вас на прогулки по Неаполю и окрестностям — он это любит. Станет расточать вам комплименты, делать подарки, заводить разговоры об искусстве, о женщинах. В общем, будет изображать из себя вашего лучшего друга. Не верьте! Будьте все время начеку! И помните — предаст в любой момент. Если по прихоти королевы Джиованны вы вдруг окажетесь в камере пыток — а такое при дворе случается чуть ли не каждый день, — то Аччайуолли и пальцем не шевельнет, чтобы вас вызволить.

Дон Хуан вспомнил, с чего начал разговор сеньор Габриэль, и полностью признал его правоту. Он уже горько сожалел о том, что напросился на должность посла Кастилии при неаполитанском дворе.

Между тем дон Габриэль внимательно всматривался в человека, беспомощно метавшегося по набережной и озиравшегося по сторонам.

— Я его знаю, — с тревогой пробормотал Санчес. — Это старший слуга королевы Джиованны. Господи помилуй! Похоже, он разыскивает мою персону. Неужели грянула война между Неаполем и Кастилией?

Королевский слуга наконец увидел их и потрусил к беседке. Но, к немалому удивлению дона Габриэля, он разыскивал вовсе не его.

— Синьор[31] Джиованни! Синьор Джиованни! — закричал слуга еще издали.

Дон Хуан не сразу понял, что порученец обращается к нему.

— Синьор Джиованни, — задыхаясь, проговорил слуга, — ее величество королева Неаполитанская примет вас немедленно! Идемте! Только захватите в замке Сант-Эльмо ваши верительные грамоты.

Дон Габриэль был потрясен.

— Принять нового посла враждебной страны в пер-

263

вый же день! — прошептал он де Тенорио. — Это неслыханно! Это немыслимо! Это каприз. Берегитесь, дон Хуан! Капризы королевы Джиованны обычно заканчиваются кровопролитием.

Глава 6

Дворец, возвышающийся в самом центре крепости Маскьо Анджионио, был полон праздной, богато разодетой публики. Повсюду виднелись столики с вином и фруктами; дамы и кавалеры лениво брали бокалы и вальяжно прогуливались под руку.

Дон Хуан в сопровождении слуги поспешно шел через великолепные залы, украшенные живописными фресками. Но как ни стремительным было их шествие к залу аудиенций, кастильский посол не мог не обратить внимание на происходившие перемены в поведении придворных: при появлении дона Хуана все головы поворачивались в его сторону, дамы оставляли своих кавалеров и собирались группками.

Громкая речь смолкала, уступая место возбужденному женскому шепоту. Тенорио улавливал отдельные слова:

«Это он! Видите, его знаменитый шрам?» — «Дон Жуан! Дон Джиованни!» — «Собственной персоной...» — «Какой он низкорослый, однако...» — «О, что вы, дорогая! Рост... Да он подобен тигру, который бродит среди сонных слонов!»

Дон Хуан чувствовал, что находится на грани умопомешательства. Может быть, все эти кровожадные женщины предвкушают публичную казнь кастильского посла, свидетелями которой они будут через какую-то минуту? Не иначе! Господи, куда он попал...

Королева Джиованна восседала на троне, одетая в черное платье с высоким, до макушки, воротом. Она была очень эффектна: тяжелые черные волосы, бездонные темные глаза, маленькие, резко очерченные губы и чуть вздернутый носик. После поклонов и расшаркиваний (дон Хуан наспех обучился этому перед отплытием из Севильи) Джиованна заговорила. Ее воркующий, грудной голос с первых звуков возбуждал в слушателе чувственные желания.

— Рада видеть вас в Неаполе, синьор Джиованни, дон Жуан. Так вот вы какой.

Она бесцеремонно разглядывала кастильского посла.

— Я много слышала о вас в Париже, — значительно промолвила Джиованна, будто намекая на что-то общеизвестное. — Францию вы уже покорили, а теперь прибыли покорять мое королевство?

Дон Хуан пребывал в сильнейшей растерянности. У него было ощущение, что его с кем-то путают или просто пытаются сбить с толку.

«Неаполь только и ждет повода. Не стань этим поводом!» — вспомнились ему грозные слова Педро Жестокого.

— Ваше величество, — заговорил он как можно вкрадчивее, — я готов быть вашим покорным слугой. В той же степени, в какой я являюсь слугой моего короля!

Вышло коряво и даже слегка непатриотично.

— Прекрасно, — кивнула Джиованна. — Знаете, у меня есть традиция. После полуночи я приглашаю своих друзей поговорить на темы искусства. Маэстро Боккаччо только что закончил свой роман под названием «Декамерон». Каждый раз мы обсуждаем новую главу. Приходите. Вас проводят в мои покои. А теперь, я думаю, вам нужно отдохнуть с дороги. Я даже настоятельно советую вам отдохнуть — впереди у нас очень долгая и насыщенная зимняя ночь!

Королева наклонила голову, давая понять, что аудиенция окончена.

Но де Тенорио было не до сна. Он кинулся к дону Габриэлю де Санчесу:

— Дон Габриэль! Выручайте. Мне срочно нужен роман маэстро Боккаччо…

— «Декамерон»? — вскинул брови дон Санчес. — Помилуйте, сеньор Тенорио! Эту книгу достать в короткий срок просто невозможно! Переписано всего несколько сот экземпляров, и продаются они на вес золота. Да что я говорю! Намного дороже. «Декамерон» принимают в ломбардах наравне с бриллиантами. Из-за этой книги люди погибают, садятся в тюрьму!

— Я не хочу, чтоб меня упекли за решетку, если я буду молчать как рыба во время сегодняшнего обсуждения «Декамерона» в покоях королевы Джиованны! — простонал дон Хуан.

Дон Габриэль развел руками:

— Хорошо. Я дам вам свой экземпляр. Но умоляю: берегите его как зеницу ока! Это самое дорогое из того, что у меня есть.

Дон Хуан осторожно взял тяжеленный том, пахнущий кожей.

— Скажите, — заговорил он, — а маэстро Боккаччо тоже бывает на литературных диспутах у королевы?

— О нет! — ехидно рассмеялся дон Габриэль. — Маэстро Боккаччо долгое время жил в Неаполе, но сейчас он во Флоренции, у себя на родине. В прошлом году великий канцлер Никколо Аччайуолли, покровитель Боккаччо, приглашал его вернуться в Неаполь, сулил большое жалованье и придворную должность. Знаете, что ответил Боккаччо? «Оставаясь бедным, как сейчас, я живу для себя. Став богатым и заняв высокое положение, я должен буду жить ради других. Здесь, среди своих книг, я испытываю больше счастья, чем все короли, увенчанные коронами». Вот так, сеньор Тенорио! Но истинная причина его отказа в другом. Во-первых, у маэстро Боккаччо — водянка. Но главное, он не может простить королеве Джованне то, что она грубо обошлась с маэстро Петраркой. Ведь они большие друзья — Петрарка и Боккаччо...

Дон Хуан торопливо читал новеллу за новеллой и только диву давался. Да ведь в любой таверне можно услышать истории куда похлеще и позамысловатей, чем скабрезные и богохульные записки этого Боккаччо! И эти древние байки высокоумные мыслители называют великой литературой! Платят бешеные деньги, чтобы прочитать анекдоты, которые сто раз слышали. Воистину, огромно воздействие рукописного слова!..

Ровно в полночь дон Хуан шел по темным залам и галереям Нового замка в покои королевы Джованны. Его сопровождал слуга с факелом в руке. У резных дверей слуга остановился и знаком показал дону Хуану, что дальше ему предстоит идти в одиночестве. Затем неслышно удалился.

Стояла тишина. Ни звона бокалов, ни музыки, ни смеха не доносилось из покоев ее величества. Как-то непохоже, чтобы она сейчас принимала многочисленных друзей.

Дон Хуан распахнул двери.

В большой, роскошно обставленной комнате горело множество свечей в бронзовых канделябрах. Королева Джиованна раскинулась в огромном кресле.

Она была заметно пьяна. И — совершенно обнажена.

Де Тенорио, не веря в реальность происходящего, изумленно смотрел на молодую женщину. Ее упругая грудь с торчащими в разные стороны сосками вовсе не походила на грудь блудницы. Белая кожа без единой морщинки была безупречна.

— Ну что вы остолбенели, синьор Джиованни? — нетерпеливо спросила королева. — Можно подумать, что вы никогда не видели голую женщину!

Джиованна раздвинула колени.

— Раздевайтесь же, господин посол! Покажите, что там у вас за чудо, из-за которого сходят с ума все благородные дамы Кастилии и Парижа!

Через минуту замок Маскьо Анджионио огласился победным криком королевы Джиованны:

— Он мо-о-о-о-й!!!

* * *

Утром королева сказала:

— Вы говорили, что хотите подружиться с канцлером Никколо Аччайуолли? Что ж, Никколо будет вашим другом. Великие люди должны дружить между собой...

И она уснула, утомленная любовными играми и вином.

Через день, когда дон Хуан приходил в себя после второй подряд ночи с королевой Джиованной, его покой был нарушен посланцем Аччайуолли: великий канцлер приглашал кастильского гостя на прогулку. Спустившись, Тенорио увидел изящную карету, запряженную парой белых коней.

Аччайуолли, бритый наголо, подобно римскому сенатору (или даже императору?), был в своем знаменитом белом плаще, подпоясанном алой лентой. Лицо его светилось дружелюбием и уважением к новому знакомому. После обычных приветствий, политически выверенных вопросов и ответов дон Хуан спросил:

— Объясните, синьор Аччайуолли, что происходит вокруг моей недостойной особого внимания персоны? Честно говоря, я не совсем понимаю. Простите, но ваши придворные дамы... Они что, так падки на иностранцев? Завидев меня, они разве что не начинают раздеваться! Я чувствую себя крайне неловко. Я посол его величества короля дона Педро в конце концов!

Они шли по берегу Поццуольского залива. Канцлер по привычке заложил руки за спину.

— О, не скромничайте, синьор Джиованни! «Недостойная особого внимания персона...» Пока мы наедине, вы можете забыть про этикет.

— И все-таки?

— Синьор Джиованни! Ваша слава в здешних краях столь велика, что вполне может соперничать со славой Петрарки. Или Боккаччо.

— Но чем я заслужил эту славу? — изумился дон Хуан.

— Как это чем? — в свою очередь удивился канцлер. — А ваши всем известные любовные похождения

269

в Париже? С тех пор, как ее величество Джиованна вернулась из Франции, она часто рассказывала о легендарном доне Жуане — так, кажется, вас называют парижане и парижанки. И если Петрарка — гений в поэзии, то вы — гений в искусстве любви и обольщения. Знаете, как сказала один раз королева? «Когда в Париже я слушала истории про дона Жуана, мой рот наполнялся слюной вожделения». Хорошо сказано, правда? Придворный хронист записал это в анналы. Да и у себя в Кастилии вы — символ всех любовников, сердцеед, перед которым невозможно устоять. Как видите, нам все известно. И вдруг мы узнали, что сам дон Хуан де Тенорио, великий дон Жуан, прибудет к нам в Неаполь в качестве кастильского посла! Представляете, как переполошились наши дамы? Но, разумеется, все понимали, что первенство принадлежит королеве.

Дон Хуан слушал всю эту невероятную тираду и не знал, как выкрутиться из щекотливого положения, в которое он попал. Внезапно он решился сказать правду.

— Синьор Аччайуолли, — прижал руки к груди де Тенорио. — Поверьте мне. Все эти разговоры и легенды не имеют ничего общего с моей жизнью! Я даже знаю, кто распустил обо мне такие слухи в Париже. Один шутник, виконт Нарбоннский. Он, видимо, решил посмеяться над парижанками, над их готовностью преклоняться перед любым уродом, если он пользуется репутацией сердцееда. Ну посмотрите на меня, на внешность, манеры! Какой из меня герой-любовник?! Им сделала меня глупая молва! Даю честное слово кабальеро, что за всю свою жизнь я не обольстил ни одной порядочной женщины!

Великий канцлер покачал головой:

— Н-да... Знаете, синьор Джиованни, вы честный, прямодушный человек. Я таких уважаю. А теперь слушайте меня внимательно.

Взгляд Аччайуолли посуровел.

— Не вздумайте никому говорить то, что вы только что сказали мне. А я вас не выдам. Поймите, у вас нет выбора: придется соответствовать тому представлению и тем легендам, которыми окутано ваше имя. Иначе вы станете объектом насмешек и презрения. Но это еще полбеды. Беда в том, что королева Джиованна будет разочарована. Хуже того: она почувствует себя подло обманутой! И тогда за вашу жизнь никто не даст кусочка пиццы. Она сначала кастрирует вас, затем обречет на страшные пытки, а потом удушит дымом! Ей безразлично, что вы — официальное лицо могущественного иностранного государства.

Да, это де Тенорио понимал очень хорошо. Он не забыл, сколь сильному разочарованию он подвергся в Париже, когда вместо гордой и неприступной женщины злой рок в лице виконта Нарбоннского подсунул ему циничную светскую куртизанку. Можно представить, как разъярится королева Джиованна, если узнает, что отдалась неудачливому в любовных делах заморышу, присвоившему себе славу покорителя женщин!

Дон Хуан с отчаянием простонал:

— Вы говорите, что я должен соответствовать легендам, окутывающим мое имя. Но у меня нет столько сил, чтобы ублажить всех желающих!

— Делайте вид, что вы боитесь прогневать ее величество, и отказывайте всем прочим под этим предлогом. Одной королевы Джиованны вам хватит с лихвой.

«Похоже, что канцлер говорит это, исходя из собственного опыта», — горько усмехнулся про себя кастильский посол.

* * *

И дон Хуан, не желая быть кастрированным и удушенным дымом, усердно принялся «соответствовать». Он купил самое лучшее модное флорентийское платье, сделал горячую завивку у известного парикмахера, приобрел несколько больших венецианских зеркал и по два-три часа в день отрабатывал вальяжную походку, плавные жесты и томный, пресыщенный взгляд.

Человеку свойственно становиться тем, за кого его принимают другие! Он штудировал стихи Данте, посвященные Беатриче; сонеты Петрарки, воспевающие мадонну Лауру; поэму «Фьяметта», которую Боккаччо написал для своей возлюбленной — Марии д'Аквино; даже «Энеиду» Вергилия.

Дон Хуан и сам не замечал, что день ото дня он становится благороднее и душевно чище. И все благодаря чему? Благодаря скабрезным легендам и слухам о его мнимом донжуанстве!

Вскоре де Тенорио, к своей радости и гордости, выучился перебирать струны на гитаре, которая только-только начала входить в моду. Он выбрал этот инструмент потому, что на мандолине и лютне мастерски играли очень многие и тягаться с ними не было никакой возможности. Что же касается хороших гитаристов, то их в Неаполе пока еще не было и сравнивать исполнительский уровень дона Хуана было не с кем. А то, что он появлялся в обществе дам с совершенно новым, ма-

лознакомым инструментом, лишь еще более романти-
зировало его образ.

Однажды под вечер дон Хуан сидел в окружении
придворных дам и перебирал струны гитары. Он старался поддерживать разговор, памятуя о наставлениях
Аччайуолли.

— Скажите, синьор Джиованни, это правда, что вы
однажды попали в плен к пиратам возле Майорки?

— Нет, конечно, — с обворожительной улыбкой отвечал дон Хуан. — Это случилось неподалеку от Сици-
лии. Наш корабль был взят на абордаж тунисскими
флибустьерами.

Одна из дам восхищенно взвизгнула.

— А правда, что потом начался страшный ураган
и пиратское судно стало терпеть бедствие? И страшные
морские разбойники заплакали и принялись пить вино,
прекратив борьбу со стихией?..

— О да, буря была ужасной, — вздыхал дон Хуан. —
Ах, милые дамы! Шторм не признает никаких различий между своими жертвами. Перед лицом стихии,
как и пред Божьими очами, все равны: и военный га-
лион, грозно ощетинившийся пушками, и торговый
неф, груженный дорогими товарами, и прогулочная
каравелла богача, и утлый баркас рыбака. Мы стали
тонуть!

— И тогда вы отобрали у пиратского капитана ята-
ган и зарубили его, — сверкая глазами, вступила в разговор другая придворная дама. — И взяли командова-
ние судном на себя!

— И все пираты безропотно вам подчинились, — за-
ключила третья. — Они стали откачивать воду, и корабль был спасен!

Дон Хуан задумчиво кивал головой, словно заново переживая те далекие драматические события.

— Шторм стих, — вздохнул он, — и на смену ему пришел полный штиль. Провизия быстро кончилась, и на корабле начался голод. Тогда мне пришлось пожертвовать своей любимой собакой — она была со мной в том плавании.

— Вы съели собаку? — округляли глаза неаполитанки.

— Да. И, доложу вам, с превеликим удовольствием! Всем досталось по небольшому кусочку. Но скоро закончилась пресная вода. Мы стали умирать от жажды.

— Как же вы остались живы? — сгорали от нетерпения дамы.

— Я приказал всем встать на колени и принялся громко молиться Господу нашему Иисусу Христу и Пречистой Деве Марии. Все тунисские пираты — а они были мусульманами — подхватили слова молитвы. И что бы выдумали? Внезапно обрушился ливень! Мы были спасены. А потом на небе засияла радуга — словно Божье послание, гласившее, что все невзгоды — позади!

— Да-да, — вторили дамы. — И все благодарили вас и нашего христианского Бога! А вы повелели пиратам прекратить свой кровавый промысел, отречься от ложной веры и окреститься во имя Господа нашего Иисуса Христа! И они все, как один, стали монахами.

Собственно, дону Хуану даже не требовалось придумывать что-то особенное: за него про его подвиги рассказывали восторженные неаполитанские поклонницы. Он лишь временами поправлял их — для пущей убедительности.

— А правда ли то, что в Иерусалиме, куда вы приехали, чтоб поклониться Гробу Господню, вас схватили слуги султана?

— Да, я был несколько неосторожен, когда молился, — грустил дон Хуан. — Вы не поверите: меня отправили в гарем, как девицу!

— Почему же не поверим? Нам эта история хорошо известна! В первую же ночь вы бежали из гарема, перебив всех евнухов и охрану. И спасли от поругания невинную гречанку!

— Потом, в благодарность за свое спасение, она полюбила вас и родила вам сына. Вы с ним встречались?

Чего только не наслушался дон Хуан о своей персоне и о своей жизни, полной самых необычных приключений! Постепенно Тенорио узнавал от придворных дам, кто же он такой. Оказывается, он — великодушный и милосердный к поверженным соперникам, нежный и галантный со своими поклонницами. Он — честный и бесстрашный, невозмутимый перед лицом опасности и самой смерти. Вот он какой! И даже среди благородных кавалеров, несмотря на их зависть, у него много друзей и почитателей.

Но гораздо больше, чем вымышленные рассказы о его мнимых подвигах, де Тенорио поразило следующее. Ни разу ни одна из придворных дам Неаполя не попросила его рассказать об искусстве совращения порядочных женщин и девушек, о страстных ночах, о неведомых никому, кроме него, изощренных ласках...

Многоопытные, развращенные при дворе королевы Джиованны дамы в душе оставались романтичными девочками. И синьор Джиованни, легендарный дон Жуан, был для них в первую очередь воплощением девичьих грез о благородном, бесстрашном рыцаре. Он — идеал возвышенной, а не плотской любви! А уж потом страстный и искусный любовник.

У этих женщин души и помыслы были чисты и поэтичны! Они только хотели казаться вульгарными и даже были убеждены, что действительно циничны и пошлы. Они соревновались в показном бесстыдстве и придирчиво наблюдали за собой: не выказала ли она хоть каплю унизительной сентиментальности?

Но такими они становились только в обществе придворных кавалеров, а особенно — в присутствии королевы Джиованны. В присутствии же своего идеала, дона Жуана, они говорили о своих былых идеалах. Разумеется, любая из них по первому зову отправилась бы с ним в постель, но лишь в силу привычных традиций неаполитанского высшего света.

Так проходил месяц за месяцем, и ничто, казалось, не предвещало беды...

Глава 7

Как-то раз Никколо Аччайуолли заехал за доном Хуаном, чтобы, как часто бывало, вместе отправиться на прогулку. В полумраке кареты, помимо великого канцлера, кастильский посол увидел совсем юную белокурую девушку с ярко-синими глазами. Чем-то она напомнила ему Бланку де Бурбон.

— Знакомьтесь, синьор Джиованни, — сказал Аччайуолли, — моя племянница Лючия из Флоренции. Лючии шестнадцать лет, она невеста прекрасного и богатого юноши, члена флорентийской синьории.

Лючия посмотрела на дона Хуана так, словно молила о пощаде. В голове кастильского посла впервые за все время отчетливо звякнул тревожный колокольчик.

Они осмотрели величественную капеллу Санта-Кьяра, где покоился король Роберт Анжуйский. Дону Хуану показалось, что возле гробницы своего благодетеля Аччайуолли украдкой смахнул слезу. Побывали в маленькой церкви Сан-Лоренцо, украшенной фресками Джотто, — здесь четверть века назад маэстро Боккаччо познакомился с Марией д'Аквино.

— С тех пор мой друг Боккаччо сильно изменился, — добродушно рассказывал великий канцлер. — В последние годы он был неудачлив в любви. Знаете, синьор Джиованни, почему он уехал их Неаполя во Флоренцию?

— Нет, не знаю, — рассеянно ответил дон Хуан и мельком взглянул на Лючию.

По ее равнодушному лицу он понял, что эта история хорошо известна юной флорентийке.

— Так вот, — продолжил Аччайуолли, — пару лет назад здесь, в Неаполе, синьор Боккаччо страстно влюбился в одну знатную молодую вдову. Эта дама, имени которой я называть не стану, была избалована вниманием самых блистательных кавалеров Неаполя. Она не просто отвергла Боккаччо, но еще и едко высмеяла его в придворных кругах. И он сбежал от позора.

Дон Хуан вспомнил рассказ письмоводителя Габриэля де Санчеса о том, как еще совсем недавно Никколо Аччайуолли звал Боккаччо вернуться на берега неаполитанского залива.

«Все ясно, — мысленно усмехнулся кастилец. — Поэт отверг твое лестное предложение, и теперь ты, канцлер, досадуешь на него, чувствуешь себя униженным. Вот и пересказываешь историю любовного поражения Боккаччо».

— Он стал злобным женоненавистником, — говорил между тем Аччайуолли, — даже сгоряча постригся в монахи. И, представьте себе, написал чудовищный памфлет против женщин под названием «Ворон». По сравнению с этим памфлетом синьора Боккаччо даже знаменитые проповеди Иоанна Златоуста, в которых он бичует женские нравы и пороки, выглядят восхвалением прекрасных дам! А «Декамерон»? Боккаччо не пощадил даже монахинь-пустынниц! Между прочим, он не придумал ни одной оригинальной истории! Вот хитрый банкир... Он ведь начинал здесь, в Неаполе, как представитель флорентийской ссудной конторы, принадлежавшей его отцу.

«Похоже, ты забыл, что сам вышел из семьи банкиров», — подумал дон Хуан.

Прогулка была долгой и разнообразной. В кафедральном соборе Святого Януария, небесного покровителя города, великий канцлер продемонстрировал дону Хуану склянки с загустевшей кровью мученика и рассказал, что в день святого Януария кровь разжижается и закипает...

И все это время Лючия украдкой бросала на де Тенорио испытующие взгляды.

* * *

— Я ненадолго уезжаю по своим делам, — сказал однажды Никколо Аччайуолли дону Хуану, когда они были наедине. — Вы были со мной искренни, и потому я доверяю вам. И препоручаю это милое и наивное дитя, мою племянницу Лючию. Но все-таки, не прогневайтесь, должен предупредить: если вы хоть в малой степени ее обидите, то будете болтаться на стене Маскью Анджионио.

Великий канцлер сказал об этом совершенно спокойно, как о чем-то само собой разумеющемся.

— Вот не было печали! — вздохнул посол Педро Жестокого.

В отсутствие дяди молчаливая Лючия заметно оживилась. Когда во время прогулок она заговаривала с Доном Хуаном, глаза ее темнели от волнения, а щеки становились чуть розоватыми.

— Вам, Джиованни, завидуют все мужчины, — как-то сказала она с грустью. — Ведь вас любят прекрасные дамы Кастилии, Франции, Неаполитанского королевства. Может быть, еще каких-то других стран. Но мне кажется, что вы при этом ужасно одиноки. Я это чувствую. Вижу по вашим глазам — таким печальным и бездонным. Они как омут.

Девушка остановилась, приблизила к дону Хуану лицо и, еле касаясь, провела пальчиком по ложбинке его длинного шрама. Де Тенорио едва сдерживался, чтобы не заключить ее в объятия.

— Вам было очень больно? — прошептала Лючия. — Нет, не отвечайте! Я знаю, вы настоящий рыцарь и никогда не признаетесь, что страдали.

Дона Хуана била нервная дрожь. Вот оно, началось! Правильно предупреждал друг повелитель дон Педро: «Неаполь подыскивает повод... Если повода нет, то разыграют спектакль». И спектакль уже идет — вот прямо сейчас! А финал его будет зависеть только от самообладания кастильского посла.

Нет, но каков Аччайуолли?! Дон Габриэль говорил о его коварстве и беспринципности, и все-таки это уже слишком. Не постыдился использовать в качестве живца родную племянницу! Или она ему вовсе не племянница?

Эта Лючия — талантливая интриганка, даром что ей всего шестнадцать лет. Впрочем, может, не шестнадцать, а больше? Казалось бы, маленькая, хрупкая, а формы развиты, как у девятнадцатилетней. «Надо держать дистанцию, — лихорадочно думал дон Хуан, покрываясь холодным потом. — Стоит мне поддаться этому дьявольскому искушению — и дни мои будут сочтены. К тому же она, по словам канцлера, скоро выходит замуж. Если я сдамся и откликнусь на ее призыв, то предам бесчестью чужую невесту! Совершу одно из трех роковых деяний!»

— Милая Лючия, — мягко заговорил Тенорио. — Мои романтические приключения на ниве любви — это вымысел.

Глаза девушки засияли:

— Я знаю, что это не вымысел! Но раз вы так говорите, значит, вы меня жалеете, уважаете. Я вам небезразлична? Признайтесь! Чего вы боитесь, Джиованни?

Сердце Тенорио учащенно билось, однако рассудок не изменял ему. «По своей природе итальянки естественны и прямолинейны в желаниях, в них почти нет жеманства, они открыто говорят о чувствах», — вспомнились слова Никколо Аччайуолли. Что ж, Лючия умело использует это известное свойство итальянских девушек, чтобы совратить кастильского посла и, таким образом, выполнить миссию, возложенную на нее великим канцлером.

Так настраивал себя Тенорио, когда Лючия была рядом с ним. Если же они не виделись день или два, дон Хуан начинал испытывать ощущение пустоты и бессмысленности своей жизни. При свете ласкового неаполитанского солнца он был до крайности раздражителен, а по ночам Джиованна пеняла ему за его угрюмость. Тогда он напивался вместе с королевой…

Но когда они вновь отправлялись с Лючией на прогулку по Неаполю или его окрестностям, де Тенорио вместо долгожданной радости опять охватывала подозрительность, и он становился напряженным и скованным.

Это была какая-то бесконечная душевная пытка…

Однажды Лючия велела вознице везти их за город в незнакомое место.

— Куда мы едем? — встревожился дон Хуан.

— Я хочу показать вам древние христианские катакомбы, — спокойно сказала девушка.

Когда прибыли на место, Тенорио внимательно оглядел беспорядочное нагромождение камней. Да, за ними вполне могут прятаться гвардейцы Аччайуолли. В коленях дона Хуана появилась противная дрожь.

Они медленно направились ко входу в лабиринт. В тонкой руке Лючия держала масляный факел. Девушка была сосредоточенна и молчалива.

В катакомбах оказалось сухо и тепло. Свет пламени выхватывал из тьмы шершавые стены, песчаный пол, гроты, которые когда-то давно были подземными церквами: на стенах виднелись остатки росписи.

Неожиданно Лючия с болью в голосе заговорила:

— Королева прекрасна! Но ведь она испорченная, очень порочная женщина! Неужели вы, Джиованни, настолько пресыщены любовью, что вам это безразлично? Неужели для вас все женщины одинаковы? Неужели вы не делаете разницы между женской прихотью и подлинным чувством чистой, невинной девушки? Разве вы никогда не мечтали о настоящей, искренней любви?

— Конечно, мечтал, — вздохнул дон Хуан, на мгновение утратив бдительность.

Они стояли в церковном гроте, капли воды падали с потолка в каменную чашу. Лючия медленно поднесла факел к дрожащей поверхности, и огонь с шипением угас.

В кромешной тьме растерявшийся дон Хуан почувствовал, как девичьи руки обвили его шею, ощутил на своих губах ее дыхание.

— Тогда я ваша, — еле слышно прошептала Лючия.

Дон Хуан понял, что больше не в силах противиться захлестнувшему его влечению к этой девушке. Чужая невеста... ну и что с того? Он ведь не собирается оглашать своды лабиринта нелепой клятвой: «Если я обману тебя, любимая, то пусть Господь покарает меня рукой мертвеца!»

Он привлек к себе податливое, упругое тело юной Лючии, и вдруг ужасное открытие пронзило его с головы до пят: проклятие, да ведь он только что произнес роковые слова о «руке мертвеца»! Да, произнес! Мысленно! Не так уж нелепо пророчество полночного гостя, как кажется на первый взгляд! Это хитроумная ловушка для простаков, которые понимают все исключительно в буквальном смысле.

Лючия лихорадочно покрывала поцелуями лицо дона Хуана, а он уже не испытывал возбуждения.

В звенящей тишине ему вдруг послышались крадущиеся шаги. Или это сердце пульсирует в висках?

Дон Хуан резко оторвал от себя руки Лючии и сказал нарочито громко:

— Опомнитесь, Лючия! Вы невеста другого человека!

В темноте раздались рыдания, а затем зазвучали удаляющиеся шаги.

— Вы не мужчина! — звенел голосок Лючии. — Вы недостойны любви! Когда любят, не рассуждают, можно или нельзя! Одно ваше слово, и я убежала бы с вами куда угодно! Да вы просто трус!

Все стихло. Де Тенорио стоял в оцепенении.

— Лучше быть трусом, чем трупом, — пробормотал он.

Затем крикнул:

— Эй! Кто тут?

Тишина.

В лабиринте, кроме дона Хуана де Тенорио, больше никого не было...

Несколько часов блуждал дон Хуан в темноте по извилистым катакомбам, то и дело падая на песок и камни. Когда он окончательно выбился из сил и лег, чтобы приготовиться к смерти, вдали показался мерцающий свет факелов.

Это были гвардейцы Аччайуолли, посланные Лючией на поиски кастильского посла. Де Тенорио бережно доставили в его апартаменты, напоили вином, и он провалился в сон — тяжелый и бесконечный, как лабиринт. Со следующего дня он всячески избегал Лючию.

Через неделю дон Хуан и вернувшийся из поездки Никколо Аччайуолли провожали Лючию во Флоренцию. Она извинилась перед дядей и отвела де Тенорио в сторону.

— Послушайте, Джиованни, что я вам скажу на прощание, — сказала девушка добрым, ласковым голосом. — Мы ведь больше не увидимся… Я действительно любила вас, люблю и теперь. Храни вас Господь!

Карета, сопровождаемая гвардейцами, давно скрылась в дорожной пыли. А дон Хуан де Тенорио все стоял и смотрел ей вслед. Он думал о том, что пара белых лошадей увезла ту единственную, которая искренне его любила.

И другой такой любви в его жизни уже не будет.

Глава 8

В последние месяцы 1359 года кастильским послом в Неаполитанском королевстве доном Хуаном де Тенорио овладела тягучая, невыносимая тоска. Все чаще и чаще вспоминал он Севилью, свой дом и ворчливого слугу Пако, аппетитно зажаренную свинину в харчевне «Хмельной поросенок»…

Король Педро Жестокий, судя по всему, забыл о своем друге детства. Теперь у него были другие приятели — братья Марии де Падилья, Диего и Хуан. Дон Педро был занят войной с Энрике Трастамарским и его союзниками — арагонцами, французами и наваррцами. Даже король Марокко выступил со своим флотом против Кастилии.

Король Арагона Педро IV Церемонный все-таки начал войну против своего кастильского тезки. Поводом к началу кровопролития стал, казалось бы, пустяковый конфликт.

Как-то раз Педро Жестокому взбрело в голову вспомнить детство и посидеть с удочкой на берегу. И на его глазах в территориальных водах Кастилии разыгралось короткое морское сражение: арагонские военные корабли захватили четыре генуэзских судна, направлявшихся с товарами в Севилью. Педро Жестокий направил королю Арагона гневное послание, в ответ на которое Педро Церемонный заявил, что его капитаны поступили согласно законам войны — ведь Арагон и Генуя воевали между собой. Тогда кастильский король приказал арестовать и казнить экипажи арагонских кораблей, стоявших на якоре в Севилье.

Война между Арагоном и Кастилией, вспыхнувшая на море, перебросилась и на сушу. Педро Жестокий взял несколько валенсийских и каталонских городов. Арагон заключил союз с Энрике Трастамарским. Стало ясно, что впереди затяжные, крупномасштабные военные действия.

Болезненная подозрительность короля окончательно и бесповоротно переросла в манию предательства. Он никому не доверял, кроме братьев Падилья и дона Инестрозы, подозревая в измене абсолютно всех и обрекая на смерть своих самых верных слуг. В каземате был зарезан храбрейший оруженосец короля дон Манрике — племянник архиепископа дона Гомеса де Манрике, примаса Испании.

Многие из казненных доном Педро вельмож и рыцарей были заранее предупреждены об опасности и имели возможность бежать под знамена мятежного бастарда Энрике. Однако почти все они покорно дожидались смерти и добровольно подставляли головы под топор, не желая, чтобы на них легло клеймо изменников и нарушителей присяги королю Педро Жестокому.

Вера в неизбежное торжество справедливости заставляла оклеветанных рыцарей с гордо поднятой головой идти по воле короля Педро на плаху или надменно ждать коварного нападения «черных гвардейцев».

Получая известия из Кастилии, дон Хуан де Тенорио только удивлялся, как еще король Педро держится на троне. Инсургенты под предводительством Энрике Трастамарского уже подчинили себе большую часть территории королевства Кастилии и Леона. Лишь Андалусия, Эстрамадура и Галисия пока оставались под властью Педро Жестокого.

Впрочем, надо признать, что короля дона Педро народ Кастилии любил. Простые люди — за то, что он, в отличие от других воюющих государей, не облагал население дополнительными налогами. Евреи — за то, что он защищал их от погромов. Дворяне восхищались его талантом стратега и полководца, рядовые воины почитали дона Педро как умелого и бесстрашного рубаку. Его сторонники неизменно оправдывали кровожадность молодого короля его тягой к… справедливости! Недаром одновременно с клеймом «Жестокий» к дону Педро приклеился ярлык «Справедливый» — подобно его отцу, Альфонсо XI. Но в отношении Педро I это лестное прозвище в истории не закрепилось.

Дон Хуан думал о королеве Джиованне. Она ввергла свою страну в не меньшее кровопролитие. К тому же продала города, растранжирила казну и сокровищницу своего деда. Ее вообще не за что любить и уважать, самый последний подмастерье Неаполя презирает свою королеву и смеется над ней.

Однако Джиованна даже после полного захвата и разорения ее страны венграми как ни в чем не бывало остается на троне!

Но гораздо больше поражало дона Хуана другое обстоятельство: то, что король Педро Жестокий вообще до сих пор жив. Лично участвуя в многочисленных сражениях, дон Педро под градом стрел в одиночку прорывался к неприятельским шатрам, рубя направо и налево. При этом он орал, как сумасшедший:

— Ну, где этот чертов бастард? Эй, братец Энрике, выходи биться со мной один на один!

Энрике Трастамарский всякий раз уклонялся от поединка, прекрасно понимая, что против мощного и искусного рубаки дона Педро у него нет никаких шансов. Ради восшествия на кастильский престол он был готов пожертвовать и своей честью, и жизнью близких. Из уст в уста передавали, что дон Энрике совершенно не переживал по поводу казни родных братьев — Фадрике, Тельо, Хуана и Педро. А когда отряд под предводительством дона Педро Жестокого внезапно вторгся в глубокий тыл противника — в Астурию — и захватил в качестве заложниц жену дона Энрике, Хуану, и его малолетнюю дочь Элеонору, тот не сделал ничего, чтобы освободить их из севильской темницы.

Хуана бежала сама, с помощью одного дворянина, прибегнув к женским чарам. А Элеонору, милую и добрую девочку, дон Педро сначала приказал отправить под топор палача. Но, разглядев ее хорошенько, вдруг неожиданно полюбил, как своих родных дочерей. Дети подружились, они вместе играли, учились, читали сказки. Спустя какое-то время, испытывая редкий для него приступ великодушия, дон Педро отпустил Элеонору к отцу. Прощаясь с дочерьми короля, девочка плакала: ей не хотелось расставаться с подружками и добрым дядей Педро. Вот так! Воистину, с кастильским самодержцем порой случались необъяснимые метаморфозы.

Впрочем, в то бурное время, когда сердечная дружба естественным образом уживалась с предательством, возвышенная любовь переплеталась с изменой, жажда убийства и насилия — со смирением и покаянием, а истовая набожность — с мелочным суеверием, такие «перепады» чувств и настроений были в порядке вещей.

После того, как Педро Жестокий без всякого выкупа или военных уступок отпустил маленькую Элеонору к ее отцу, графу Трастамарскому, кастильцы принялись восхвалять своего короля за его любовь к детям. «Вот почему он не тронул самых младших бастардов и свою единокровную сестру Хуану», — говорили простолюдины.

Мария де Падилья очень радовалась, что ее Педро милостиво отнесся к малолетним детям и братьям своих врагов.

— Любимая, — говорил в ответ король Кастилии, — я не могу поднять руку на младенцев. Каждый раз, когда я собираюсь расправиться с младшими бастардами, меня пронзает одна и та же мысль: а что, если в отмщение за это Господь поразит болезнью или смертью кого-то из наших дочерей? Дороже их и тебя у меня нет ничего на свете!

Энрике Трастамарский и его военачальники прекрасно знали, откуда черпает душевные силы их главный враг. Знали, чье постоянное присутствие делает его неутомимым и решительным. Конечно же источником неуемной энергии для дона Педро была проклятая Мария де Падилья!

— Надо во что бы то ни стало убить эту ведьму! — постоянно твердил суеверный Энрике. — Без нее ему конец, он станет бессильным. Пока Падилья вместе с Педро, нам не победить этого одержимого. Он всегда будет брать верх! Что толку в том, что мы подкупом или хитростью занимаем города? Этот бешеный тут же отвоевывает их назад! И ничего тут поделать нельзя, пока жива эта проклятая Падилья…

Однако все покушения на Марию де Падилья, то и дело пребывавшую в ожидании очередного ребенка, были безуспешными: король дон Педро охранял свою любимую, как величайшую святыню. Он не жалел себя, часто был безразличен к судьбе страны, но глубокая привязанность к Марии и трем дочерям оставалась неизменной.

А на место безвинно казненных соратников дона Педро неизменно находились новые столь же преданные ему дворяне. Неужели они всерьез надеялись избежать бесславной участи своих предшественников? Нет, конечно. Все эти сыновья знатных родителей жили по принципу могильщиков во времена «Черной смерти»: живи минутой! Хоть день, да мой. Уж лучше несколько месяцев прожить при королевском дворе в роскоши и вседозволенности, чем долгие годы томиться от скуки в родовом замке.

Отдельно стоит сказать, чем платил дон Педро своим рыцарям и наемным арбалетчикам. Кастильский король как никто другой умел решать финансовые проблемы с присущим ему цинизмом.

В соседней Гранаде, мусульманском эмирате, находившемся в вассальной зависимости от Кастилии, произошел государственный переворот. Власть захватил военачальник Абу-Саид по прозвищу Бермехо (Рыжий). Он провозгласил себя эмиром Гранады. Законный эмир Мухаммед V бежал в Севилью, под защиту короля Педро Жестокого.

— Сеньор, я передам тебе несколько укрепленных крепостей, большой конный отряд и много золота, если ты поможешь мне вернуть гранадский трон, — сказал эмир-изгнанник.

Педро обещал. Но чем он мог помочь Мухаммеду, если у него самого оставалась лишь горстка преданных воинов?

Король Кастилии решил вопрос привычным способом. Он вызвал нового повелителя Гранады Абу-Саида в Севилью якобы для признания его эмиром Гранады и принятия от Абу-Саида клятвы верности — оммажа. Когда тот вместе со своими вельможами прибыл к дону Педро, радушный хозяин пригласил дорогих гостей за пиршественный стол. Вдоволь попотчевав гранадских вассалов, Педро Жестокий предложил им отдохнуть с дороги.

Когда Абу-Саид и его вельможи покинули пиршественный зал, их тут же схватили «черные гвардейцы» и привязали к заранее вкопанным в землю столбам. Затем с гиканьем и свистом примчались на конях сам дон Педро, дон Диего де Падилья и дон Хуан де Падилья. Скача во весь опор, они на ходу метали дротики в привязанных гранадских вассалов.

Эмир Мухаммед, который после этой театрализованной расправы над своими врагами вернулся к власти в Гранаде, передал королю Кастилии оговоренные ранее крепости, золото и несколько хорошо вооруженных конных отрядов.

Дону Хуану де Тенорио, узнававшему в Неаполе о столь изощренных зверствах своего друга-короля, было не по себе. Порой даже не верилось, что все это действительно происходит у него на родине. Между тем пришла еще одна новость, потрясшая всех: папа Иннокентий VI, сменивший Климента VI, под давлением французского короля отлучил Педро Жестокого от церкви за двоеженство и разорение святынь (дон Педро приказал вскрыть родовые склепы кастильских королей и изъять сокровища — для оплаты наемных войск).

Вслед за королем вся Кастилия подверглась интердикту — запрету на богослужения и совершение церковных обрядов. В ответ на это дон Педро объявил, что постановления папы для него не указ. И распорядился возобновить мессы, таинства крещения, венчания, исповеди и святого причащения. Те епископы, которые подчинились папскому запрету, были низложены, а их имущество конфисковано.

Конфликт короля Педро с папским престолом и другими христианскими монархами вызвал самую неприязненную реакцию в Неаполе. Никколо Аччайуолли дал понять дону Хуану де Тенорио, что его дальнейшее пребывание при неаполитанском дворе крайне нежелательно.

Иного мнения была королева Джиованна. Ее слова, сказанные при первом знакомстве с Тенорио: «Теперь вы приехали покорять мое королевство», — исполнялись с точностью пророчества. Неаполь так и не вступил в войну с Кастилией, несмотря на все посулы арагонского и французского королей. Миролюбивый канцлер Аччайуолли, видя нежелание королевы отправлять войска на Пиренеи, не настаивал на том, чтобы его страна нарушила нейтралитет.

Похоже, дон Хуан де Тенорио и впрямь стал великим обольстителем! В какой-то степени благодаря его стараниям королева Джиованна отказалась от агрессивных планов в отношении Кастилии. По справедливости, он заслужил награду от Педро Жестокого.

А королева Джиованна… Удивительно, но эта любвеобильная женщина постепенно привязалась к дону Хуану. Хотя, разумеется, у нее были и другие любовники — например, молодой и красивый сын Никколо Аччайуолли — Энрико. А еще толстый весельчак, забияка и жуир барон дель Пьетро. Но к Тенорио она испытывала какие-то особые чувства. Несмотря на то что королева вслух проповедовала среди придворных множественность любовных связей, в глубине души ей было приятно, что за все годы своего пребывания в Неаполе кастильский посол ни разу не изменил ей. Безнравственная и циничная, Джиованна порой задавала себе вопрос: уж не полюбила ли она кастильского посла? И не только телом, но и душой?

— Джиованни, — ласковым голосом сказала королева дону Хуану, — в связи со сложившейся неприятной ситуацией, этим отлучением от церкви короля Педро и всей его страны, вы, как и сеньор Габриэль, должны покинуть Неаполь, поскольку являетесь кастильским послом. Но я вам предлагаю и даже настаиваю: сложите с себя ваши полномочия и станьте неаполитанским подданным. Так поступали многие представители воюющих государств, и, уверяю вас, никто из них об этом не жалел. А уж вас-то я одарю истинно по-королевски.

Наверное, дон Хуан сумел бы перебороть в себе тоску по родине, но соображения иного характера не давали ему покоя. Мария Португальская и канцлер Альбукерке тоже рассчитывали оказаться в безопасности, сменив кастильское подданство на португальское. И, в отличие от де Тенорио, имели мощнейшую охрану. Однако Педро Жестокому не составило труда расправиться с ними за пределами своей страны.

Итак, оставаться нельзя. Официально покидать страну тоже опасно: королева оскорбится, что он пренебрег ее привязанностью и гостеприимством, и ему просто не позволят взойти на палубу корабля.

Значит, надо бежать. Тайно, под покровом ночи.

Дон Хуан неприметно для всех собрал самое необходимое и отнес в харчевню «Три столба», с хозяином которой был хорошо знаком. Затем, надев простонародное платье, отправился на берег, где грузились торговые корабли.

Зайдя в портовую таверну, дон Хуан легко познакомился с моряками генуэзского судна, которое отправлялось с товарами в Марокко. По пути старый мореходный неф, крутобокий и неуклюжий, должен был зайти в кастильский порт Кадис. А оттуда до Севильи рукой подать.

После очередной кружки вина де Тенорио нанялся на корабль простым гребцом. Разумеется, он мог бы заплатить за проезд и избежать необходимости вместе с другими гребцами ворочать тяжеленным рулевым веслом — одним из двух, расположенных на высокой корме нефа. Но человек, просящийся в пассажиры, неизменно вызывает подозрение: уж не скрывается ли он от правосудия? А где подозрение — там и донос. Подтвердившиеся же доносы щедро оплачивались властями.

Де Тенорио могли выдать и генуэзские моряки, и портовый трактирщик, наблюдавший за дружеской беседой между мужчиной со шрамом и мореходами. А так — обычная для Неаполя история: поиздержавшийся и влезший в долги мелкий торговец решил заработать денег, устроившись гребцом на богатый генуэзский корабль.

Дон Хуан потягивал вино и с интересом смотрел в окно на огромный, тридцатиметровый неф, две мачты которого поднимались метров на тридцать. Громоздкая корма, где размещались каюты, была богато отделана резьбой. Через квадратный вырез в борту прямо с лодок загружали в трюм судна тюки с товарами — ткани и пшеницу.

— Отплываем завтра на рассвете, — сказал дону Хуану купец, зафрахтовавший корабль.

Глава 9

До рассвета было далеко — январское солнце только-только скрылось за кромкой моря. Неаполь безо всякого перехода тут же погрузился в ночь.

Дон Хуан боролся в замке Сант-Эльмо со сном, когда посыльный королевы Джиованны вызвал его в Маскьо Анджионио. «Вот неугомонная баба!» Тенорио расстроился.

Он понимал, что до восхода солнца ее величество не выпустит своего кастильского любовника из страстных объятий. Значит, план бежать на генуэзском корабле можно считать похороненным!

Ну уж нет. Тенорио, вместо того чтобы отправиться в покои Джиованны, не спеша перекусил в харчевне «Три столба», которая никогда не закрывалась, побродил напоследок по набережной Поццуольского залива, с грустью вспоминая, как гулял тут с белокурой Лючией. Пора отправляться к генуэзцам. Наверное, мореходы сидят перед отплытием в портовой таверне.

— А вот и он! — послышался за спиной чей-то радостный возглас. — Синьор Джиованни, я вас везде разыскиваю!

Дон Хуан повернулся и увидел гвардейского офицера с факелом в руке. Он узнал Энрико Аччайуолли и потому не встревожился: между ними сложились приятельские отношения. Тенорио подошел к синьору Энрико, и они дружески пожали друг другу руки.

— Гуляете по ночам? — весело спросил сын великого канцлера. В его голосе кастильскому послу почудилась какая-то странность.

— Прогуливаюсь. А я что, арестован? — шутливо осведомился дон Хуан.

— Вы угадали. — Энрико неестественно рассмеялся. — Следуйте за мной, синьор Джиованни. Надеюсь, вы не намерены оказать сопротивление? Как видите, я отношусь к вам с полным доверием и даже не взял с собой стражников.

— Ради нашей дружбы, синьор Энрико, — взмолился дон Хуан. — В чем дело?

— Что ж, извольте. Хотите — верьте, хотите — нет, но королева Джиованна два часа назад подняла тревогу. Ее величество заявила, что из опочивальни пропали драгоценности, хранившиеся в шкатулке. И приказала арестовать вас и заключить в подземелье.

— В тюрьму замка Сант-Эльмо? — ужаснулся дон Хуан.

«Это за то, что я посмел не явиться на ее зов!» — с отчаянием думал он.

Синьор Энрико отвел взгляд.

— Нет, не в Сант-Эльмо. В одну из камер Маскьо Анджионио.

Дон Хуан ужаснулся пуще прежнего. Значит, пытки! Она хочет насладиться его воплями. О Боже! Он искоса посмотрел на Энрико Аччайуолли. Как просто — выхватить кинжал и всадить его в незащищенный бок сына великого канцлера! Бесшабашный Энрико был явной противоположностью своему осторожному отцу.

Но это не годится. До рассвета еще очень далеко. Уже через час набережные и торговый порт Неаполя будут оцеплены гвардейцами. Стражники примутся обыскивать все корабли, стоящие в порту и на рейде. Ему не дадут бежать! И казнь, которая ожидает его после того, как он будет схвачен, станет одной из самых памятных в истории Неаполя! Великий канцлер Никколо Аччайуолли об этом позаботится.

Но главное — дон Хуан понимал, что просто неспособен нанести наивному юноше подлый удар кинжалом. Не может он сделать то, что несколько лет назад было для него обычным, даже привычным делом. Хотя, казалось бы, какие могут быть сомнения? Ведь синьор Энрико вовсе не был слепым и беспомощным стариком из пророчества хранителя Грааля.

— В замке Сант-Эльмо вас не оказалось, — продолжил между тем сын великого канцлера. — Ну, я и решил, что вы надумали бежать из Неаполя. Бросился искать вас на берегу.

— Черт возьми! — пробормотал дон Хуан. — Значит, она обвиняет меня в краже? Неужели вы верите в этот бред, синьор Энрико?

— Разумеется, нет, синьор Джиованни, — искренне ответил молодой Аччайуолли. — Я знаю, что вы честный человек. Но сегодня ночью я не ваш друг, а дежурный начальник дворцового караула.

— Что ж, это ответ рыцаря, — невесело усмехнулся дон Хуан.

* * *

Стены каземата были покрыты зеленоватой слизью, со сводчатого потолка, терявшегося в полумраке, падали тяжелые капли. Пламя единственного факела колебалось под маленьким зарешеченным окошком, едва освещая тесное пространство камеры. Стоячая морская вода доходила одинокому узнику до самых плеч.

Запястья дона Хуана были скованы цепями. Цепи крепились на стальном крюке у него над головой. Это давало крохотную надежду на спасение. Скоро начнется утренний прилив, и морская вода через какие-то невидимые щели проникнет в камеру. Придется подтягиваться и висеть на цепях, чтоб не захлебнуться. Но хватит ли сил продержаться в таком чудовищном напряжении до отлива?

Однако уже через минуту дон Хуан понял, что его собственной участи можно только позавидовать. Откуда-то донесся истошный крик:

— А-а-а! За что?! Я не брал! Клянусь Богом, я невиновен! Будьте вы все прокляты!!!

Он узнал этот голос! Это кричал барон дель Пьетро...

Значит, барон тоже под подозрением! Выходит, сокровища королевы Джиованны действительно пропали! Совсем плохо дело. А он-то надеялся, что королева просто придумала историю с похищением драгоценностей — как повод для его ареста. Что она всего лишь хочет проучить его за непокорность, а потом, милостиво пожурив, вернет свое расположение!

Огонь факела неожиданно сделался ярче. Дон Хуан невольно повернулся на свет. Взгляд его скользнул вниз. И в отблесках разгоревшегося светильника Тенорио увидел зияющую в стене метровую дыру, скрытую стоячей водой.

Так вот почему его не пытают, как барона дель Пьетро! Его, посла Кастилии, просто решили скормить крокодилу. Он находится в той самой камере, о которой когда-то рассказывал ему дон Габриэль! Теперь понятно, зачем факел прикрепили именно к наружной стене каземата. Чтобы пламя освещало дыру и указывало дорогу чудовищу-людоеду.

— Помогите! — в безумном ужасе закричал дон Хуан.

Он дергался что есть мочи, цепи лязгали друг о друга. Не сознавая, что делает, Тенорио принялся изо всех сил расшатывать крюк весом своего тела. И — о чудо! —

ржавый стальной костыль, на котором крепились цепи, вывалился из отсыревшей стены!

Путь к свободе был открыт. Надо всего лишь вынырнуть из камеры через ту самую дыру, которая гостеприимно приглашала крокодила на трапезу. Но с тяжелыми цепями на руках он вряд ли сумеет подняться на морскую поверхность по ту сторону стены. И уж тем более — доплыть до берега.

Значит, надо каким-то образом избавиться от цепей.

Дон Хуан осмотрелся. Стены каземата были совершенно голыми. Разгребая плавающие на поверхности щепки, занесенные сюда морем, Тенорио подобрался к факелу. Закованными руками он рванул деревянную рукоятку, и она оказалась в его руке. Дон Хуан увидел, что факел крепился на острой, как нож, стальной пластине.

Похоже, сам Иоанн Богослов помогает ему в минуту смертельной опасности. Или святой Тельмо, который все еще ждет от дона Хуана исполнения данного обета? Рискуя перерезать себе вены, дон Хуан принялся поочередно раздвигать стыки ржавых колец на запястьях, используя как рычаг отточенную пластину, намертво вбитую в стену. К его немалому удивлению, мощные на вид «браслеты» разогнулись без каких-то особых усилий. Руки были свободны.

Тенорио сделал глубокий вдох и нырнул.

Через несколько секунд он вынырнул на морскую поверхность. Над его головой высилась отвесная стена Маскьо Анджионио, а впереди простирался Неаполитанский залив, разделенный лунной дорожкой.

Дон Хуан посмотрел направо, налево. И едва не захлебнулся от ужаса: на воде лежало что-то черное, узкое и длинное.

Крокодил!

Он больше ни о чем не думал. Он только учащенно махал руками, глотая морскую воду, пока наконец не уткнулся в прибрежную гальку. На четвереньках, изнемогая от усталости и пережитого страха, дон Хуан выкарабкался на берег.

Он посмотрел на залив. В лунной дорожке отчетливо была видна лодка, а в ней — силуэты двух гребцов.

Но что делают здесь посреди ночи эти двое?

И тут дон Хуан все понял.

Он понял, почему крюк, на котором крепились цепи, так легко выдернулся из стены. Почему железные кольца на его запястьях были проржавевшими. Почему была наточена пластина, держащая факел.

Ему просто-напросто подготовили побег. Подготовили наспех, пока Энрико Аччайуолли разыскивал его.

А эти двое в лодке следят за ним. Все-таки подвергнуть пыткам кастильского посла ее величество не решилась. Или она действительно по-своему любит его, как не раз говорила в порыве страсти?

Лодка описывала круги по глади залива, и дон Хуан сообразил, что преследователи на время потеряли его из виду. Пригнувшись, он поспешил прочь. Надо было торопиться, чтобы успеть на генуэзский корабль: небо на востоке уже начинало светлеть.

… На третий день плавания мореходный неф, сверх меры нагруженный товарами, попал в жесточайшую бурю. А на шестой так и вовсе пошел ко дну неподалеку от незнакомого берега…

Дон Хуан очнулся на сыром песке. Он с трудом

раскрыл глаза и увидел совсем рядом молоденькую девушку. Она радостно улыбалась ему, скаля белоснежные зубы. Тенорио огляделся. Он лежал на морском берегу, рядом уткнулся в берег рыбачий баркас. Трое мужчин убирали снасти.

Тенорио осторожно ощупал свое тело.

— По-моему, переломов нет, — сказала девушка. Ее говор сильно отличался от кастильского, но был знаком дону Хуану.

Постепенно он все вспомнил. Как болтала его морская стихия, как чья-то твердая рука втащила его, совершенно обессилевшего, в рыбачий баркас... Что же это за страна? Юная рыбачка пояснила: это Каталония, провинция королевства Арагон.

Глава 10

Солнечным февральским днем 1360 года дон Хуан де Тенорио после долгой разлуки с родиной вновь ступил на булыжную мостовую Севильи. Из Каталонии он добирался сюда без малого месяц — со всевозможными злоключениями, порой ночуя под открытым небом. Ему удалось примкнуть к богомольцам, совершавшим паломничество к святыням Толедо, и благодаря этому он не умер в пути от голода. В Малагоне дону Хуану удалось украсть лошадь, и это сократило время и тяготы странствия.

Первое, что де Тенорио увидел в Севилье, были стаи ворон, круживлие над кемадеро — площадью казней. Исклеванные трупы свисали с городских стен. На папертях церквей, едва прикрытые лохмотьями, сидели нищие. Пьяные мочились прямо на стены домов.

Откуда-то послышались мерные звуки трещоток, отбивающих траурный такт. Дон Хуан остановился, пригляделся. Кого-то хоронят?

Из-за поворота показалась вереница прокаженных, укутанных в грубую мешковину. Трещотками они заранее предупреждали прохожих о своем появлении. Из окон, с балконов домов на мостовую время от времени летели мелкие монеты, и прокаженные наклонялись, подбирая деньги.

В Неаполе дон Хуан никогда не видел подобных шествий. В Италии, да и почти по всей Европе, для прокаженных строили своего рода города, так называемые лепрозории, обнесенные стенами. Там больные жили своей коммуной, как товарищи по несчастью. Они ходили в церкви, где служили такие же прокаженные священники, ели и пили в харчевнях, которыми владели прокаженные трактирщики...

Король Педро не строил таких поселений. По большей части он лишь разрушал то, что было построено до него, сравнивая с землей замки и целые города. И уж, конечно, ему было не до прокаженных.

Дон Хуан подождал, пока процессия проковыляет мимо, и знакомой дорогой направился к своему кастильо. Как там его верный слуга Пако? Жив ли он?

Кастильо стоял на прежнем месте, все было так, как и пять с лишним лет назад. Постаревший и обрюзгший Пако отворил калитку и схватился за сердце.

— Сеньор! Сеньор!

По щекам Пако покатились слезы радости. Как будто вовсе не дон Хуан когда-то нещадно лупцевал его за малейшую провинность.

Они обнялись. Тенорио приказал подать вина.

— Так вы вернулись, ваша светлость? Боже мой… — повторял Пако.

— Как видишь, — кивнул дон Хуан. — Кстати, я был на твоей родине, в Арагоне. Помянул тебя добрым словом.

— Меня? За что, сеньор? — Слуга умилился.

— Благодаря тебе я более-менее научился понимать каталонское наречие, — усмехнулся Тенорио.

Дон Хуан налил Пако вина, и тот принялся рассказывать последние новости.

По Севилье ползут невероятные слухи. Будто король в последнее время, потерпев несколько поражений от мятежников, сделался замкнут и угрюм, окружил себя колдунами и астрологами. Но это бы еще ничего, это нормально для любого повелителя, попавшего в беду.

Дон Хуан узнал, что в народе шепчутся, будто король согласился приютить в Севилье французских тамплиеров.

Тенорио почувствовал смутную тревогу. Тамплиеры, или храмовники, еще недавно были самым богатым и влиятельным монашеско-рыцарским орденом Европы. Они владели святынями, захваченными во время крестовых походов на Святой земле. По слухам, тамплиеры где-то скрывали чашу с Христовой кровью — святой Грааль. Где находится эта чаша, знали только наиболее посвященные храмовники — хранители Грааля.

Полвека назад во Франции, являвшейся оплотом тамплиеров, верховные магистры и сам гроссмейстер ордена были схвачены и после пыток сожжены на костре. Однако некоторым из титулованных храмовников удалось скрыться. Вместе с ними таинственным образом исчезли самые главные святыни и сокровища, принадлежавшие ордену.

Папа римский в угоду королю Франции своим указом объявил тамплиеров вне закона. Но Педро Жестокий в очередной раз продемонстрировал, что не собирается подчиняться папскому престолу. Видимо, он вступил в переговоры с тамплиерами и, судя по всему, сумел заручиться их финансовой поддержкой в обмен на гостеприимство со стороны Кастилии. Вернее, той ее части, что оставалась под властью дона Педро.

Де Тенорио запомнил этот рассказ. Ведь его отец, адмирал Алонсо де Тенорио, был, по словам полночного гостя, одним из приоров тайного сообщества хранителей Грааля.

— Ты вот что, Пако, — посмотрел на слугу дон Хуан. — Ты пока не говори никому, что я вернулся. Мне нужно какое-то время, чтобы освоиться, прежде чем я отправлюсь в королевский дворец.

* * *

Ему действительно требовалось время, чтобы обдумать свою дальнейшую жизнь. Вот уже десять лет он живет под властью черного агата, этот камень давит не только на его палец, но и на его волю, сознание, поступки. Будь проклят перстень! Зачем ему нужна такая защита от бедствий и смерти, если взамен он приносит в жертву бездушному амулету свою молодость, все свои порывы и мечты о счастье? Даровал ли ему магический камень благоденствие, покой, любовь? Нет! Только страхи, бессонные ночи, жизнь «вприглядку». Так что прости, отец…

Дон Хуан распахнул окно, снял с пальца злополучный перстень и далеко швырнул его на мостовую за воротами кастильо. Какой-нибудь прохожий подберет драгоценность, и все мрачные пророчества хранителей Грааля незримо лягут на этого бедолагу.

Через два дня Пако несмело, но с затаенной гордостью подошел к своему хозяину:

— Сеньор! Смотрите.

На его ладони лежал перстень с черным агатом! Двое суток пролежал он посреди улицы, и никто не заметил его! Кроме Пако.

— Я только что случайно нашел ваше кольцо, сеньор, — радовался арагонец тому, что сослужил хозяину хорошую службу. — Вы, наверное, потеряли его. Хорошо, что недалеко от кастильо!

— Ну, спасибо тебе, Пако. — Дон Хуан с издевкой поклонился слуге. — Это называется — удружил так удружил!

И он обреченно надел перстень на безымянный палец…

Спустя несколько дней после своего прибытия в Севилью дон Хуан не смог удержаться и отправился в харчевню «Хмельной поросенок». Конечно, хороша неаполитанская кухня, к которой он привык за последние пять лет, да только далеко ей до андалусской.

Дон Хуан уже подходил к харчевне толстяка Мучо, когда ему встретилась компания студентов в темно-фиолетовых мантиях. Тенорио в свое время целых полтора года проучился в латино-арабском институте Севильи, и сердце его замерло, когда он услышал нестройное пение вагантов. Ничего и никого не боясь, они, уже изрядно хлебнув вина, пели на латыни что-то до боли знакомое. Ну конечно! Это же «Всепьянейшая литургия», чудовищная пародия на католическое богослужение, которую все ваганты Европы тайком от инквизиции распевают уже целых сто лет!

Дон Хуан принялся вполголоса подтягивать на латыни:

— «Аллилуйя, аллилуйя! Из кубка и кружки, упиваясь, тянул я. Потяну я! Потяну я! Пир вам. И со духом свиным. Во шкалики шкаликов! Опрокинь».

Придет время, и за подобные песенки — да что там песенки! — за одно неосторожное слово, за распустившийся в церкви чулок, за небрежно положенное крестное знамение палачи будут рвать тела «еретиков» раскаленными щипцами, сжигать на кострах. Ровно через сто лет вся Испания превратится в одно огромное «кемадеро́», где вероотступников и богохульников будут всенародно предавать огню.

Конечно, и в 1360 году в стране уже была инквизиция, слово это в переводе с латыни означает «розыск». Время от времени на кострах сжигали ведьм и колдунов, заточали в темницы распутных монахов. Но в отношении мирян инквизиторы имели право только на такие, скажем так, методы воздействия, как устное внушение нарушителям церковного благочестия или запрещение супружеского сожительства сроком до одного месяца. Самым «тяжким» инквизиторским наказанием для мирян, не уличенных в колдовстве, был запрет на употребление в пищу мяса и яиц в течение сорока дней. Причем добросовестность выполнения данной епитимьи (равно как и воздержание на супружеском ложе) никем не контролировалась.

Так что называть вагантов, хмельными голосами

распевавших «Всепьянейшую литургию», бесшабашными храбрецами было большим преувеличением. Тем более что их почти никто не понимал: простолюдины совершенно не знали латыни.

Дон Хуан знал. И подпевал счастливым голосом. Он вдруг со всей ясностью осознал, что сейчас совершает последнее богохульство в своей жизни. Да-да, отныне его уста никогда не оскорбят Божьего слуха, не осквернят святую церковь. Грешная жизнь позади, она осталась в Неаполе.

Раньше он боялся, что волей или неволей совершит два оставшихся «в запасе» роковых злодеяния, которые неизбежно приведут его к гибели: убьет слепого старика и обесчестит чужую невесту, произнеся при этом страшную клятву: «Если я обману тебя, любимая, то пусть Господь покарает меня рукой мертвеца!» Теперь дон Хуан поверил, что все зависит только от него самого. Ведь не зарубил же он страдающего куриной слепотой Жана Буридана, поборол искушение в лабиринте, когда чужая невеста Лючия была готова ему отдаться.

Скоро ему стукнет тридцать три — возраст Христа! Самое время круто изменить свою жизнь, начать все сначала. Он больше никогда не будет валяться в грязи — кажется, именно так сказал ему святой Тельмо. Он исполнит обет, данный то ли в бреду, то ли наяву, и станет священником. Правда, одно обстоятельство огорчало дона Хуана. Ему ведь придется покинуть Севилью, ибо здесь его слишком хорошо знают как человека, недостойного носить священный сан.

Де Теńorio пел «Всепьянейшую литургию», прощаясь со своим прошлым. Наверное, такие чувства испытывает палач, совершая последнюю казнь перед уходом на покой. Он с умилением гладит топор, любовно откидывает волосы с шеи последней своей жертвы. Других жертв уже больше не будет.

В приподнятом настроении дон Хуан перешагнул порог любимой харчевни. Как всегда в такой час — а сумерки уже опустились на город — «Хмельной поросенок» был заполнен самой разношерстной публикой. Постаревший и страдающий одышкой Мучо даже не узнал в доне Хуане своего давнего завсегдатая. Он лишь устало кивнул, выслушав просьбу подать полпоросенка и кувшин вина.

Дон Хуан осмотрелся. И хорошее настроение как рукой сняло. Он узнал человека, сидевшего в компании сотрапезников за самым большим столом. Это был граф де Ла Мот, муж прекрасной Дианы.

Граф был одет в бежевый с красным подбоем плащ, расшитый лилиями — знак того, что его носитель является официальным представителем французской короны.

Голова дона Хуана стремительно тяжелела от крови, которую заколотившееся сердце гнало по напрягшимся жилам. Он испытал странное, доселе незнакомое чувство.

Это ненависть. Лютая, беспредельная.

Удивительно! Оказывается, он до сих пор никого по-настоящему не ненавидел. Это открытие изумило дона Хуана. Ни Альбукерке, ни Мария Португальская не были ему ненавистны — их он просто боялся. И дон Спинелло, едва его не убивший, вызывал у де Тенорио исключительно чувство уважения. Не испытывал он ненависти ни к графине Диане, нанесшей ему тяжкое оскорбление, ни к виконту Нарбоннскому, сыгравшему с ним злую шутку.

Но графа де Ла Мота он вдруг возненавидел всей душой. За что?

Может быть, за то, что граф де Ла Мот был полной противоположностью дону Хуану: красив, богат и удачлив в любви. Он не знал, что значит быть униженным женщиной, не ведал, что значит постоянно ждать расплаты за содеянное. Ла Мот ни от кого не скрывался, тогда как жизнь дона Хуана давно превратилась в нескончаемое бегство. При этом ему приходилось постоянно оценивать каждую ситуацию: не складывается ли она таким образом, что он вот-вот совершит роковой поступок, предсказанный полночным гостем?

Но главной причиной вспыхнувшей ненависти была та чудесная, придуманная им Диана, которая жила только в его воображении. Неприступная, чистая. Чей холодный взгляд увлажнялся и теплел, заставляя таять сердце Тенорио.

Граф де Ла Мот, и только он один, виноват в том, что это нежное воплощение мечтаний дона Хуана превратилось в циничное, вульгарное и бездушное существо. Он, ее жуирующий супруг, может быть, даже придумывал вместе с ней новые альковные розыгрыши. Как и ее любовник, виконт Нарбоннский.

Между тем де Ла Мот уже изрядно захмелел.

— В общем, господа, — самодовольно проговорил он, перекрывая своим сочным баритоном многоголосый пьяный говор, — сегодня я наконец-то склонил к свиданию неприступную донью Анну Гонзаго. Служанка Тереса откроет потайную калитку в саду старика командора.

Дон Хуан не поверил свои ушам. Анна Гонзаго! Сейчас ей, наверное, лет восемнадцать, а он помнил ее еще совсем крохой. Незадолго до гибели отца они были в гостях у командора, и тот с гордостью показал им младенца.

— Моя самая младшая дочь, Анна, — сказал Гонзаго адмиралу Тенорио.

Спустя годы дон Хуан несколько раз видел маленькую донью Анну в церквах Севильи, куда он приходил, чтобы встретиться с очередной жертвой своих вымогательств. А как-то он случайно услышал, что подросшая Анна прислуживает в богадельне. И вот де Ла Мот легко добивается ночного свидания с этим ангельским, нетронутым пороком созданием! Выходит, порядочных девушек нет на свете. Их порядочность вовсе не природная, а искусственная, она не выдерживает даже самого слабого испытания!

Для одного дня дон Хуан пережил слишком много ударов. У него даже заболело сердце.

После памятной сцены с Лючией в лабиринте и особенно после их горького расставания дон Хуан уже не мог представить себе, что способен подло поступить с девушкой.

Но сейчас, сидя за дощатым столом в харчевне «Хмельной поросенок», Тенорио ощутил, как вся та мерзость, что еще осталась на дне его души, поднимается и рвется наружу, словно зловонная отрыжка. И превращается в страстное желание отомстить. Кому? Графу де Ла Моту и Анне Гонзаго. А в их лице — всем самодовольным мужчинам и лицемерным женщинам этого мира…

Внезапно граф поднялся из-за стола, сделав знак

своим друзьям, что скоро вернется. Де Тенорио выскочил за дверь трактира и вскоре стоял возле де Ла Мота, уже успевшего привести себя в порядок.

— Сеньор, вы наглец! — заявил дон Хуан без предисловий. — Вы посмели наступить на мою тень!

— Да вы пьяны, сеньор! — удивленно ответил граф. — Какая тень? Уже ночь!

— Я пьян? Вы нанесли мне еще одно оскорбление! — воскликнул де Тенорио и выдернул шпагу из ножен.

Де Ла Мот схватился было за оружие, но вдруг обрадованно воскликнул:

— Ба, да это же дон Жуан! Какая встреча! Мы ведь знакомы, помните, в Париже?

В ту же секунду он рухнул, пронзенный шпагой дона Хуана.

Тенорио склонился над убитым, отцепил от его пояса увесистый кошелек и швырнул его далеко в сторону. Затем расстегнул золотую, украшенную яхонтами пряжку и снял с мертвеца дорогой, единственный во всей Севилье плащ французского покроя с вышитыми на нем лилиями. Набросив на плечи плащ, дон Хуан исчез в ночной мгле.

Глава 11

Впереди показался высокий, мрачный дом командора дона Гонзаго. Интересно, спит ли сейчас старик? Кто знает. Но можно поклясться всеми святыми, что его доченьке, донье Анне, уж точно не до сна.

Дон Хуан подошел к неприметной садовой калитке и замер в нерешительности. Что делать дальше? Сможет ли он прикинуться графом де Ла Мотом? А вдруг донья Анна распознает «подмену» кавалера?

В этот момент дверца приотворилась: служанка поджидала позднего визитера.

— Сеньор? — тихо спросила она.

— Я де Ла Мот, — глухо ответил де Тенорио, отворачивая лицо.

— Идите за мной, сеньор. Я провожу вас к донье Анне.

Они шли по сумрачной галерее на втором этаже уснувшего кастильо. У одной из дверей служанка остановилась, молча поклонилась дону Хуану и удалилась прочь.

Тенорио осторожно приоткрыл дверь.

Во мраке маленькой комнаты донья Анна стояла на коленях перед святым распятием, держа в руке крохотную свечку. Дон Хуан вошел и затворил за собой дверь.

Девушка заговорила, не оборачиваясь:

— Граф, простите меня и уходите немедленно. Я ждала вас, чтобы это сказать. Я поддалась минутной слабости, когда назначила вам свидание.

— Но я люблю вас, Анна, — прошептал дон Хуан. — И вы меня любите, я знаю!

— Перестаньте, граф, вы разбиваете мое сердце! — взмолилась донья Анна. — Ничего нельзя изменить. Я обручена!

Сердце де Тенорио учащенно забилось. Так вот оно что! Перед ним — чужая невеста! Что ж. Значит, не по собственной прихоти он оказался в доме командора Гонзаго. Его приход начертан в пророческих книгах хранителей Грааля! И, стало быть, успех ему обеспечен самой судьбой. Если только он произнесет...

— Милая Анна! — горячо заговорил дон Хуан. — Неужели ты думаешь, что я пришел обесчестить тебя и покинуть? Мы вместе уедем в Париж и там обвенчаемся. Никто во всей Франции никогда не упрекнет нас ни в чем!

Он сделал паузу и сказал громко и отчетливо:

— Клянусь тебе, я выполню свое обещание. Если же я обману тебя, любимая, то пусть Господь покарает меня рукой мертвеца!

В конце концов сильно ли он рискует, произнося эти роковые слова? И так ли уж много он теряет? Ведь, чтобы остаться неуязвимым и впредь, от него требуется только одно: не убить слепого старика.

Донья Анна, не оборачиваясь, молчала, прерывисто дыша и опустив голову. Она уже не в силах была противиться своей любви после столь страшной клятвы, прозвучавшей из уст желанного мужчины. Дон Хуан приблизился, наклонился над ее плечом и задул свечу.

Спальня погрузилась во тьму...

Часа через два дон Хуан прошептал дочери командора, что ему пора уходить. Донья Анна не отпускала его, умоляя побыть еще немного.

— Будь же благоразумной, Анна, — ласково сказал первый в ее жизни мужчина. — У нас впереди еще много ночей любви.

Де Тенорио вышел на освещенную коптящими факелами галерею и остановился, припоминая, каким путем шел сюда со служанкой доньи Анны. Позади скрипнула дверь. Дон Хуан непроизвольно обернулся.

Перед ним стояла дочь командора. Она уже протянула руки, чтобы обнять на прощанье своего любимого, как вдруг ее лицо исказилось ужасом и омерзением. Донья Анна узнала шрам, известный всей Севилье...

Громко закричав, она упала без чувств.

Дон Хуан заметался. Откуда-то снизу донеслись хлопанье дверей и топот бегущих людей. Да его сейчас просто убьют! Как бывало и прежде, в минуту смертельной опасности он напрочь забыл о магическом перстне, который должен был хранить его от погибели.

На мраморной лестнице показался высокий юноша в белом плаще с капюшоном. Сын командора? Или старший слуга? Кто бы он ни был, путь к спасению отрезан. Но выбора нет!

Дон Хуан выхватил кинжал и бросился вниз, навстречу незнакомцу.

— Прочь с дороги! — заорал он.

Казалось, тот испугался и посторонился. Но, когда непрошеный гость с ним поравнялся, юноша схватил его за отворот плаща. Дон Хуан тщетно пытался вырваться.

— Эй, слуги! — позвал юноша. — Сюда, ко мне!

Этот безоружный человек был не иначе как сумасшедшим: он даже не обратил внимания на сверкнувший в руке Тенорио кинжал.

— Так умри же, безумец, — прошипел дон Хуан и вонзил кинжал в того, кто мешал ему скрыться с места преступления.

— А-а-ах... — хрипло выдохнул юноша.

Голова его запрокинулась, капюшон упал на лестницу. Да ведь это никакой не капюшон, а ночной колпак! И вовсе не плащ на незнакомце, а длинная ночная сорочка!

Он медленно оседал, не выпуская из скрюченных

пальцев плащ графа де Ла Мота. В отблесках факелов на дона Хуана глянули мертвые глаза, мутная белая пленка застилала зрачки. Юноша был слепым!

Юноша?! Нет! Не может быть!

«Настанет час, которого не ждал. Увидишь то, чего не мог увидеть», — эхом зазвучали в ушах дона Хуана слова полночного гостя.

Как он мог так ошибиться? Как случилось, что собственные глаза обманули его?

Он увидел юношу в старике!

Перед глазами дона Хуана было морщинистое лицо мертвого командора Гонзаго. Беспомощного слепого ветерана.

***

Дон Хуан в ужасе бежал по темным переулкам Севильи, еще не осознавая до конца, что в одночасье совершил два последних роковых злодеяния.

Он вновь должен был скрываться от справедливого возмездия. Уже с рассветом судебные исполнители — альгвасилы — начнут искать его по всей Андалусии, чтобы предать в руки правосудия. И спасти дона Хуана может только один человек на всем белом свете.

Ноги сами несли де Тенорио к королевскому дворцу Алькасар. Но как встретит его дон Педро?..

— Я ждал тебя, дружище, — король сказал это так, будто они расстались только вчера.

И обнял друга бесшабашной юности.

Дон Педро сильно изменился за прошедшие пять лет. Рыжеватая щетина покрывала его осунувшееся лицо, под глазами набрякли мешки.

— Бессонница, — вздохнул он. — Садись, выпьем, как в старые времена.

— Мне пришлось бежать из Неаполя, государь, — покаянно прижал руки к груди дон Хуан.

— Знаю, — отмахнулся дон Педро. — Ты там натворил дел. Королева Джиованна прислала гонца и требует твоей выдачи. Если, конечно, ты объявишься на подвластной мне территории. Но ты ведь не объявишься, верно? Ты же пошел ко дну вместе с генуэзским нефом.

Дон Хуан насторожился. Куда клонит Педро Жестокий? Какую участь он ему уготовил?

— Вы еще не знаете всего, государь, — тихо промолвил де Тенорио.

И он принялся излагать события последних часов.

— А ты все такой же озорник, — не то с одобрением, не то с иронией покачал головой дон Педро. — Что касается посланника Франции де Ла Мота, то я и сам подумывал о том, чтобы казнить его. Или выдворить вон. А приключение с доньей Анной — просто забавный анекдот. Иное дело — старый командор Гонзаго. Он личность легендарная, его любят в Севилье. И у него, помимо доньи Анны, еще есть трое сыновей. Все они — преданные мне рыцари. Я не могу отказать им в желании прикончить тебя в отместку за убийство их отца.

Наступило тягостное молчание. Дон Хуан понимал, что в эту минуту решается его судьба. Король пристально смотрел на него.

— Скажи мне вот что, Хуан. Кто я, по-твоему, такой?

Де Тенорио растерялся, чувствуя скрытый подвох.

— Вы — дон Педро Бургундский, законный повелитель Кастилии и Леона, — неуверенно выговорил он.

— Это звучит скучно, — поморщился самодержец.

«Смелей!» — подстегнул себя дон Хуан.

— Ты — король дон Педро Жестокий! — дерзко выкрикнул он.

Никто никогда не смел бросить в лицо кастильскому тирану его всенародное прозвище. Дон Хуан подумал, что попал в точку.

— Старо, — промолвил король равнодушно. — Ты опять не угадал.

Он помолчал. Потом тихо заговорил, будто сам с собой:

— Почему, как ты думаешь, Понтий Пилат отдал на распятие Иисуса Христа? Почему жители Иерусалима требовали страшной казни для своего учителя? Из зависти, как сказано в Евангелии? Или, может быть, потому, что в их глазах он был лжепророком? Нет, Хуан, не поэтому! Они жаждали увидеть его на кресте, потому что знали: он — истинный Сын Божий! Каково?! Своими глазами увидеть, как в муках умирает Господь! Такое зрелище невозможно отменить! Невозможно лишить себя этого сладостного мига! За это можно отдать свою жизнь и жизнь своих детей! Вот сейчас в отмщение за гибель своего ни в чем не повинного Сына, Бог Отец разверзнет небеса и спалит всех небесным огнем! Какой восторг, какое упоение в этом предсмертном ожидании кары Господней!

Король замолчал и прищурился.

— Так кто я такой?

Дона Хуана озарило.

— Ты — дон Понтий Пилат Кастильский! — воскликнул он. — Ты отдаешь на распятие ни в чем не повинную страну. Ты мучаешь святую, непорочную деву доньо Бланку! Ты навлек на Кастилию гнев Божий! И рыцари с восторгом самоуничтожения идут за тобой! Память о тебе да пребудет в веках!

Дон Педро еле заметно кивнул и улыбнулся.

— Ты укроешься в монастыре Святого Франциска, — сказал он. — Я напишу настоятелю. Это надежный аббат.

Король подошел к церковному аналою, служившему в качестве подставки для писем и приказов.

— Отныне ты — дон Диего, выполняющий мои особые поручения, и я повелеваю францисканцам оказывать тебе явное и тайное содействие.

Де Тенорио склонил голову, будто в знак благодарности. На самом же деле хотел таким образом скрыть счастливую улыбку. Он снова одержал победу в игре, ставкой в которой была его жизнь!

Спустя несколько минут дон Хуан уже скакал во весь опор сквозь ночную мглу. Теперь у него было время поразмыслить.

Как же могло случиться, что он в течение одного дня исчерпал весь отведенный ему судьбой запас роковых деяний? Долгие годы, прошедшие после разговора с полночным гостем, Тенорио тщательно берег себя от необдуманных поступков, которые могли обернуться исполнением ужасных пророчеств хранителей Грааля. Но все же не уберегся!

Может быть, человек, услышав грозное предсказание, подсознательно стремится к тому, чтобы оно сбылось? Может быть, в каждом из нас заложен механизм самоуничтожения и роль пророка в том и состоит, чтобы запустить этот механизм?

Создатель сказал Адаму и Еве: «нельзя вкушать

плоды с запретного древа». И сразу же первых людей неудержимо повлекло к роковой яблоне. Отведав недозволенных фруктов, они, наивные, стали прятаться от Божьего гнева. Только разве от него спрячешься?

Знали, что нельзя делать ни в коем случае, и все-таки делали. Именно потому, что им было известно о пагубности этого поступка.

Так женщину в самые опасные дни, когда наиболее высока вероятность забеременеть, снедают позывы отдаться хоть первому встречному, но только не законному супругу. Так убийцу влечет на место совершенного злодеяния, хотя он понимает, что его могут опознать свидетели. Стоп. При чем здесь сравнение с убийцей, которого тянет к смертному одру своей жертвы? А при том! Ведь он, дон Хуан де Тенорио, в своих помыслах уже многократно совершил все три роковых поступка. И незримая сила подталкивала его к тому, чтобы совершить их наяву «Увидишь то, чего не мог увидеть...» Может быть, вовсе не глаза обманули его, когда он принял беспомощного старика за юношу? Может быть, он подсознательно был готов к тому, чтобы обмануться в роковой момент?

Выходит, человеку можно предсказать любой безумный поступок с его стороны? И это пророчество непременно сбудется?! Ну, скажем так, с большой долей вероятности. Господь заранее знал, чем обернется для Адама и Евы запрет на вкушение райских яблок. И тем не менее изрек им свое пророчество!

А Христос? Не все ли Его земные деяния продиктованы стремлением во что бы то ни стало, вопреки здравому смыслу (с житейской точки зрения), исполнить древние пророчества? О которых, разумеется, было известно Сыну Божьему еще задолго до Его пришествия на землю! В Евангелии сплошь и рядом читаем одно и то же объяснение непонятных поступков Иисуса: «Да сбудется предсказанное пророком». Зачем Он въехал в Иерусалим на осле, когда в Его распоряжении были лучшие колесницы? Из скромности? Потому, что пророк Захария сказал: «Се, Царь твой грядет к тебе кроткий, сидя на ослице и молодом осле, сыне подъяремной». Но возникли сложности с буквальным исполнением предсказания, и Христос ограничился одним лишь осленком.

Точно так же на Тайной вечере, зная о намерении Иуды предать Его, Христос не воспрепятствовал этому величайшему злодеянию. Ведь пророк Даниил сказал: «Предан будет смерти Христос». Ученики допытывались: «Скажи нам, кто Тебя предаст?» Иисус ответил: «Но да сбудется Писание: "Ядущий со Мною хлеб поднял на Меня пяту свою"».

Предсказав отречение Петра, Иисус с галереи мог видеть и слышать это отречение. Стало быть, оно произошло не без попущения Господа. А Его моление о чаше в Гефсиманском саду? Не было ли это исповедью Богу Отцу, после чего Христос добровольно отправился на смерть?

Добровольно? Значит, мог и не идти на казнь. Но пошел! Среди простых смертных такой поступок именуется самоуничтожением.

Так может, взять да исповедоваться? По собственной воле. Последовать примеру Христа. Он, дон Хуан де Тенорио, как раз направляется в монастырь к францисканцам. Покается в грехах, умрет, и братия святого Франциска похоронит его рядом с благочестивыми монахами.

Но нет! Нет! Он еще хочет пожить на этом свете!

Для чего? Ну, хотя бы для того, чтобы успеть добрыми делами загладить свои грехи и прегрешения.

Видят Бог и святой Тельмо: он искренне хотел стать священником. Теперь это невозможно. Не потому, что его последние злодеяния окончательно закрыли доступ к принятию церковного сана. Вовсе нет. Просто им совершены уже все три роковых поступка. И, стало быть, исповедь для него невозможна — ведь она означает самоубийство. А священником нельзя стать, если не принесешь покаяние за всю прошлую жизнь.

Но кто мешает ему прожить остаток своих дней добрым христианином? Можно быть угодным Богу даже без исповеди и святого причащения. Дону Хуану де Тенорио очень хотелось в это верить.

Глава 12

Угрюмый монах на воротах молча принял у незнакомца свиток с королевской печатью и, освещая дорогу свечой, повел к настоятелю. Тот, ознакомившись с посланием Педро Жестокого, распорядился приготовить дону Хуану покои.

«А здесь совсем недурно», — подумал де Тенорио, оглядывая накрытый стол и широкое ложе. Сколько же ему здесь придется прожить, дожидаясь, когда прекратится розыск убийцы командора Гонзаго?

…Спустя пару месяцев дон Хуан стал тяготиться своим вынужденным заточением в мрачной обители. К тому же он вовсе не чувствовал себя в безопасности: арена военных действий неумолимо приближалась к монастырю Святого Франциска. Если Энрике Трастамарский войдет в обитель, то он, конечно же, узнает по шраму убийцу своей матери. И монахи защитить его не смогут. Чутье подсказывало де Тенорио, что полагаться можно только на самого себя.

Он тайно принялся изучать расположение келий, коридоров и выходов из монастыря, чтобы иметь возможность в случае опасности бежать в любую минуту. Как-то раз он заметил лестницу, круто уходящую в подземелье. Де Тенорио осторожно спустился и замер, охваченный суеверным ужасом. Он находился в просторном склепе. Но не это открытие заставило замереть его сердце.

Прямо на него, возвышаясь на пьедестале, грозно смотрел мраморный командор Гонзаго. Рука статуи властно указывала на заледеневшего от страха де Тенорио. Он попятился. Проклятье! Кто бы мог подумать, что старик завещал похоронить себя именно здесь, в подземелье монастыря Святого Франциска?

Дон Хуан взбежал наверх, в свою просторную келью, залпом выпил кубок терпкого вина. Перевел дух.

«Пусть Господь покарает меня рукой мертвеца». Неисповедимыми путями судьба вела его в эту обитель, и вот он здесь. И роковой мертвец — тоже!

«Немедленно бежать из монастыря», — решил де Тенорио и сел за стол, чтобы основательно подкрепиться перед дальней дорогой.

* * *

— Святой отец, я наконец-то вспомнил его, — тихо говорил настоятелю монах. — Это дон Хуан де Тенорио, блудник и убийца. Моя сестра была горничной королевы Марии Португальской. Она сошла с ума и бросилась в Гвадалквивир после того, как он надругался над ней. Потому-то я здесь, чтобы до конца своих дней молиться Богу о прощении моей бедной сестричке греха самоубийства. Святой отец! Преступления де Тенорио очень велики. Они вопиют к небу об отмщении и заслуженной каре.

Аббат мрачно ходил взад-вперед.

— Если правда то, что ты говоришь, то присутствие этого слуги дьявола оскверняет нашу обитель. И не только обитель, но и весь мир Божий. Мы обязаны свершить правосудие, и да простит нам Господь!..

Де Тенорио заканчивал ужин, когда дверь в его покои распахнулась. На пороге возник аббат в сопровождении двух дюжих монахов.

— Молись, дон Хуан де Тенорио, если уста твои еще способны произносить имя Божие, — торжественно провозгласил настоятель обители Святого Франциска.

Дон Хуан вскочил, чтобы защищаться, но вспомнил, что по уставу монастыря у всех, кто переступал его порог, изымалось оружие.

* * *

Король пристально вглядывался в глаза полночного гостя. Собственно, только глаза незнакомца и были доступны взору дона Педро: одетый в черный балахон и черный колпак до плеч, загадочный посетитель отказался открыть свое лицо. Король не настаивал.

— Значит, ты — один из тех, кто вечно молод, вечно счастлив и вечно непобедим? — переспросил Педро Жестокий.

— Да. И ты, государь, сейчас получишь то, что тебе обещано хранителями Грааля.

Дон Педро сделал нетерпеливый жест, и посланец тамплиеров положил перед ним на аналой перстень с черным агатом.

— Наконец-то! Как вовремя! — воскликнул король.

Он протянул руку к перстню, но тут же в испуге отдернул ее.

— Скажи, — прищурился дон Педро, — замкнулся ли круг? Все ли пророчества исполнились?

— Да, государь. Он совершил все три роковых злодеяния.

— Откуда это известно?

— Перед смертью он изъявил желание исповедаться.

— Добровольно или под принуждением?

— Совершенно добровольно. И искренне.

— Не понимаю, как вам удалось этого добиться, — пробормотал дон Педро. — Я знал его с детства...

— Все очень просто, государь, — вздохнул полночный гость. — Настоятель объявил ему, что он умрет в любом случае. Разница лишь в том, покается ли он перед смертью в своих грехах или предстанет на Страшном суде нераскаявшимся. И он попросился в исповедальню.

Черный человек помолчал. Потом добавил:

— Я слышал его исповедь. Мне показалось, что он уже давно хотел принести покаяние. Мешало последнее пророчество, гласившее, что исповедь станет для него предсмертным очищением.

— Да-да... — прошептал король. — Как он умер?

— Тебе не нужно этого знать, государь. Достаточно того, что изложено в письме аббата.

Дон Педро развернул бумагу. Он прочел, что рано утром каноник, спустившийся в склеп, увидел страшную картину: статуя командора Гонзаго, судя по всему, плохо закрепленная, обрушилась с пьедестала и погребла под собой человека, пронзив его каменной рукой. Погибший оказался тем самым королевским посланцем, которого монастырь приютил в своих стенах два месяца назад.

— Хорошая и красивая легенда, — задумчиво кивнул дон Педро. — Ее нетрудно будет распространить в народе. Эта сказка достойна того, чтобы жить в веках и обрастать новыми таинственными подробностями.

Король вновь пытливо посмотрел на гостя.

— И все же я не могу принять этот освященный в святом Граале магический перстень, пока ты не поклянешься, что покойник сам завещал его мне. Только при этом условии черный агат будет помогать мне и охранять от смерти и болезней.

— Да, государь, он завещал перстень тебе. Похоже, ты и в самом деле был для него самым близким человеком на свете.

— Чем ты это докажешь?

— Перед тем, как снять чудодейственный агат со своего пальца, он сказал, что однажды этот перстень уже спас тебя от «Черной смерти».

— Что ж, теперь я тебе верю, — дон Педро, торжествуя, надел кольцо на указательный палец правой руки. — Отныне я непобедим для врагов!

Незнакомец поклонился, но не уходил.

— Еще что-нибудь? — король нахмурился.

— Да, государь.

— Что же?

— Ты будешь непобедимым только до тех пор, пока поочередно не настанут три роковых дня в твоей жизни.

— Вот как? — неестественно рассмеялся дон Педро. — Значит, мне тоже уготованы пророчества хранителей Грааля?

Незнакомец поднял руку.

— Так слушай же, король Кастилии и Леона! В первый день, который приблизит твою гибель, ты объявишь мертвеца наследником престола! Второй день — когда ты осквернишь величайший алтарь Кастилии убийством архипастыря святой церкви! В третий, последний из роковых дней, тебя воскресит черный принц и тебя провозгласят «дважды королем» Кастилии и Леона!

Дон Педро натянуто улыбнулся:

— Спасибо, что предупредил. Теперь я знаю, чего мне следует избегать в этой жизни.

— Твой предшественник тоже знал, какие деяния станут для него роковыми, и тем не менее совершил их.

— Это верно, — кивнул король. — Так заканчивай же. Ведь дон Хуан продолжал оставаться неуязвимым, пока не принес Богу покаяние.

Незнакомец повернулся спиной к королю и шагнул к двери. В дверях он остановился.

— Так слушай же о своем конце. Ты покинешь сей мир в тот день, когда твой меч откажется тебе служить!

— Это невозможно! — вскричал дон Педро. — Возможно все, но только не это!

Полночный гость шагнул за порог, и в коридорах королевского дворца зазвучали отголоски его зловещего хохота.

Заключение

После того как Педро Жестокий официально развелся с Бланкой де Бурбон, Франция потребовала от вероломного кастильского самодержца вернуть огромное приданое и отпустить бывшую королеву Бланку в Париж. Четыреста тысяч флоринов дон Педро, естественно, не отдал (по правде говоря, на это во дворце Ситэ и не рассчитывали). А требование отпустить французскую принцессу на родину стало для несчастной узницы смертным приговором.

В феврале 1361 года король Педро Жестокий, поклявшийся, что донна Бланка не достанется никому и никогда, приказал умертвить свою бывшую супругу. Измученная Бланка де Бурбон уже давно содержалась под стражей в замке Медина-Сидониа. Последние слова, которые она произнесла за секунду до смерти, были такими:

— О Кастилия! В чем я провинилась перед тобой?

Обезображенный труп королевы под покровом ночи закопали на пустыре возле тюремного замка. Донне Бланке не было еще и двадцати трех лет.

В ответ на это злодеяние французские «белые отряды» под предводительством Бертрана дю Геклена вторглись в Кастилию, но потерпели несколько чувствительных поражений от ставшего непобедимым короля Педро. Дон Инестроза геройски погиб в бою, а его племянника, Диего де Падилья, закололи по приказу Педро Жестокого: король все-таки обвинил ближайшего сподвижника в измене.

Мария де Падилья, несмотря ни на что, до конца своей жизни любила дона Педро. В 1361 году она произвела на свет сына Альфонсо. После тяжелейших родов Мария испросила у короля разрешение уехать на богомолье в основанный ею женский монастырь Святой Клариссы в Дестервилло, где и скончалась осенью того же года. Первоначально ее решили похоронить в этой обители, и толпы народа сочувственно смотрели, как плачет их король, бредущий за гробом единственной любимой женщины.

— Зачем я убил несчастную, ни в чем не повинную Бланку? — рыдал дон Педро. — В наказание за это злодейство Бог отнял у меня мою Марию!

В 1363 году, желая провозгласить наследником престола своего двухлетнего сына Альфонсо, Педро Жестокий заставил архиепископа Толедского и Севильского дона Гомеса де Манрике под присягой заявить, что еще в 1352 году, то есть до брака с Бланкой де Бурбон, король Кастилии тайно обвенчался с Марией де Падилья. Нашлись и высокопоставленные свидетели совершения этого обряда.

Мария де Падилья посмертно стала королевой Кастилии, и ее останки перезахоронили в королевской часовне севильского собора Иглесиа-де-Санта-Мария.

Дон Педро «законно» объявил наследником престола своего сына Альфонсо, еще не зная, что мальчик накануне умер от чумы, вновь разразившейся в Кастилии.

В 1366 году по Кастилии разнесся слух, что король Педро убит в сражении и что Энрике Трастамарский якобы выставил на всеобщее обозрение его изуродованный труп. В городке Калаорре состоялся импровизированный обряд коронования бастарда Энрике, который объявил себя королем Кастилии и Леона.

А в это время живой и невредимый дон Педро прибыл с верными рыцарями в Сантьяго-де-Компостелла, чтобы мобилизовать рыцарей Галисии, а затем на корабле отплыть на переговоры с англичанами. Дальнейшие события так пересказывали оруженосцы короля. Педро Жестокий подошел к гробнице святого апостола Якова в доспехах и при мече, с которым не расставался ни днем, ни ночью. Какой-то монах сделал королю замечание, очевидно, не узнав дона Педро: дескать, нельзя приближаться к святыне с оружием. Взбешенный король зарубил его прямо в церкви. Позже выяснилось, что этим монахом был не кто иной, как архиепископ Сантьяго-де-Компостелла дон Суэро.

Приплыв в Бордо, король Педро познакомился и даже подружился с Эдуардом Плантагенетом, сыном английского короля Эдуарда III. Наследник английского престола совсем недавно получил прозвище Черный Принц — по траурному цвету доспехов, которые он будет носить всю жизнь в память о погибшей возлюбленной. Дон Педро и английский наследник престола заключили союз против Энрике, провозгласившего себя кастильским королем. В 1367 году под Нахером (северная Кастилия) Черный Принц и его войско наголову разбили превосходящие силы Энрике Трастамарского, и дон Педро вторично взошел на престол. «Дважды король» — так стали называть его в королевских домах Европы.

Когда после разгрома вражеского войска Педро Жестокий и Черный Принц объезжали поле битвы, усеянное тысячами французских и кастильских трупов (англичане потеряли убитыми — смешно сказать! — около двадцати человек), наследник английского престола спросил:

— Государь, а где Энрике? Он убит или в плену?

— Ему удалось скрыться, — мрачно ответил дон Педро.

— Значит, все было напрасно… — подвел итог победоносному сражению Черный Принц.

В отместку за эту неудачу Педро Жестокий казнил всех пленных дворян Энрике Трастамарского, среди которых был его брат — бастард дон Санчо. А затем началось необъяснимое.

Удача напрочь отвернулась от короля Педро, в жизни которого уже произошли все три роковых события. А вот Энрике Трастамарский непостижимым образом получил поддержку незримых сил. Его бегство с поля боя поражает невероятными, чудесными приключениями. Он постучался в ворота кастильского замка, принадлежавшего верному стороннику Педро Жестокого. Хозяин замка вознамерился схватить Энрике и передать его королю Педро. Но обессилевший и голодный граф Трастамарский напомнил вельможе о рыцарском долге гостеприимства. И тот — о чудо! — накормил его, дал отдохнуть и отпустил восвояси.

Энрике добрался до Франции. Черный Принц потребовал от короля Карла V, сменившего на французском престоле своего отца Иоанна Доброго, выдать англичанам мятежного кастильского бастарда. Казалось, так и случится: французская знать не видела причин для того, чтобы упорствовать в вопросе выдачи англичанам ни на что не годного и абсолютно неимущего дона Энрике. Тем более что между Францией и Англией уже семь лет царил мир, хоть и непрочный.

Но неожиданно для всех король Карл V стал на сторону графа Трастамарского: дал ему золото и поместье на юге Франции. Оттуда Энрике опять пойдет войной на Кастилию вместе с французскими «белыми отрядами», которые вновь приведет барон Бертран дю Геклен.

23 марта 1369 года король дон Педро отправится с единственным оруженосцем в шатер своего противника, французского военачальника Бертрана дю Геклена, для переговоров. Будучи избалован своей многолетней неуязвимостью, Педро Жестокий не станет облачаться в доспехи, лишь опояшется мечом. В шатре дю Геклена его коварно подкараулит Энрике Трастамарский, закованный в броню. Между братьями-врагами вспыхнет стычка, но, поскольку шатер будет набит французскими военачальниками, ни дон Педро, ни дон Энрике из-за тесноты не смогут вынуть мечи из ножен. Тогда дон Педро с криком: «Я король Кастилии!» — повалит бастарда и примется душить его голыми руками. По законам рыцарства никто не смел вмешаться в схватку смертельных врагов. Когда всем стало ясно, что Энрике Трастамарский вот-вот испустит дух, один из французов (по уверениям очевидцев, это был сам Бертран дю Геклен) вложил в слабеющую руку бастарда свой кинжал. И граф Трастамарский убил дона Педро подлым ударом.

Так тот, кто всю жизнь заманивал врагов в коварные ловушки, сам принял смерть в результате бесчестного поступка французского барона.

Энрике наконец-то стал полновластным королем Кастилии и Леона, получив прозвище Братоубийца.

Труп любимого в Андалусии короля Педро долго болтался на стене королевского замка Алькасар, наводя на жителей Севильи ужас и печаль. В конце концов после нескольких перезахоронений истлевшее тело Педро Жестокого положили в соборной часовне Иглесиаде-Санта-Мария, рядом с посмертной королевой Марией де Падилья. По другую сторону от саркофага дона Педро будет находиться каменный гроб с останками единокровного брата Фадрике, зверски убитого много лет назад по его приказу.

Так волею судьбы король Педро I навеки упокоился между любовью и ненавистью.

Старшая, самая любимая дочь дона Педро, шестнадцатилетняя Беатриса, умерла от горя сразу после гибели отца. Педро Жестокий сватал ее то за арагонского инфанта, то за португальского… И каждый раз новая война делала брак невозможным. По слухам, девушка тихо сошла с ума от позора и зачахла.

Две другие дочери убитого самодержца, совсем юные Констанса и Изабелла, еще целых три года после кончины Педро I находились в качестве пленниц у англичан в Бордо. Сыновья короля Эдуарда III Плантагенета были в растерянности: что делать с девушками? Ведь Педро Жестокий в 1367-м передал своих дочерей Черному Принцу в качестве «гарантии» того, что он выплатит английской короне крупную сумму за военную помощь. Дон Педро лишь частично погасил свой долг, а после его смерти Энрике Братоубийца, разумеется, не хотел выкупать дочерей ненавистного врага. И в 1372 году английский принц Иоанн Гентский и его брат, принц Эдмунд Лэнгли, решили... жениться на этих очень красивых бесприданницах (своей красотой сестры пошли в мать и отца). Так в Англии возникли династии герцогов Ланкастерских и герцогов Йоркских, которые в 1455 году схлестнулись в споре за английский престол, развязав кровопролитнейшую в истории Британии войну Алой и Белой розы.

Энрике Братоубийца, все десять лет царствования занимавшийся только тем, что доказывал мечом и огнем свои сомнительные права на кастильский престол, под конец жизни понял, что призрак законного, предательски убитого им короля Педро никогда не покинет Кастилию. И он женил своего сына Хуана на внучке Педро Жестокого, Катерине, дочери Иоганна Гентского, первого герцога Ланкастерского, и бесприданницы Констансы. Так ближние, прямые потомки двух непримиримых врагов рука об руку взошли на кастильский трон в 1379 году.

Эдуард Черный Принц умер мучительной смертью от водянки (по другим сведениям — от рака) в 1376 году.

Неаполитанская королева Джиованна еще долго меняла мужей и любовников, пока наконец ее не сверг с престола наследник венгерской короны, ставленник короля Людвига, герцог Карл Дурацци. В 1382 году Людвиг Венгерский свершил запоздалое отмщение за брата Андрея: подобно своему первому мужу, Джиованна была задушена в тюремном каземате.

Страшная смерть была уготована и королю Наварры Карлу II Злому, который поочередно предавал за деньги своих союзников — то Педро Жестокого, то Энрике Трастамарского, то Арагон, то Францию. 1 января 1387 года, тяжко страдая после вчерашнего пиршества, пятидесятипятилетний король призвал своего английского врача. Тот предложил самодержцу верное средство — стаканчик разведенного спирта. Но Карл Злой отверг рекомендацию мудрого доктора. Тогда лекарь выдвинул компромиссный вариант решения проблемы: туго обмотать голое тело короля льняной тканью, обильно пропитанной чистым спиртом. Чтобы полотно плотно прилегло к коже, врач приказал юной, глупой и аккуратной горничной прошить ткань ниткой — с головы до пят Карла Злого. А сам ушел. Девушка, закончив работу, обнаружила, что «хвост» нитки некрасиво торчит. Вместо того чтобы отрезать его ножницами, горничная по привычке взяла горящую свечу… Так Карл Злой заживо сгорел в своей постели на глазах остолбеневшей от страха служанки.

Французский король Иоанн Добрый умер на чужбине, в Лондоне, в окружении своих извечных врагов — англичан. Горечь поражений, сознание своей мужской неполноценности и бесталанности как полководца, двуличие старшего сына — дофина Карла — и непорядочность другого — принца Луи — свели в гроб этого несчастного человека.

О «величайшем обольстителе» доне Хуане (Жуане, Гуане, Джиованни) напишут неисчислимое количество литературных и драматических произведений. Так он обретет посмертную славу благодаря легенде о «небесной каре», постигшей грешника через рукопожатие каменной десницы командора Гонзаго.

Впрочем... Одновременно с этой легендой по всей Кастилии разлетятся слухи, что в монастыре Святого Франциска, под надгробием с надписью: «Здесь покоится дон Хуан де Тенорио», зарыт пустой гроб. Якобы монахи поверили искреннему покаянию дона Хуана, простили его, и он стал одним из братьев-францисканцев.

Послесловие

Если спросить любого мало-мальски образованного россиянина, кто такой Иван Грозный, то скорее всего прозвучит примерно такой ответ: «Это Иоанн IV Васильевич, царь и великий князь всея Руси. Прославился своим кровавым деспотизмом». Кто-то добавит про взятие Казани и Астрахани, про собор Василия Блаженного...

Уже во второй половине XVI века русская общественность напрочь забыла, что дед Иоанна Четвертого, тоже, кстати, Иоанн Васильевич, только Третий, также именовался Грозным. Но Иоанн III пролил реки крови за идею государственности, за дело объединения русских земель. Еще, правда, жег и пытал еретиков — подлинных и мнимых. Однако его внук, Иоанн IV Васильевич, своими изуверствами затмил ужасы правления родного деда и навсегда монополизировал эпитет «Грозный».

К чему это я? А к тому, что в 50—60-х годах XIV века на Пиренейском полуострове одновременно царствовали сразу три короля Педро, прозванных Жестокими: кастильский самодержец Педро I Жестокий, арагонский властелин Педро IV Жестокий (он же — Церемонный) и португальский монарх Педру I, тоже получивший при жизни ярлык «Жестокий».

Принято считать, что самым кровавым был кастильский король, потому-то в историографии только за ним и сохранилось прозвище Жестокий. Однако если смотреть объективно, дон Педро Бургундский, король Кастилии в 1350—1369 годах, ненамного превзошел жестокостью своих тезоименитых соседей.

Например, Педру I Португальский, став королем, собственными руками вырвал сердца у двух непосредственных убийц своей любовницы, Инесс де Кастро, и бросил их (сердца) на съедение свиньям. Разве это зверское деяние менее отвратительно, чем скармливание собаке отрезанной головы своего врага (так, согласно историческому преданию, Педро I Кастильский поступил с бастардом Фадрике)?

Просто фигура короля Кастилии и Леона была, безусловно, наиболее колоритной по сравнению с другими пиренейскими монархами, а его личная судьба — наиболее драматичной и «легендоемкой». Я не сторонник того, чтобы оправдывать злодея, приводя в качестве смягчающих обстоятельств «тяжелое детство», «аморальность окружающей среды», «порочное наследие предков»... Но, говоря о кастильском короле Педро Жестоком и его лучшем друге доне Хуане де Тенорио, ставшем прототипом Дон Жуана, можно с полным основанием сказать, что они были порождением своего времени.

Что же это за период в европейской истории — XIV век?

Я не буду сейчас оперировать общеизвестными сентенциями, что это было окончание так называемых «Темных веков», начало эпохи Возрождения, становления абсолютизма и преодоления феодальной раздробленности. Посмотрим на этот век с точки зрения общественной нравственности.

После завершения в 1229 году альбигойских войн (крестовых походов, организованных папством для искоренения ереси катаров на юге Франции, в результате которых, по некоторым данным, погибло около миллиона человек) в Европе на целых восемьдесят лет воцарилось относительное затишье. Чешские рыцари остановили продвижение полчищ хана Батыя (Бату) вглубь Западной Европы, а новгородский князь Александр Ярославич Невский в свою очередь остановил продвижение крестоносного рыцарства на восток.

Умами завладело учение святого Франциска Ассизского и его последователей: они проповедовали идеи всеобщего братства, взаимопомощи, самоотречения на пути следования за нищим Христом, бессмысленности богатства и званий. Богословские обсуждения евангельских истин стали достоянием масс.

Но вот наступил XIV век, и в общественной атмосфере Европы что-то неуловимо изменилось. Мистически настроенные исследователи однозначно считают переломной точкой в массовом сознании следующие события: арест в 1307 году и сожжение в Париже в 1314 году главных руководителей монашеско-рыцарского ордена тамплиеров (храмовников). Почти поголовные аресты тамплиеров по призыву папы Римского Климента V прокатились в Англии, в пиренейских королевствах (в том числе — Кастилии), в Германии, в Италии и на Кипре.

На костре великий магистр ордена тамплиеров Жак де Моле призвал на Божий суд папу Климента V, французского короля Филиппа IV Красивого и его ближайшего советника де Ногаре. По свидетельству очевидцев, Жак де Моле предал анафеме этих людей и все их потомство, предсказав, что оно (потомство) «будет унесено великим смерчем и развеяно по ветру».

А дальше... Дальше заканчивается логика историческая и начинается логика мистическая. Через две недели после произнесения Жаком де Моле своего страшного проклятия от кровавого поноса умер в ужасных муках папа римский Климент V. Сразу же вслед за ним скоропостижно скончался де Ногаре. В том же 1314 году внезапный инсульт убил абсолютно здорового короля Филиппа IV Красивого.

Много совпадений, не так ли?

Даже в XXI веке, читая обо всех этих смертях, люди невольно задумываются о непреодолимой силе проклятия, произнесенного осужденным на сожжение человеком. А теперь представьте, что творилось в массовом европейском сознании тогда, в начале XIV века, когда люди были насквозь мистифицированы, когда вера сочеталась с суевериями, гаданиями, пророчествами и колдовством!

* * *

Вскоре после произнесенного Жаком де Моле проклятия на Европу обрушился чудовищный голод: он свирепствовал четыре года кряду, унеся в могилу миллионы людей. Каждое лето шли сплошные проливные дожди, морозы случались даже в июле. По всей Европе ширилось людоедство, массовые убийства и самоубийства на почве голода. Предать смерти ближайшего родственника стало считаться чуть ли не обычным делом. Люди перестали бояться греха и адских мук: ведь грех и мучения стали повседневными. Появились легенды о вампирах, люди клялись, что видели бродячих полупризраков-полулюдей, жаждущих напиться живой крови. В действительности скорее всего этими «призраками» были обезумевшие от голода люди.

Уже не христианские проповедники, а колдуны, астрологи и прорицатели надолго завладели массовым сознанием. Пример тому — случай с королем Педро Кастильским.

Одержав очередную победу над Энрике Трастамарским, дон Педро кинулся было преследовать бастарда, но ему повстречался монах, который изрек такое пророчество: «Если ты не помиришься с графом Трастамарским, то погибнешь от его руки». Педро Жестокий приказал сжечь монаха, но от преследования Энрике отказался: не иначе, как под влиянием услышанного пророчества.

С самого начала XIV века бедствия в Европе не прекращались, а множились на протяжении практически всего этого столетия. И на фоне чудовищных всеевропейских страданий неуклонно исполнялось пророчество Жака де Моле. Три сына скончавшегося от инсульта Филиппа Красивого, поочередно занимавшие престол с 1314 по 1328 год (так называемые «проклятые короли»), погибли один за другим при загадочных обстоятельствах, не оставив потомства. Со смертью последнего из них, Карла IV, прекратилась династия Капетингов — как и предсказал великий магистр ордена тамплиеров.

На династию Валуа, родственную Капетингам, тоже обрушились страшные бедствия. Кстати, кастильский король Педро Жестокий принадлежал к этой династии и, стало быть, тоже косвенным образом являлся одним из проклятых Жаком де Моле королей. В 1337 году началась печально известная Столетняя война между Англией и Францией, с 1347 по 1353 год во всей Европе (да и в Азии) хозяйничала «Черная смерть» — самая страшная в истории человечества эпидемия чумы. Во многих странах ей сопутствовали массовые эпидемии безумия (об этом говорится в начале романа), и ветер с берегов мусульманской Африки тут конечно же ни при чем. Эта «версия» происхождения эпидемий безумия насаждалась христианскими врачами и отчасти священниками.

Эпидемии безумия были во время чумы не только в Кастилии, Арагоне, Наварре и Франции, но и в других государствах, в том числе и в Московском княжестве. Недаром до сих пор в русском языке сохранились древние выражения: «очуметь» — то есть сойти с ума, и «чумовой» — то есть безумный, бесноватый (хотя при наступлении последней стадии чумы больные вообще не могли двигаться или кричать). Просто в общественном сознании Руси две эти эпидемии — чумы и безумия — совместились в одно целое. Сумасшедших часто убивали и сжигали, считая умопомрачение предвестником чумы.

* * *

Полубезумные властители изощрялись в чудовищных преступлениях. Людовик X приказал задушить жену Маргариту Бургундскую и жену своего брата, повесить своего ближайшего сподвижника, коадъютора Ангеррана де Мариньи. Филипп V Длинный истреблял прокаженных и сам зверски убил племянника папы римского. Роберт II Артуа отравил свою тетку и двух кузин и был уличен в колдовстве. Инфант Иоанн — будущий король Иоанн II Добрый — перед штурмом Нанта казнил тридцать бретонских рыцарей и приказал обстрелять их головами стены города. Его отец, Филипп VI, в это же время пригласил четырнадцать бретонских рыцарей на турнир и приказал убить их у всех на глазах. Ради того, чтобы его «фаворит» Карл да ла Серда занял пост коннетабля, Иоанн Добрый обезглавил коннетабля де Бриеня. За ужином король приказал тут же, в пиршественном зале, отрубить головы графу Даркуру и трем сеньорам из его свиты.

Не правда ли, многие из перечисленных злодеяний очень похожи на преступления, совершенные кастильским королем Педро Жестоким?

Добавим к этому, что, попав в плен к англичанам, Иоанн II, чтобы заплатить за себя выкуп, продал свою одиннадцатилетнюю дочь Изабеллу герцогу Милана, развратному Джиованни Висконти. И при этом история закрепила за ним прозвище Добрый!

На эпоху, в которую Кастилией правил Педро Жестокий, пришлась и знаменитая Жакерия: крестьянская война во Франции, которую советские школьные и вузовские преподаватели с восторгом именовали «праведным гневом низших слоев, направленным против королевской и феодальной тирании». На самом деле причины бунта были совсем иными. Жаки добивались, чтобы крестьян снова стали брать в солдаты. Их перестали рекрутировать примерно в 1356 году — надо же было кому-то растить хлеб! Но мужики рвались на войну, чтобы получить возможность безнаказанно грабить и насиловать. Что они и делали в своем «прекрасном бунтарском порыве», при появлении королевских войск разбегаясь врассыпную.

С крестьянским восстанием покончил Карл Злой, который в то время фактически был хозяином в Париже. Остатки разгромленных жаков, пополненные дезертирами всех национальностей, объединились в «белые отряды». Хитроумный Бертран дю Геклен, получив крупную сумму денег от французского короля и папы римского, увел их из Франции — опустошать Наварру, Арагон и Кастилию. Взамен «белых отрядов» на юг Франции пришел герцог Анжуйский и принялся наводить порядок: он приговорил к сожжению, повешению и отсечению головы шестисот горожан Монпелье.

А что в других государствах Европы? Демон кровопролития поразил и прочих монархов: зверские убийства прокатились практически по всем королевским домам Европы. Эдуард III Английский бросил в застенок свою мать, а ее любовника Мортимера повесил. Король Богемии Вацлав Пьяница (он же император Священной Римской империи), недовольный обедом, приказал зажарить на вертеле своего повара. Он бросил во Влтаву связанного священника, отказавшегося выдать тайну исповеди. Рассердившись на виночерпия, Вацлав пронзил его кинжалом и... тут же умер от кровоизлияния в мозг. Его похоронили в королевской усыпальнице, но чернь откопала труп и бросила его во Влтаву — в отместку за невинно убиенного священника.

Но на поприще самоистребления всех превзошли миланские герцоги. Аццо Висконти приговорил к смерти своего дядю Марка. Лучано Висконти был убит своей женой Изабеллой, когда он уличил ее в измене. Маттео Висконти заточил в тюрьму своих братьев Галеаццо и Бернабо (последний был заколот в камере). Джиованни Висконти отравил свою мать Екатерину, еще он «прославился» тем, что кормил собак трупами своих жертв. В конце концов его зарезал двоюродный брат.

Признаю́сь: есть определенное искушение представить эти факты как бы в оправдание кровавых преступлений Педро Жестокого — мол, все это соответствовало духу времени. К тому же о Педро I Кастильском до сих пор ходят легенды как о справедливом и мудром государе. Так, туристам в Алькасаре рассказывают легенду о четырех судьях, которых дон Педро застал за дележом взятки. Король приказал отсечь им головы и выставить их в зале Правосудия — в назидание служителям Фемиды.

Мудрость дона Педро нашла отражение в легенде об апельсине. На должность судьи было несколько претендентов, и король поступил так. Он сорвал ветку с апельсином и отрезал от него половину. Затем бросил ветку с оставшейся на ней частью плода в фонтан. Не было видно, что на ветке только половина апельсина. Он задал вопрос: что это?

Все ответили, что в воде плавает ветка с апельсином. Только один претендент, прежде чем дать ответ, вынул ветку из воды. Он и получил должность судьи.

Сталкиваясь с подобными преданиями, невольно вспоминаешь эпизод из великого романа Мигеля де Сервантеса «Дон Кихот». Оруженосец Санчо Панса все-таки стал губернатором острова, как и обещал ему его хозяин, Рыцарь печального образа. И, творя суд над гражданами, прибегал приблизительно к таким же «тестам», что и дон Педро Жестокий.

Немало легенд породили и описанные выше ночные поиски приключений, когда Педро Жестокий бродил по Севилье с мечом и в маске. Оказывается, король «ходил в народ», чтобы узнать о его нуждах, выслушать жалобы и наказать тех, кто несправедливо притесняет бедняков.

В одной из легенд король Педро, бродя безлунной ночью по задворкам своего любимого города, повстречал немощную старуху со свечой. Та заблудилась и плакала, не в силах отыскать дорогу домой. Король взял ее под руку и проводил до жилища, по пути расспрашивая о нуждах. И, прощаясь, вручил ей увесистый мешочек золота, пообещав, что скоро в Кастилии не останется ни одного обездоленного человека. Но подлые изменники родины помешали доброму монарху Педро воплотить в жизнь эти благие намерения.

Все это напоминает простодушные и наивные предания об Иосифе Сталине, массово «ходившие» в советском народе еще полвека назад. От престарелых людей мне доводилось слышать легенду о том, как скромный и бережливый Сталин одной спичкой дал прикурить восьмерым своим маршалам; как он помиловал девяностолетнего священника, обвиненного в контрреволюционной деятельности, сказав при этом: «Отпустите этого немощного старика и позаботьтесь о нем».

А знаменитая песня «Колечко», звучавшая в 30—50-х годах из всех репродукторов? Сюжет песни такой: вышел пастух на восходе солнца со своим стадом, и видит — летит колечко дыма. И сообразил пастух, что это товарищ Сталин проснулся раньше него, вышел на кремлевское крылечко, курит свою трубку и думает, как сделать жизнь советских людей еще прекраснее...

КОММЕНТАРИИ

¹ Семана Санта — Страстная (Святая) неделя в Испании.

² Здесь и далее перевод автора (*старофр.*).

³ Длинные, ниспадающие на плечи прически дворян-мужчин появятся значительно позже, в XVI веке, когда в Европе разразится эпидемия сифилиса. На поздних стадиях этой болезни волосы обычно выпадают, и нарочито длинной прической кавалеры демонстрировали дамам, что они якобы незаразны. Этими же соображениями будет вызвана еще более поздняя всеевропейская мода на парики: их изначально стали носить облысевшие сифилитики.

⁴ Доныне из этих двух башен сохранилась лишь одна.

⁵ С 1127 по 1369 г. г. Кастилией правили короли из Бургундской ветви династии Валуа.

⁶ Через полтора века, во время массовых убийств еретиков на Руси, этот лозунг будет несколько видоизменен московским церковным деятелем, преподобным Иосифом Волоцким: «Убить еретика своей рукой — это все равно, что убить его молитвой!» На что оппонент игумена Волоцкого, боярин Вассиан Косой, впоследствии замученный в пыточной келье, ответит с иронией: «Так помолись, Иосифе!»

⁷ В их числе — князь Симеон Гордый (1316—1353), сын и преемник на московском престоле знаменитого Иоанна Калиты (?—1340).

⁸ Намек на римского императора Калигулу (37—41 гг. н. э.), который назначил сенатором своего коня.

⁹ Терц — один из наиболее сложных приемов в фехтовании на мечах: дуэлянт резко приседает и наносит противнику колющий удар снизу — либо в пах, либо между пластинами доспехов, либо в горло.

¹⁰ Оммаж — клятва (присяга) верности.

¹¹ Пройдет два века, и другой христианский монарх, царь всея Руси Иоанн IV Грозный, скопирует это «нововведение»

346

Педро Жестокого. Свое ближнее окружение, состоящее из отборных головорезов дворянского сословия, он назовет опричниной. Правда, к седлам одетых в черное опричников будут привязаны не человеческие, а собачьи головы — знак собачьей преданности своему повелителю.

[12] Мараведи — разменная монета Кастилии, в описываемый период времени чеканилась из низкопробного серебра, имела вес около 4 г.

[13] Имел вес 3,48 г, чистого серебра — 3,25 г.

[14] Вопрос Иисуса, обращенный к апостолу Петру: «Симоне Ионин! Любишь ли ты Меня больше, нежели они?» (Иоанн, 21, 15).

[15] «Хранители Грааля» — тайное сообщество (секта), появившееся в Средневековье. Члены этого братства утверждали (и утверждают доныне), что якобы владеют «святым Граалем» — чашей с кровью Христовой, которая дает ее обладателю вечную молодость, вечное счастье и вечную непобедимость.

[16] Канонарх — человек, в обязанности которого входило будить обитателей крепости или монастыря согласно времени, определенному в уставе.

[17] Свое прозвище Карл II Наваррский Злой получил за то, что, едва вступив на престол, приказал повесить депутацию дворян, пришедших к нему с прошениями и жалобами.

[18] Карл де ла Серда займет пост коннетабля Франции и в 1354 году будет убит по наущению Карла Злого. За это Иоанн Добрый лишит короля Наварры ряда французских владений.

[19] Пьер де Бурбон погибнет в 1356 году, во время знаменитой битвы между англичанами и французами при Пуатье; он отдаст свою жизнь, пытаясь спасти от пленения короля Иоанна Доброго.

[20] В описываемое время титул владетельного виконта Нарбоннского приравнивался к титулу герцога.

[21] Одним из прямых потомков воспетой Петраркой мадонны Лауры был одиозный маркиз де Сад, чье имя породило понятие «садизм».

[22] Петрарка в данном случае излагает первоначальную версию парадокса Жана Буридана, который так и называл-

ся: «Парадокс о собаке». Лишь спустя несколько веков собака трансформировалась в осла, а куски мяса — в две одинаковые лужайки. Так появилось общеизвестное понятие «буриданов осел».

[23] Имеется в виду распространенная в то время легенда о близости Жана Буридана с королевой Жанной Бургундской, супругой Филиппа V Длинного.

[24] В 1354 году сюда, в подземелье Шатле, будет брошен король Наварры Карл Злой, но его силой освободят единомышленники.

[25] На самом деле главной научной заслугой Жана Буридана является открытие им механизма движения по инерции.

[26] «Ягненком» в XIV веке называли золотую французскую монету, на реверсе которой действительно был изображен агнец Божий.

[27] Под корундами в данном случае подразумеваются рубины, сапфиры и изумруды.

[28] Яхонтами в Европе того времени именовались рубины и сапфиры; в данном случае речь идет о рубине.

[29] Цитата из Евангелия от Луки, гл. 2, ст. 34.

[30] Это предание о крокодиле-людоеде, пожиравшем узников Маскьо Анджионио, нынешним туристам с удовольствием рассказывают в Неаполе. И заверяют при этом, что чучело убитого крокодила висело на стене замка вплоть до середины XIX века.

[31] Исп. — сеньор (senor), итал. — синьор (signore).

СОДЕРЖАНИЕ

Литературно-художественное издание

Александр Александрович Аннин

ДОН ЖУАН
Правдивая история легендарного любовника

Ведущий редактор *А. В. Варламов*
Технический редактор *Е. П. Кудиярова*
Корректор *И. Н. Мокина*
Компьютерная верстка *Е. Л. Бондаревой*

ООО «Издательство АСТ»

141100, РФ, Московская обл., г. Щелково, ул. Заречная, д. 96

ООО «Издательство Астрель»

129085, г. Москва, пр-д Ольминского, д. 3а

Наши электронные адреса: www.ast.ru
E-mail: astpub@aha.ru

Издано при участии ООО «Харвест». ЛИ № 02330/0494377 от 16.03.2009.
Ул. Кульман, д. 1, корп. 3, эт. 4, к. 42, 220013, Минск, Республика Беларусь.
E-mail редакции: harvest@anitex.by

Республиканское унитарное предприятие
«Издательство «Белорусский Дом печати».
ЛП № 02330/0494179 от 03.04.2009.
Пр. Независимости, 79, 220013, Минск, Республика Беларусь.

ИЗДАТЕЛЬСКАЯ ГРУППА ас

ПРИОБРЕТАЙТЕ КНИГИ ПО ИЗДАТЕЛЬСКИМ ЦЕНАМ В СЕТИ КНИЖНЫХ МАГАЗИНОВ [буква]

МОСКВА:

- м. "Алексеевская", пр-т Мира, д.114, стр. 2 (Му-Му), т. (495) 687-57-56
- м. "Алтуфьево", ТРЦ "РИО", Дмитровское ш., вл.163, 3 этаж. т. (495) 988-51-28
- м. "Бауманская", ул. Спартаковская, д. 16, т. (499) 267-72-15
- м. "ВДНХ", ТЦ "Золотой Вавилон - Ростокино", пр-т Мира, д. 211, т. (495) 665-13-64
- м. "Домодедовская", Ореховый б-р, вл. 14, стр. 3, ТЦ "Домодедовский", 3 этаж, т. (495) 983-03-54
- м. "Каховская", Чонгарский б-р, д. 18а, т. (499) 619-90-89
- м. "Коломенское", ул.Судостроительная, д.1, стр.1, т. (499) 616-20-48
- м. "Коньково", ул. Профсоюзная, д.109, к. 2, т. (495) 429-72-55
- м. "Крылатское", Рублевское ш., д. 62, ТРК "Евро Парк", 2 этаж, т. (495) 258-36-14
- м. "Новогиреево", Зеленый проспект, д. 79А. Торговый центр, 1 этаж, т. (495) 742-49-86
- м. "Парк культуры", Зубовский б-р, д. 17, т. (499) 246-99-76
- м. "Перово", ул. 2-ая Владимирская, д. 52, к.2, т. (495) 306-18-98
- м. "Петровско-Разумовская", ТРК "XL", Дмитровское ш., д. 89, 2 этаж, т. (495) 783-97-08
- м. "Пражская", ул. Красного Маяка, д. 26, ТЦ "Пражский Пассаж", 2 этаж, т. (495) 721-82-34
- м. "Преображенская площадь", ул. Большая Черкизовская, д.2, к.1, т. (499) 161-43-11
- м. "Пролетарская", ул.Марксистская д. 9, т. (495) 670-52-17, 670-54-20
- м. "Сокол", Ленинградский пр-т, д. 76, к. 1, ТК "Метромаркет", 3 этаж, т. (495) 781-40-76
- м. "Тимирязевская", Дмитровское ш., 15/1, т.(495) 977-74-44
- м. "Третьяковская", ул. Большая Ордынка, вл. 23, пав. 17, т. (495) 959-40-00
- м. "Тульская", ул. Бол.Тульская, д. 13, ТЦ "Ереван Плаза", 3 этаж, т. (495) 542-55-38
- м. "Университет", Мичуринский пр-т, д. 8, стр. 29, т. (499) 783-40-00
- м. "Университет", проспект Вернадского д. 9/10, т. (499)131-91-51
- м. "Царицыно", ул. Луганская, д.7, к.1, т. (495) 322-28-22
- м. "Щукинская", ТЦ "Щука" ул. Щукинская, вл. 42, 3 этаж, т. (495) 229-97-40
- м. "Юго-Западная", Солнцевский пр-т, д. 21, ТЦ "Столица", 3 этаж, т. (495) 787-04-25
- м. "Юго-Западная", ул. Покрышкина, д. 2, кор.1., Торговый центр, 2 этаж, т. (495) 783-33-91
- м. "Ясенево", ул. Паустовского, д.5, к.1, т.(495) 423-27-00
- М.О., г. Железнодорожный, ул. Советская, д.9, ТЦ "Эдельвейс", 1 этаж, т. (498) 664-46-35
- М.О., г. Зеленоград, Крюковская пл., д. 1, стр. 1 ТЦ "Иридиум", 3 этаж , т. (499) 940-02-90
- М.О., г. Клин, ул. Карла Маркса, д.4, ТЦ "Дарья", 2 этаж, т. (496)(24) 6-55-57
- М.О., г. Люберцы, Октябрьский пр-т, д.151/9, т. (495) 554-61-10
- М.О., г. Сергиев Посад, ул. Вознесенская, д. 32а, ТРЦ "Счастливая семья", 2 этаж

РЕГИОНЫ:

- г. Архангельск, ул. Садовая, д.18, т. (8182) 64-00-95
- г. Астрахань, ул. Чернышевского, д. 5а, т. (8512) 44-04-08
- г. Владимир, ул. Дворянская, д. 10, т. (4922) 42-06-59
- г. Волгоград, ул. Мира, д.11, т. (8442) 33-13-19
- г. Вологда, Пошехонское шоссе, д. 22, ТЦ «Мармелад», 3 этаж, т. (8172) 78-12-35
- г. Воронеж, ул. Кольцовская, д. 35, ТЦ "Галерея Чижова", 4 этаж, т. (4732) 579-314
- г. Екатеринбург, ул. 8 марта, д. 46, ТРЦ «ГРИНВИЧ», 3 этаж, т. (343) 253-64-10
- г. Иваново, ул. 8 Марта, д. 32, ТРЦ "Серебряный город", 3 этаж, т. (4932) 93-11-11 доб. 20-03
- г. Ижевск, ул. Автозаводская, д. 3а, ТРЦ "Столица", 2 этаж, т. (3412) 90-38-31
- г. Калининград, ул. Карла Маркса, д.18., т. (4012) 66-24-64
- г. Кемерово, ул. Ноградская, д. 5, 1 этаж, т. (3842) 45-25-78
- г. Краснодар, ул. Дзержинского, д. 100, ТЦ "Красная площадь", 3 этаж, (861) 210-41-60
- г. Красноярск, пр-т Мира, д. 91, ТЦ "Атлас", 1,2 этаж, т. (391) 211-39-37
- г. Курск, ул. Ленина, д.11, 1 этаж, т. (4712) 70-18-42; (4712) 70-18-44
- г. Орел, ул. Ленина, д. 37, т. (4862) 76-47-20
- г. Оренбург, ул. Туркестанская, д.31, т. (3532)31-48-06
- г. Пенза, ул. Московская, д. 83, ТЦ "Пассаж", 2 этаж, т.(8412) 20-80-35
- г. Ростов-на-Дону, г. Аксай, Новочеркасское ш., д. 33, ТРЦ "Мега", 1 этаж, т. (863) 265-83-34
- г. Рязань, Первомайский пр-т, д. 70, к. 1, ТРК "Виктория Плаза", 4 этаж, т. (4912) 95-72-11
- г. С.-Петербург, ул. 1-ая Красноармейская, д. 15, ТЦ "Измайловский", 1 этаж, т. (812) 325-09-30
- г. Ставрополь, пр. Карла Маркса, д. 98, т. (8652) 26-16-87
- г. Тверь, ул. Советская, д. 7, т. (4822) 34-37-48
- г. Тольятти, ул. Ленинградская, д. 55, т. (8482) 28-37-68
- г. Тула, ул. Первомайская, д. 12, т. (4872) 31-09-22
- г. Тюмень, ул. М. Горького, д. 44, ТРЦ "Гудвин", 1 этаж, т. (3452) 790-513
- г. Уфа, пр. Октября, д. 34, ТРК "Семья", 2 этаж, т. (3472) 293-62-88
- г. Чебоксары, ул. Калинина, д. 105а, ТЦ "Мега Молл", 0 этаж, т. (8352) 28-12-59
- г. Челябинск, ул. Кирова, д. 96,
- г. Череповец, Советский пр-т, д. 88, т. (8202) 20-21-22
- г. Ярославль, ул. Первомайская, д. 29/18 , т. (4852) 30-47-51